T0245678

A la Orilla del Cielo

A la Orilla del Cielo

Jason Gurley

Traducción de María Laura Saccardo

Argentina – Chile – Colombia – España
Estados Unidos – México – Perú – Uruguay

Título original: *Awake in the world*
Editor original: Roaring Brook Press
Traducción: María Laura Saccardo

1.ª edición: junio 2021

Reservados todos los derechos. Queda rigurosamente
prohibida, sin la autorización escrita de los titulares del
copyright, bajo las sanciones establecidas en las leyes, la
reproducción parcial o total de esta obra por cualquier
medio o procedimiento, incluidos la reprografía y el
tratamiento informático, así como la distribución de
ejemplares mediante alquiler o préstamo públicos.

Copyright © 2018 by Jason Gurley
All Rights Reserved
© de la traducción 2021 *by* María Laura Saccardo
Publicado en virtud de un acuerdo con Roaring Brook Press, un sello de Holtzbrinck
Publishing Holdings Limited Partnership, a través de Sandra Bruna Agencia Literaria SL.
© 2021 *by* Ediciones Urano, S.A.U.
Plaza de los Reyes Magos, 8, piso 1.º C y D – 28007 Madrid
www.mundopuck.com

ISBN: 978-84-92918-66-9
E-ISBN: 978-84-17780-09-8
Depósito legal: B-6.112-2021

Fotocomposición: Ediciones Urano, S.A.U.

Impreso por: Rodesa, S.A. – Polígono Industrial San Miguel
Parcelas E7-E8 – 31132 Villatuerta (Navarra)

Impreso en España – *Printed in Spain*

*A Connie y a Seth, sin los cuales
este libro simplemente no existiría.*

«Aunque sea muy tarde, durante la noche
siempre hay alguien despierto en el mundo».

Ann Druyan,
A Famous Broken Heart

«Creo que es muy difícil saber quiénes somos hasta que
comprendemos dónde y en qué momento nos encontramos.
Pienso que todas las personas, en cada cultura, se han sentido
asombradas y maravilladas al mirar el cielo».

Carl Sagan,
La diversidad de la ciencia:
una visión personal de la búsqueda de Dios

«No creo que nunca vuelva a ver a Carl. Pero lo he visto.
Nos vemos el uno al otro. Nos encontramos en el cosmos,
y eso es maravilloso».

Ann Druyan,
«Ann Druyan Talks About Science,
Religion, Wonder, Awe… and Carl Sagan»,
Skeptical Inquirer, noviembre/diciembre, 2003

PRIMERA PARTE
Septiembre 2012

1
Zach

Las tres cosas más desafortunadas que me habían ocurrido esa semana eran:

1. Se me habían caído las llaves de mi casa por el desagüe.
2. La señora Grace me había dicho que me faltaba un crédito para poder graduarme la próxima primavera.
3. Se me había roto la sudadera de mi padre.

Y apenas era lunes.

Lo de la sudadera fue lo que más me molestó. El depósito de vehículos estaba cerrado por un alambrado, y las púas retorcidas del borde superior son tan punzantes como picahielos. Caí al otro lado de la valla y examiné la rotura. Podía ver mis pantalones a través del agujero. *Maldición*.

Me coloqué bien la mochila y me interné entre la maraña de Hondas oxidados y Toyotas olvidados, hacia el objeto más antiguo del depósito: un barco de pesca. De la valla que estaba detrás colgaba un cártel:

SONRÍA, LO ESTAMOS OBSERVANDO.

Debajo de las palabras había una cámara dibujada con un ojo en la lente.

Pero en realidad no había cámaras. Estaba seguro de eso. No me habían descubierto durante todo ese tiempo, aunque a veces habían estado a punto. En ocasiones me preguntaba si se debía solo a que era *muy* sigiloso… o si la verdad era que estaba engañándome a mí mismo. Quizás todos estaban al tanto de mis incursiones nocturnas. O tal vez me dejaban tranquilo porque sentían lástima por mí. Así son las cosas: a veces siento que toda la ciudad está pendiente de cuál será la próxima desgracia que me espera; otras veces tengo la impresión de que me apoyan en silencio. Nunca estoy seguro de cuál de esas opciones es real y en qué momento.

Al llegar al barco, me desplomé en la vieja silla del capitán que hay en la cabina de mando y encendí el farolillo de cubierta. El brillo de la cálida luz anaranjada arrojaba sombras sobre las paredes, desde las que la cara de mi padre me observaba a través de cientos de bocetos.

«Buenos días, papá», dije suavemente.

Abrí mi cuaderno y busqué a una ilustración que aún no había terminado. A veces, ese era el único momento que tenía para dibujar, las horas que pasaba en aquel barco incautado que se deterioraba lentamente. Entre el instituto y mi trabajo en la tienda, las niñas y sus deberes y sus cuentos para dormir… bueno, no tenía tiempo para mucho más. En silencio, hice un boceto de la estructura del barco de mi padre. A través de la neblina, asomaba el velo que lo cubría por las mañanas de verano.

Mi padre me había regalado aquel cuaderno en 2008, un buen año hasta que dejó de serlo. «Las cosas cambiarán», le había dicho mi padre a mi madre después de su ascenso en Bernaco. Y tenía razón: cambiaron, aunque no exactamente del modo en que él lo había planeado. Me había regalado muchos cuadernos de dibujo como el que estaba utilizando en ese momento: envueltos en cuero, o algo por el estilo, de papel grueso y caro.

«Estoy cansado de verte dibujar en la factura del gas», me había dicho con un guiño. Hasta entonces, había llenado todas las páginas de cada cuaderno, excepto las del que estaba usando. Era el último que me quedaba. Y nada de lo que había trazado en él me parecía lo suficientemente bueno.

Sobre todo si consideraba que era lo último que mi padre me había regalado.

La punta del lápiz se me rompió y estropeé una de las líneas que estaba trazando sobre la página. Suspiré. Podía arreglarlo, pero… El peso del día anterior empezaba a recaer sobre mí y estaba cansado. Me acerqué a la ventana y aparté la sábana que la cubría. Desde donde estaba podía ver el reloj de la cooperativa de créditos: 03:35 a. m.

Guardé mi cuaderno, apagué el farolillo y cerré la puerta de la cabina. Cuando salté al suelo junto al barco, mi tobillo se dobló y me llevé una mano a la boca para silenciar un grito. Moví el pie con cuidado. No era nada grave (no estaba roto, ni fracturado), pero se me ocurrió que aquello no era más que una pequeña advertencia del universo.

Recuerda de qué lado estoy.

Del mío no, claro. Entendido, universo.

Me puse la capucha y después trepé por la valla con cuidado y caminé cojeando hasta casa, consciente, como siempre, de que cuando la suerte no te acompaña, tiende a seguir sin acompañarte. Algunas cosas no cambian.

2
Vanessa

Sentí lastima por aquel extraño al ver que se torcía el tobillo al caerse. A mí me había ocurrido también algunas veces, cuando jugaba con mi madre en las pistas de tenis públicas de Santa Bárbara. Esos recuerdos siempre terminaban con mi madre ayudándome a llegar al coche. Cuando el extraño se fue cojeando, revisé mis notas: no sabía quién era, ni por qué se metía en el depósito varias veces a la semana ni qué atractivo tenía ese viejo barco. Aun así, no éramos tan diferentes salvo, quizás, por la fractura. Dos almas totalmente despiertas a altas horas de la madrugada.

Lo había encontrado por accidente, desde luego. Mi madre y yo acabábamos de mudarnos a casa de Aaron en las colinas de Orilla del Cielo. Desde la ventana de mi nueva habitación, tenía una vista panorámica de Orilly y del Pacífico. (Aprendí rápidamente que así era cómo todos llamaban a la ciudad. Sonaba como *Oh, really?*). La vista era adorable, pero guardaba secretos. Aaron nos había enseñado los estragos causados por una gran tormenta que había azotado la costa años atrás: un barco de pesca abandonado, descomponiéndose en las rocas, en cuyo casco crecía el césped a través de los agujeros; los escombros de un viejo muelle de piedra que se había desmoronado y se había llevado con él el restaurante de mariscos preferido de Aaron. Y, a pesar de la vista millonaria, Orilly era una ciudad petrolífera estrictamente obrera.

Bernaco Oil, donde Aaron trabajaba, era la propietaria de la mayor parte de las tierras, y sus plataformas se alzaban como centinelas en el mar, vigilando a las personas del pueblo. Era el contrario de Santa Bárbara, donde vivía antes, y donde uno podía cruzarse a Rob Lowe en el supermercado o venderle galletas de niña exploradora a Oprah. Orilly no tenía ese glamour. Ni siquiera tenía un cine. La Autovía 1 funcionaba como una costura que separaba la ciudad en dos mitades: las colinas, donde vivía Aaron junto a los demás ejecutivos de la petrolera, entre jardines brillantes y frondosas arboledas de eucaliptos; y la zona baja, donde vivían los trabajadores embutidos en sus pequeñas casas entre salones de estética y belleza y centros comerciales.

Pero la vista… Allí las puestas de sol, atómicas, transformaban el océano cada noche en un resplandeciente manto dorado. Las sucias y enormes plataformas se convertían en flamantes ciudades flotantes, esparcidas por el horizonte como luces navideñas.

Esa vista era la razón por la que OSPERT tenía residencia permanente en mi ventana, y la causa de que descubriera al extraño. OSPERT es mi telescopio, *Orion SpaceProbe Equatorial Reflector*. Tiene un tubo óptico newtoniano de aluminio, un porta ocular de piñón y cremallera y dos lentes Kellner. Lo que significa que es excepcionalmente bueno para rastrear cualquier cosa que se mueva: cometas, la Estación Espacial Internacional, Marte.

Y extraños que irrumpen en el depósito de vehículos.

Lo encontré por *Twilight Guy*, un astrónomo de fin de semana que tenía un blog para principiantes. Una noche, hacía semanas y semanas, TG estaba muy emocionado por una supernova: «Se supone que será un verdadero espectáculo de luces», había dicho. Y eso era bueno para mí, porque si TG podía ver algo, era probable que yo también pudiera; él escribía desde Monterrey, una ciudad cerca de Orilly.

Cualquiera hubiera esperado que la explosión de una estrella dominara el cielo nocturno pero, lamentablemente, incluso las más brillantes supernovas son apenas una pálida mancha entre las estrellas. La magia, sin embargo, no reside en cómo se *ven*, sino en lo que *son*: el eco final de una conmovedora sinfonía, representada a millones de kilómetros de distancia, miles y miles de años atrás. Son un florecimiento de historia, preservado en el manto de la noche.

Desafortunadamente, si bien TG era un astrónomo competente, como meteorólogo era un desastre.

Fiasco de supernova
por *Twilight Guy* | 23 de junio, 2012 | 01:48 a. m.

¡Lo siento, amigos! Un sistema de baja presión del noroeste se acercó anoche desde la costa y ha estropeado de forma efectiva las posibilidades de que cualquiera en la Costa Oeste vea a PSN J11085663 + 2635300. ¡Qué fastidio! ¡Amigos en el exterior, enviad vuestras propias fotografías para que los que estamos en la oscuridad (ja, en la oscuridad) no nos lo perdamos!

Qué fastidio, sí. Me había llenado de cafeína y no podía dormir. Por lo que apunté mi OSPERT en dirección a la tierra y ajusté el buscador hacia las plataformas petrolíferas que centelleaban a la distancia. Incluso a esa hora estaban activas. De forma casual, apunté el telescopio hacia Orilly. Y así descubrí al extraño. Era prácticamente la única cosa que se movía en ese momento. No fue difícil de detectar.

Dios, si mi madre hubiera sabido que me dedicaba a espiar a la gente… puedo llegar a imaginar los titulares.

ACOSADORA LOCAL ATACA DE NUEVO

Presuntamente, la adolescente mirona apunta su telescopio hacia abajo, no hacia arriba; los vecinos están escandalizados.

Pero Orilly estaba agotada, todos dormían. Nadie lo sabría.

Me daba igual, mi madre ya estaba escandalizada por OSPERT. Y por las estrellas, por los afiches de Carl Sagan y por el banderín de Cornell colgado en mi cartelera. Aunque, por supuesto, sus verdaderos sentimientos no tenían nada que ver con ninguna de esas cosas y *todo* que ver con mi padre.

En quien yo no pensaba.

Debajo, el extraño cojeó hasta desaparecer en las sombras. Bostezando, cubrí la enorme lente de OSPERT con su tapa y me metí en la cama.

3
Zach

La administración del Instituto de Secundaria Palmer Rankin cobró vida a mi alrededor. Derek, mi hermano mayor, estaba por alguna parte en las oficinas de atrás, reunido con la señora Grace, mi consejera, hablando del crédito que me faltaba.

Así que yo me había quedado allí esperando.

Siempre esperando. Cuando eres niño, es así: esperas el autobús. Esperas a que suene la campana. Esperas el verano, el fin de semana. Esperas crecer. Solo que después creces y te das cuenta de que los adultos siempre están esperando también. Esperan su sueldo, una carta del abogado, los vales de alimentos. Esperan eternamente por ese momento en el que algo encaja y la vida por fin se convierte en la vida que *creyeron* que tendrían.

Esperas, esperas y esperas y luego, mientras sigues esperando, te mueres.

Es bastante tétrico.

Mientras esperaba, abrí mi cuaderno. Al ponerme a trabajar, el mundo desapareció a mi alrededor y solo quedamos la página y yo. La goma de borrar y yo, recordando la brecha temporal que había creado la noche anterior. Dibujar era siempre así para mí. Abría una pequeña grieta en el universo. El tiempo dejaba de existir. Solo que seguía existiendo para todos los demás y eso me había metido en problemas más de una vez. En la mayoría de las reuniones que tenían lugar entre padres y maestros, al menos durante lo que fue mi infancia, habían tratado mi falta de atención.

Bueno, excepto en una de ellas. El hecho que motivó aquella reunión había ocurrido durante la hora de la comida cuando estaba en cuarto de primaria. Había garabateado con el lápiz una hoja de mi cuaderno, todo menos una franja blanca irregular en mitad del folio: era la representación de un fuego artificial capturado justo en el momento en el que estalla, como cintas de espacio negativo expandiéndose desde el centro hacia fuera. Y entonces, Bobby Longdale arrojó un cartón de leche sobre el dibujo y lo destruyó. Era un día de lasaña, lo que es importante porque Bobby acabó con la suya encima y yo en la oficina del director, esperando a mi madre. Mi padre se había llevado el coche al trabajo, así que mi madre tuvo que caminar, a pesar del calor, algunos kilómetros para poder venir a buscarme. Y, aunque yo lo sabía, de todas formas le grité cuando intentó tomarme de la mano durante el camino de vuelta a casa. No recuerdo lo que dije, pero recuerdo lo que mi padre me dijo cuando llegó a casa más tarde. Se quitó su traje de buceo, después fue a mi habitación, se sentó en la cama y me explicó la diferencia entre comportarse como un humano y ser humano. No estaba enfadado porque me hubiera portado mal en el instituto; había tenido motivos para hacerlo. Estaba decepcionado porque lo había pagado con mi madre. «Reconoce a las personas que te dan amor en la vida», me dijo esa noche. «Da amor a cambio. Solo amor».

«Espera que tu padre llegue a casa», me había dicho ella.

Dolía recordar ese día. Parpadeé para aclararme los ojos.

Hubiera deseado poder esperar, mamá. Lo hubiera esperado mil años. Hubiera soportado mil sermones.

Los sermones de Derek no eran iguales, aunque él se esforzaba. En ese momento seguramente estaba escuchando a la señora Grace decir algo sobre que yo no estaba poniendo de mi parte. «Por favor», protestaría él. «El chico hace todo lo que puede. Tiene dos trabajos, no puedo evitarlo. Lo he intentado. ¿Qué más quiere de él?».

Nada de eso era nuevo para nosotros. Para mí.

Fuera de la oficina, el resto del mundo seguía su curso. Los estudiantes hablaban entre ellos emocionados. Las mismas conversaciones de cada día. Una y otra vez, blandían sus opiniones como espadas y se atacaban unos a otros para ver quién sangraba más por las cosas que más querían. *Ataque, ataque.* Mi madre lo hubiera visto con más ligereza: *tal vez solo se apasionan por las cosas.* Pero yo era menos razonable, especialmente los días en los que la señora Grace emitía un informe sobre todo el potencial que tenía y que estaba desperdiciando.

El *potencial* era para las personas que iban hacia alguna parte. Pero ¿a dónde iba yo?

Recorrí las páginas de mi cuaderno. Páginas y páginas de intrincadas ilustraciones. Nubes densas que pasaban sobre picos de montañas; un árbol, partido por un rayo, en llamas. Yo era bueno, lo sabía. Pero no tenía importancia. No se podía mantener a una familia con dibujos bonitos. Y, de todas formas, se suponía que los artistas sabían lo que querían expresar con su arte. Yo no tenía idea de qué pretendía transmitir con el mío. Si alguien me hubiera pedido que hiciera una declaración artística, ¿qué podría decir?

Mi padre me regaló estos cuadernos y yo lo adoraba.

Me apoyé en mi silla. Por primera vez, reparé en la fina capa de polvo que cubría los demás asientos de la sala de espera, escuché un estruendo provocado por herramientas eléctricas en algún sitio por encima de mí. Las placas del tejado lanzaban polvo y vibraban cuando las miré. Una hoja de papel se desprendió de una pared y cayó a mis pies. Era amarilla, con tipografía llamativa.

DISCULPEN UN DESORDEN; CONSTRUCCIÓN!!!

—Nuestros propios educadores cometen atrocidades gramaticales, ¿no crees?

Levanté la vista y me encontré con una chica que se había detenido junto a la puerta. Alzó una ceja en señal de desaprobación y una esquina de su boca se levantó ligeramente.

No era común que se matricularan nuevos estudiantes en Palmer Rankin. La gente no llegaba a Orilly en bandada precisamente. Así que, cuando alguien aparecía el último año, justo a tiempo para disputarse el discurso de graduación con Cecily Vasquez, (conocida como «la mejor oradora» de la «graduación» desde la guardería) era difícil no notarlo. La chica nueva y Cece iban a clases avanzadas exclusivamente; salvo en el caso de Educación para la Salud, esa asignatura insignificante que todos posponían hasta que ya no era posible hacerlo. Por lo que esa era la única clase que compartía con ellas.

Pero no podía recordar su nombre.

Pum. Una placa del tejado se sacudió con un estruendo sobre mi cabeza.

—Tal vez deberías levantarte de ahí, ¿no? —dijo la chica, dirigiéndole una mirada crítica al techo. Se apartó el pelo oscuro dejando a la vista los pequeños dilatadores que tenía en las orejas; pude ver directamente a través de su lóbulo. Jamás me había fijado en la línea de la mandíbula de una chica (no soy demasiado observador, salvo cuando se trata de dibujar en mi cuaderno), pero la de ella y la forma en la que su cuello se curvaba hasta alcanzarla, me llamó la atención. Llevaba un bolso en bandolera sobre el hombro; un casco de ciclista colgaba de su hebilla. Llevaba un anillo diferente en cada uno de sus dedos, y en algunos tenía dos. Vestía *leggins* con un diseño nebuloso, una camiseta a rayas sin manga, hombros *por todos lados*.

—Para no recibir un golpe.

—¿Qué?

—He dicho que tal vez sería bueno que te muevas para evitar que el tejado te acabe aplastando.

—No parece que… —Levanté la vista. La placa permanecía inmóvil—, vaya a caerse.

Ella se encogió de hombros, después alzó la mano en un gesto dramático.

—Qué pena —comentó, como si fuera una estudiante de teatro—. Apenas lo conocía. Tenía un gran futuro como artista. —Dejó de actuar y sonrió—. O no, es decir, solo he visto un dibujo.

—¿Qué? —me esforcé por descifrar sus palabras; hablaba en una frecuencia que estaba por encima de mi capacidad para captar sonidos, o tal vez iba demasiado rápido.

—Es bonito. —Suspiró y señaló mi cuaderno —. Tu dibujo.

—¿Q…? —Me detuve al darme cuenta de que había logrado comprenderla—. Ah. Gracias.

—Es decir, tratándose de un *delincuente…* —agregó.

—¿Qué? —*Ah, Zach, maldita sea.* Ella extendió una mano señalando alrededor.

—La administración —recitó—. Corte de detestables y maleducados. Los indeseables, si prefieres. Así que, ¿qué es lo que has hecho?

—¿Qué?

Me miró como si realmente pensara que yo podía *ser* tonto. Un cable invisible aferrado a mi pecho se retorció. Nunca antes había sentido *eso*. Pero no tenía tiempo de analizar esa sensación con detenimiento.

—Buenos días, Zachariah —canturreó la señora Rhyzkov, una de las orientadoras del instituto—. Acabo de ver a su hermano.

Es un gran placer que venga de visita. Derek Mays siempre ha sido un estudiante muy aplicado.

—Es Zachary —balbuceé, pero la orientadora ya había dirigido toda su atención hacia la chica.

—Señorita Drake, Vanessa, querida —dijo y yo pensé: *Vanessa, correcto, sabía eso*—. ¿Por qué no me acompañas? Debes estar muy emocionada por la feria universitaria de esta semana…

Vanessa acomodó el bolso en su hombro y apuntó un dedo hacia mí.

—Zachary —repitió con elegancia y sus labios se curvaron en una genuina sonrisa.

Estuve a punto de decir *qué* otra vez, pero ella se marchó antes de que pudiera formar la palabra. Después, tras desaparecer por el pasillo con la señora Rhyzkov, intenté volver a centrar la atención en mi cuaderno de dibujo. Pero el lápiz no se movía bien, así que lo cerré y volví a apoyarme en la silla. Observé el techo con aprehensión.

Vanessa, de acuerdo.

4

Vanessa

—La cuestión es la siguiente —comenzó la señora Rhyzkov, apoyándose en el escritorio con las manos juntas—. Con tus notas, podrías elegir cualquier universidad. No comprendo por qué te limitas solo a una.

—Pero entonces con mis notas, ¿podría acceder? —pregunté. Ella suspiró.

—Los estudiantes que ponen todos sus huevos en una sola cesta me… incomodan. ¿Puedo hacerte una pregunta personal?

—De acuerdo.

—¿Has elegido Cornell solo porque está lejos? —Señaló un mapa en la pared de la oficina—. Porque te puedo asegurar que hay muchas otras universidades lejos de casa. Sería sensato escoger al menos algunas más. Para estar segura.

No era solo que Cornell estuviera lejos. Cornell era… bueno, *Cornell*.

Cuando era pequeña, mi padre solía despertarme en la oscuridad. «Cass», susurraba. (Había querido llamarme Cassiopeia, pero mi madre no había estado de acuerdo).

—Tienes que ver esto. —Entonces me llevaba fuera, con manta, para señalar el halo de luz de las Perseidas, o de Venus, que avanzaba como una burbuja de champán.

Mi padre hablaba sobre el espacio con fascinación, y con cierta rigidez. A mí, sin embargo, ver esas cosas me provocaba una sensación indescriptible en el pecho. Cuando tenía nueve años, le puse palabras: vi a Carl Sagan por primera vez. Él hablaba de qué tan pequeños éramos, pero qué tan grandes eran nuestras aspiraciones; hablaba del universo como un poeta. Mi padre se quejaba de Sagan; despreciaba la popularización de la ciencia. Él era devoto de los científicos *serios*. Llegué a la conclusión, a pesar de mi temprana edad, que mi padre se creía más listo, no solo que yo, sino que todos. Que la ciencia y el conocimiento fueran accesibles, de algún modo, lo amenazaba.

En una ocasión, cuando ya era adolescente, me había llevado a casa de contrabando un viejo número de *Ciencia Popular* dentro de mi chaqueta, como si escondiera pornografía. Hasta su nombre era un desafío a la sensibilidad de mi padre, pero no me importaba. Ese número contenía un estudio del doctor Sagan y cambió mi futuro. Descubrí que el doctor Sagan enseñaba astronomía en una universidad de Ítaca, Nueva York. Una universidad llamada Cornell. Para mi padre, yo había caído presa del canto de las sirenas de lo que él llamaba «ciencia para tontos». No estaba orgulloso, lo había decepcionado.

«Llegas más o menos unos diez años tarde», me dijo. Nunca olvidaré el arrogante desprecio en su voz. «Tu héroe murió cuando eras todavía un bebé».

Más tarde, cuando nos dejó, supe que sus héroes no eran diferentes a Carl Sagan. Richard Feynman, Stephen Hawking; a su manera, ellos también hacían que la ciencia estuviera al alcance de todos. Pero ya era muy tarde para elaborar una respuesta con ese conocimiento y mi padre no me habría escuchado de todas formas. Él ya no estaba.

Pero esa era la cuestión. Él no se había *marchado* por completo. Su cara me observaba desde el espejo del baño cada vez que me miraba en su reflejo. Me parecía tanto a él que mi madre a veces apartaba la vista. No era solo la forma de mi nariz o cómo mis ojos se arrugaban como los de él; era lo que él había dejado en mí, aquella devoción innata por las estrellas. Algunas veces me preguntaba: ¿eran las estrellas algo que *yo* adoraba porque realmente me apasionaban?

¿O solo era por él, que aún ocupaba un sitio en mi mente?

Cornell no era simplemente la mejor universidad para estudiantes de astronomía. Era una especie de rechazo a todo lo que mi padre representaba. Elegir Cornell enviaba un mensaje: *Estás equivocado con respecto a mí.* A todo.

—De acuerdo —mentí—. Escogeré algunas universidades como segunda opción.

—Inteligente decisión. Sabes, tú y la señorita Vasquez son mi legado —cacareó la señora Rhyzkov—. La primera presidente de la corte femenina y la joven que bautizó a una estrella por mí.

Y que bautizó a un agujero negro por su padre, pensé.

De nuevo en el pasillo, estuve a punto de caerme al suelo cuando un hombre alto y de pelo rojo pasó junto a mí.

—Perdón —dijo y echó un vistazo rápido para asegurarse de que estaba bien. Atravesó la sala de espera y le hizo señas a Zachary, el artista. Zachary se levantó, dio un solo paso y la placa del techo se agrietó y cayó sobre la silla en la que había estado sentado. Estalló en una nube de polvo blanco y de fragmentos.

Zachary parpadeó, como si no pudiera creer que había salido ileso, después miró a su alrededor y vio que lo observaba. Su expresión cambió; ¿era alivio? ¿Gratitud? Se le había caído la capucha, dejando a la vista unos gruesos rizos rojos que caían sobre su cara. La sudadera parecía bastante antigua; las rodillas y muslos de sus pantalones estaban gastados. Me sorprendió lo alto que era, más de un metro ochenta, y que no tenía conciencia de su cuerpo en absoluto. Me pareció... *enorme*. Sus manos, demasiado grandes, parecían no compensarse con sus delgadas muñecas. El chico parecía una percha con piernas.

Lo saludé y eso pareció llamar su atención. La sonrisa que le nació en la cara no fue reservada. Y no pude evitar devolvérsela. Él bajó la vista, casi avergonzado, y salió cojeando de la oficina para seguir al otro hombre.

Cojeando.

Lo seguí, después me detuve en el pasillo atestado y observé cómo Zachary atravesaba las puertas. En el exterior hacía bastante viento y él se colocó la capucha sobre sus rizos. Mientras estaba allí parada, Cece se acercó. Tenía los ojos húmedos, la sonrisa algo embriagada. *¿Estaba ebria?* Resoplé, luego volví a echarle un vistazo a Zachary.

El chico de la capucha.

Pero no era cualquier chico.

Era *mi* extraño.

5
Zach

Cada tarde, dejaba Palmer Rankin y caminaba unos cuatrocientos metros hasta la tienda de Maddie, donde tenía un puesto de «auxiliar», lo que básicamente significaba que me tocaba a mí hacerlo todo. Aquella tarde en particular, era el auxiliar a cargo de recoger y colocar los carros. Me los había encontrado por todas partes a lo largo de todo el aparcamiento, pero los clientes a veces iban incluso más allá. Había encontrado uno estacionado en el césped en mitad de la calle y otro volcado en el jardín de un edificio de apartamentos cuando regresaba a casa después de terminar mi turno. Incluso había visto aparecer otro al bajar la marea, con las ruedas oxidadas, cubierto de arenilla y casi enterrado por completo en la arena. Ese lo dejé allí y no me molesté en devolverlo.

Para cuando terminé de recogerlos todos aquel día, el sol ya había abandonado el cielo. Al pasar junto a la tienda, le eché un vistazo a las plataformas petrolíferas, que parecían hogueras enormes en una vasta pradera. Sabía que era muy probable que Derek estuviera allí. Comprendía por qué, pero nunca me había parado a preguntarle cómo se sentía. Ponerse el uniforme. Inspeccionar oleoductos, soldar uniones, dirigir a los asistentes de perforación. Trabajar en las mismas plataformas que habían acabado con la vida de nuestro padre. Todos a su alrededor conocían la historia. Pero nadie preguntaba por qué lo hacía. Ya lo sabían.

Sobre el agua o por debajo, cargamos la llave. Es lo que sabemos.

El lamento de la clase trabajadora. Había escuchado a mi padre recitar aquello cientos de veces. La primera vez que lo dibujé, fue como un trabajador al final del día: hombros caídos, ojos hundidos. Con una enorme llave inglesa en sus manos. Últimamente, Derek representaba exactamente la misma imagen.

Y sabía que algún día, yo también ocuparía ese mismo sitio.

Las niñas seguían despiertas cuando llegué a casa. Leah me escuchó cerrar la puerta y vino a recibirme.

—Ah, gracias a Dios —dijo, con tono apresurado—. Derek no ha llegado aún. Llego tarde a ver a un paciente.

—¿Turno noche?

—Esta clase de trabajo es a tiempo completo, Z, ya lo sabes.

—Ya me encargo yo de todo. —Dejé caer mi mochila junto al sofá.

—Gracias. —Ella besó mi frente, después tomó sus cosas y desapareció corriendo.

No sabía qué habríamos hecho sin Leah. Era como de la familia. Las niñas se preguntaban, pero nunca en voz alta, por qué aún no formaba parte de ella *realmente*. Leah y Derek habían empezado a salir en el instituto, pero su relación acabó cuando mi hermano se marchó a la universidad. A pesar de eso, ella siempre estaba con nosotros: ayudando a mi madre a preparar la cena de Acción de Gracias, comprando regalos para las niñas. Tras perder a nuestro padre, Derek dejó la universidad y regresó a Orilly, pero Leah seguía aquí, como si él nunca se hubiera marchado. Su relación volvió a ser la de siempre. Pero Derek era como un motor a vapor, siempre iba hacia adelante e intentaba ocupar el sitio que había dejado nuestro padre. Leah no se quejaba, solo daba y daba. Algunas veces me preocupaba que nos estuviéramos aprovechando de su gran corazón.

Me acerqué a la puerta de la habitación de mi madre y la abrí solo un poco. Dentro: oscuridad, quietud. El ritmo regular de su respiración.

—Buenas noches, mamá —susurré. Volví a cerrar la puerta y, durante un momento, permanecí allí, para sentir la casa. Escuché a las niñas reírse en su habitación. El fuerte estruendo de la música de nuestro vecino hizo temblar la lámina plástica que cubría la puerta de mi antigua habitación.

Las niñas fingieron estar dormidas cuando me asomé, hasta que apagué la luz. Robin soltó un falso ronquido y Rachel no pudo contener la risa. Tenían nueve años, eran gemelas y estaban en cuarto curso. Pelirrojas, como Derek y yo, pero con más pecas y chispa, algo que mi hermano y yo habíamos perdido hacía ya bastante tiempo.

—Ya es hora de dormir —señalé.

—Leah no nos ha leído nada.

Era tarde. Pero no podía decir que no. Habíamos estado leyendo *Un viaje en el tiempo* y el resto de los libros que continuaban la historia. No era la primera vez. Ya era la segunda vez que leíamos la saga. Tomé el tercer libro, *Un planeta a la deriva*, y comencé a leer. Era mi preferido, así que leí más de lo que habría leído cualquier otro. Dos capítulos más tarde, Robin ya estaba dormida y Rachel me miraba somnolienta.

—¿Cantas? —murmuró.

Mi voz no se comparaba con la de nuestro padre. Él era barítono, claro y fuerte, aunque susurrara. No tenía que preguntarle a Rachel qué canción quería que cantara: solo había una. El padre de mi padre se la había cantado a él cuando era joven, una vieja canción sobre un sapo que había cortejado a una ratona y se había casado con ella.

Llevé mi mano a la mejilla de Rachel y ella cerró los ojos.

—*Froggie fue a un cortejo y él montó, mm-hmm* —canté suave. Al llegar al segundo verso se había quedado dormida también.

Salí con cuidado al pasillo. Derek no estaba en casa. La música de nuestro vecino ya no sonaba, aunque se escuchaba el murmullo de un televisor a través de las paredes. Me tosté un poco de pan y me lo comí, luego me cepillé los dientes y extendí mi manta sobre el sofá. Antes de quedarme dormido, pensé en Vanessa, la chica nueva. Me había avergonzado a mí mismo esa mañana; la próxima vez tendría que pensar en algo más interesante que decir.

Le estuve dando vueltas a aquella idea durante un rato, hasta que el sueño acabó por vencerme.

6

Vanessa

Cece seguía distraída. Con los ojos vidriosos, como si tuviera la cabeza en otra parte. Se resistía de forma inusual a mis sutiles intentos de sonsacarle una explicación, así que opté por abordarla directamente.

—¿Qué te pasa?

—Nada.

—Señoritas —dijo la señora Herrera, nuestra profesora de Inglés Avanzado.

—*What's up?* —le pregunté a Cece.

—*Nothing* —respondió ella.

La señora Herrera se quedó satisfecha y regresó a su mesa. Bajé la voz e insistí:

—Dime, ¿qué te pasa?

—No sé de qué hablas. —Entornó los ojos.

—Estás como ausente.

—No, no lo estoy.

—Me estás mintiendo. No me creo ni una sola palabra de lo que dices.

—El cambio climático es real.

—Está bien. Creo *algunas* de las cosas que dices.

Con una sonrisa evasiva, volvió a dirigir toda la atención a su libreta. Había estado garabateando en ella la mayor parte de la clase, y tuve que contener la tentación de arrebatársela. No parecía ella misma. Hasta ese momento había estado concentrada por completo en la universidad. Su vida giraba en torno a sus notas; que en aquel momento estaban un décimo por encima de las mías.

Aunque no es que estuviera llevando la cuenta.

Vio que la miraba y dobló la tapa de su libreta para ocultar su contenido. Luego cambió de tema.

—Te he visto. Mirando a Zach.

—Ni siquiera estabas ahí.

—Sí, sí que estaba.

—Estabas ahí —me corregí—. Pero no *estabas*.

—Sé guardar un secreto —continuó, decidida—. Además…

—¿Además qué? —Alcé una ceja.

—Si te distraes, tal vez eso afecte tus notas.

—Porque así es cómo quieres ganar, ¿eh? ¿Deseando que tu enemigo tropiece y caiga sobre su propio lápiz?

—¿Sabes que se están haciendo apuestas? —preguntó.

—Dios. Tampoco es que se trate de una competición.

—*Todo* es una competición.

—Vale, entiendo. Pues yo abandono —afirmé—. En el próximo examen lo haré todo mal y podrás ser la maldita reina del discurso de 2013.

—Si abandonas el juego deja de ser divertido.

—Pero está bien que desees que lo sabotee. De todas formas, no es un juego.

—Todo… —La señora Herrera miró seriamente a Cece. Cuando regresó a su trabajo, ella murmuro—: ¿Por qué estabas mirando a Zach? ¿Has hablado con él? No me lo has contado.

—No sabía que tenía que hacerlo.

—Mmm —dijo con tono de chica presumida—. Bueno, somos mejores amigas.

—Creía que éramos rivales.

—Ah —dijo Cece, despectivamente—. Tal vez eso sería lo mejor para la apuesta. Ya va por setenta dólares.

—¿Quién va a quedarse con ese dinero?

—Nosotras no.

—Bueno, si apostamos, sí.

—Uuh. —Comprendió lo que estaba sugiriendo—. Una de nosotras pierde…

—Dividimos las ganancias…

—Me gusta la idea.

—¿Cómo decidimos quién pierde?

—Tú, por supuesto —afirmó Cece.

—Ya he dicho que no me importa.

—Sí, pero la verdad es que eres una mentirosa. —Sonrió con malicia—. Que miente. Acerca de mentir.

La campana sonó y salimos juntas al pasillo.

—¿Por qué me has preguntado si había hablado con él?

—Lo he visto antes. Estaba mirándote.

—No me conoce.

—Ponle un par de pechos a lo que sea, es en lo único que piensan los chicos —dijo y se encogió de hombros.

—Mi cuerpo no se ha enterado de eso. —Bajé la vista hacia mi pecho.

—Lo he visto —continuó ella—. Antes. Estabas en la oficina y él estaba… Te puedo asegurar que le ha gustado hablar contigo. En cuanto a ti, no puedo estar tan segura. Yo solo… —Dudó un momento—. No quiero que te conviertas en un daño colateral.

—Por favor. Es una persona, no una bomba.

Cece reemplazó algunos libros en su taquilla; después salimos al patio de gravilla que había entre los edificios. Estaba lleno de colillas de cigarrillos, viejas bolsas de patatas fritas y chicos delgaduchos de primer año que deambulaban en una nube de colonia corporal.

—Realmente tienen que limpiar este basurero —balbuceó con desdén.

—No cambies de tema.

—Mira —dijo—, él es un encanto. La verdad es que hemos ido juntos a clases toda la vida y te puedo asegurar que es un gran chico. Te lo juro.

—Pero ¿daño colateral? Vamos.

Cece suspiró. Después se dirigió a un grupo de estudiantes del último año que estaban contra una pared, compartiendo un cigarrillo.

—Oye, Boyd —llamó. Un chico con el pelo recogido en un moño descuidado levantó la vista y soltó humo por su nariz—. Zach Mays.

Boyd negó con la cabeza y sacudió su moño.

—Abandonad toda esperanza, vosotros los que...

—¿Lo ves? —Cece no esperó a que terminara. Pero yo seguía sin estar convencida.

—Primer año —insistió—. Alguien intervino los ordenadores del distrito, borró muchos registros. Descubrieron que había sido un chico del grupo de *hackatón* y lo expulsaron. Recuperaron todos los registros, salvo uno. Adivina el de quién.

—Eso es terrible. ¿Qué ocurrió?

—Lo retuvieron.

—Es horrible. No fue su...

—Segundo año —continuó—. Zach había crecido durante aquel verano, así que le propusieron que hiciera las pruebas para el equipo de baloncesto. No es que fuera un atleta, pero él lo intentó. Hizo un lanzamiento. No se acercó siquiera a la cesta. Golpeó una de esas cosas metálicas que sostienen todo el panel. *Toda la cesta* se derrumbó. Se cayó del techo y estalló en el suelo.

—Así que es un poco desafortunado. Pero quién cree en la suerte.

—Se resbaló en suelo seco, después se cayó por las escaleras y se rompió el brazo —agregó mientras contaba los episodios con sus dedos—. En tercero, trabajaba en Dairy Queen. Le robaron, cuatro veces. Nessa, nunca antes habían robado en Dairy Queen.

—Así que es…

—Cuando se sacó el carné de conducir, su hermano le compró un Geo Metro. Ya sabes, una de esas trampas mortales que puedes comprar de segunda mano por cincuenta dólares y un bocadillo. Explotó. En el aparcamiento. Prendió fuego a un autobús también. —Colocó sus manos en mis hombros—. Daño. Colateral.

—La mala suerte no es contagiosa —afirmé.

—¿Y si sí lo es? —Estaba hablando en serio—. ¿Y si te ocurre a ti?

—Cece.

—Mira. Zach es dulce. Solo ha… tenido una vida dura. No creo que sepa cómo *ser*. Así que… solo ten cuidado. ¿De acuerdo?

—Lo bueno es que solo he hablado con él *una* vez. ¿No estás exagerando?

—No es que no vayas a ser lo mejor que le haya pasado jamás. —Me ignoró y continuó—. Lo serías. Seguramente. Pero no sé cómo llevaría que le ocurra algo bueno. Nunca le ha sucedido nada bueno.

—Eso es algo melodramático. ¿Podemos solo…?

La campana sonó y me hizo callar. Ninguno de los chicos que estaban en el patio se movió, a excepción de Cece, que me sostuvo la puerta. Nuestra primera clase era Educación para la Salud y ocupamos nuestros sitios en la clase, mientras que la señora Harriman intentaba, animadamente, colocar órganos plásticos dentro de un modelo de torso. La segunda campana sonó un poco más tarde y Zach atravesó la puerta. Su cuaderno de dibujo cayó de su mochila. Cuando se agachó para recogerlo, le dio una patada por error. Lo recuperó, después cojeó hasta su mesa y se detuvo un momento para sonreír, ligeramente, hacia mí.

Le devolví la sonrisa.

Cece chasqueó la lengua.

7
Zach

—Oye —dijo Vanessa. Apareció de la nada y se deslizó hasta quedar perfectamente apoyada en la taquilla que estaba junto a la mía—. Zach.

—Vanessa. —Cerré mi taquilla y me colgué la mochila.

—¡Bien! —Aplaudió una vez—. Nos conocemos.

—Sí.

—Escuché a la señora Rhyzkov decir tu nombre —explicó mientras caminaba a mi lado—. Aunque creo que mal.

—Sí, pero tú ya sabías mi nombre. Por las clases.

—Soy mala con los nombres. —Se encogió de hombros.

—Tal vez con los nombres de los que no somos tan *populares*.

—Qué quisquilloso.

—Querrás decir pomposo.

—No. Eso viene de la palabra pompis. —Giró ligeramente y palmeó su trasero con una mano. Seguramente me sonrojé un poco, porque escuché cómo se reía—. Ese era mi trasero —dijo—. Acabo de tocar mis *pompis*.

—Creo que solo las abuelas dicen pompis —señalé—. Quizás las personas del sur. ¿Eres del sur?

—De Santa Bárbara. Así que… técnicamente, sí, aunque no te referías a eso.

Cuando llegamos al pasillo principal, pensé que de algún modo ella había tomado el control de nuestro destino. Yo había comenzado a caminar, pero ella era quien me guiaba. No sabía cómo lo había hecho. Pero seguí caminando con ella.

—La feria de universidades es el viernes —comentó. Mi respuesta fue un gruñido—. No saltas de la alegría. —Pasamos junto a un anuncio, uno de los tantos que había por todo el instituto. Vanessa lo arrancó de la pared—. ¿Has *visto* esto?

—La verdad es que no.

Era de color amarillo fluorescente. Con enormes letras negras.

CLASE DE 2103
FERIA UNIVERSITARIA

—¿Ves lo mismo que yo? —Le dio un golpe al papel con el dorso de su mano.

—Veo que voy a estar atrapado aquí mucho más tiempo del que tenía planeado.

—Noventa *años* más.

—Así que podemos saltarnos la feria del viernes —dije—. Tenemos como ochenta y nueve años antes de tener que definir nuestros futuros.

Ella rio. No la clase de risa que esperaba que saliera de un rostro como el suyo. No, su risa era como la de una mujer que se había fumado al menos tres paquetes de tabaco al día durante al menos cincuenta años. Gutural, profunda.

Me gustó.

—Quiero decir, imagina lo que podría llegar a costar en el siglo veintidós —comentó —. Tal vez un millón al año. *Por estudiante.*

—Ni de cerca. Para entonces ya habremos alcanzado la sabiduría suficiente como para entender que la educación es un derecho humano. No puede ponerse precio a los derechos humanos.

Vanessa me guio por el instituto hacia el ala B y yo esperé mientras abría su taquilla. Sacó el bolso y su casco de ciclista. Golpeó el casco con un nudillo.

—Mi padrastro dice que si quiero un coche tendré que ganar el dinero yo misma para comprarlo —explicó—. Así que elegí moverme en bicicleta.

—¿Porque no estás de acuerdo? —Me pregunté cómo sería eso. La capacidad de ahorrar dinero para cualquier cosa.

—Conducir parece… —Volvió a encogerse de hombros—. Menos divertido.

—¿Menos divertido que qué?

—Que sentir el viento en tu pelo. Bajar una larga pendiente. —Enganchó el casco a su bolso—. Además, si tuviera un trabajo, mis notas bajarían.

—Entiendo, he escuchado lo de la apuesta por el discurso.

—Cece puede quedárselo.

—¿No aspiras a ganar?

—Trato de mantener altas mis calificaciones por otras razones —respondió y cerró su taquilla.

—Sueñas con una universidad —especulé—. A ti *sí* que te emociona la feria universitaria. —Ella comenzó a caminar otra vez y mis pies (esas cosas con mente propia) la siguieron—. ¿Qué universidad?

—Cornell —dijo con ilusión en sus ojos—. ¿Cuál es la tuya?

—¿Con qué universidad sueño? Yo… no sueño con ninguna. —De pronto ya no quería tener aquella conversación—. Siempre he escuchado que Santa Bárbara es un sitio muy bonito. Que muchos famosos viven allí.

—Katy Perry solía quedarse a dormir en mi casa. —Bajó la voz hasta susurrar—: Tiene gases. Al dormir. *Muchos*.

—No puedo imaginar por qué te marchaste. —Puse los ojos en blanco.

—Mi madre ha vuelto a casarse. Y aquí estamos.

Caminé con ella hasta el aparcamiento para bicicletas, donde se detuvo frente al objeto más elegante que jamás había visto.

—¿Qué… es eso?

—Es una Kernel —respondió. Noté una pizca de vergüenza—. Me la ha comprado mi padrastro.

—Yo antes tenía un coche. Creo que el casco de tu bicicleta cuesta más de lo que pagué por él.

—¿Tienes bici? —preguntó, después de ajustar la correa de su casco.

—No.

—Maldición. —Miró los carriles de autobuses vacíos—. ¿He hecho que pierdas el autobús?

—No, voy andando.

—¿Es un camino largo? —Parpadeó. Palmer Rankin no estaba precisamente en el centro de Orilly.

—No está mal.

—¿Cuánto tardas en llegar a casa?

—No voy a casa. Tengo una de esas cosas… un trabajo, creo que lo has llamado así. —Me divertía su incomodidad. En ese momento parecía distinta, lo que me hizo preguntarme hasta qué punto su *deslizamiento* hacia mi taquilla había sido una actuación—. No te olvides del espejo —agregué. Ella tocó el espejo plegable que tenía su casco, después se ruborizó.

—Me siento como un modelo de catálogo de bicicletas frente a ti.

—Deberías llevar pantalones de ciclista debajo de tu ropa para eso —dije. Algo la mortificó—. Los llevas, ¿no? Llevas pantalones de *spandex* debajo de tu ropa. ¿Estabas planeando desvestirte justo aquí, frente a…? —El cambio en su sonrisa lo dijo todo—. Ya veo. Estás jugando conmigo.

—Eres un blanco fácil. —Pasó una pierna por encima de su bicicleta—. ¿Te veré en la feria universitaria?

—El siglo que vine. Seguro.

—¡*Atrocidades* gramaticales! —exclamó mientras se alejaba pedaleando. La observé marcharse, luego me dirigí a la tienda de Maddie. Aunque no estaba lejos, el tobillo me molestaba cuando llegué y me coloqué mi delantal.

Sobreviviría. Siempre lo hacía.

8

Vanessa

Orilly no tenía su propia feria universitaria, así que partimos hacia San Luis Obispo. Subí al autobús detrás de Cece. Zach ya estaba ahí, con un cuaderno de dibujo abierto sobre sus rodillas. Estaba trabajando en algo serio y que causaba un poco de miedo: el océano, ominoso y oscuro, elevándose sobre un pequeño pueblo costero. Las curvas de las olas parecían colmillos, blancos y fríos; encima, la luna plateada parecía un ojo de párpados pesados.

El chico necesitaba algo de ánimo. Al pasar junto a él, le toqué la punta de la nariz.

—*Pop.*

Se sobresaltó. Luego me ofreció una sonrisa temblorosa.

Cuando el autobús salió del aparcamiento, Cece ya estaba organizando las universidades que planeaba visitar en la feria. Le di un golpecito en el hombro (soy una pesadilla cuando me aburro, lo admito) y su bolígrafo salió disparado por la página.

—Deja eso —me regañó—. Estoy ocupada.

—Ya has revisado esa lista cincuenta veces.

—Escucha, solo porque algunos de nosotros tengamos universidades seguras y planes de respaldo…

—No empieces con eso —le advertí—. Da igual, no puedes trabajar. Tenemos que hablar.

—No, no tenemos que hablar. —Negó con la cabeza, sin levantar los ojos de su lista.

—Sí. Creo que me estás ocultando algo. Así que sí. —Al escuchar mis últimas palabras, levantó la vista. Sus mejillas se habían ruborizado.

—No —comenzó a decir, pero yo la interrumpí.

—Sabes exactamente de qué estoy hablando. Hace algunos días. Tenías ese… no sé qué. Esa *mirada*. Así que vamos. ¿Cuál es el gran secreto?

—No tengo un secreto.

Golpeé mi mentón con un dedo y observé el techo, pensativa.

—Chica de instituto… se avergüenza fácilmente. Tiene un secreto, pero no puede confesarlo. Es decir, solo puede ser una cosa.

Cedió llamativamente rápido. Después de echar un vistazo a un lado y al otro, dijo:

—No puedes decírselo a *nadie*.

—Estamos en un autobús lleno de chicos. Nadie aquí sabe cómo guardar un secreto.

—Entonces, olvídalo.

—Salvo yo. Suéltalo.

—No.

—Bien —dije y alcé la voz—. Cecily Vasquez, te gusta alguien y si no…

—*No sigas por ahí* —murmuró. Cuando se aseguró de que nadie nos prestaba atención, dobló la cubierta de su libreta y dejó correr las páginas, como hacen los jugadores de póker con las cartas en televisión. Escrito una y otra vez, había un solo nombre.

Ada Lin.

—Dios mío —articulé con los labios.

—Lo sé —respondió Cece—. No lo sé.

—Quiero decir, ella es muy bonita.

—Lo es, ¿no? —susurró rompiendo el silencio. Su voz fue tan suave que apenas pude escucharla con el alboroto del autobús—. Es mi compañera en Inglés Avanzado. Empiezo a sudar cada vez que me mira.

—¿Ella lo sabe?

—No. —Se puso pálida—. No lo sé.

—Tal vez cuando eres como Ada, asumes que le gustas a todo el mundo. —Levanté el trasero de mi asiento y miré por encima de la cabeza del chico que estaba delante de mí—. ¿Está en el autobús?

—*Siéntate. Ahora.*

—Sí está. —Me senté, sonriente—. Está en nuestro autobús.

—No es así.

—Está sentada junto a Zach.

—Bien, ahí va tu chico. —Cece suspiró—. Lo siento.

—¿Mi *chico*?

—Sí. El que tendrá solo ojos para ella para cuando lleguemos a San Luis.

—¿Mi *chico*?

—Olvidas lo bien que te conozco. —Se rio de mí.

Cece y yo nos habíamos conocido en la barbacoa que había organizado la compañía de Aaron el verano pasado. Cuando él se llevó a mi madre para presentársela a sus compañeros de trabajo, yo decidí buscar a gente de mi edad. Había muchos chicos: jugaban con un Frisbee, otros pateaban un balón de vóleibol. Había visto a una chica debajo de un gran roble, leyendo un libro. Y entonces respiré profundo y traté de ser una mujer segura, como mi madre.

—Eres la hija de la nueva esposa del señor Bartlett —dijo la chica, después de que me presentara.

—Ese es mi nombre. Fue difícil conseguir que aceptaran ponerlo en mi acta de nacimiento. Y aún más difícil viajar en el tiempo para hacerlo posible. Pero lo logré.

—Eres una sabelotodo. Eso es malo.

—¿Por qué? —dije de golpe. Ella se encogió de hombros.

—Un sabelotodo es el límite en cualquier amistad. Si las *dos* personas compiten en todo…

—Estás jugando conmigo.

—Así es.

—Soy Vanessa —me presenté y me senté en el césped—. ¿Quién es tu padre?

—Como si conocieras a todo el mundo aquí.

—No, no conozco a todo el mundo —confesé.

—Entonces, ¿qué importa? —Extendió su mano—. Soy Cecily Vasquez. Mi padre es Ernesto.

—¿También es abogado? —pregunté. Aaron era el abogado de Bernaco.

—Solo trabaja en la construcción. —Estaba leyendo un libro sobre el Tribunal Supremo. No me pareció precisamente una lectura de verano.

—Pero ¿te interesan las leyes?

—Me interesan muchas cosas. —Se encogió de hombros—. Las leyes, por ejemplo. ¿A ti?

—El espacio.

—¿Viajar?

—Observar. —Me incliné, hasta que estuve incómodamente cerca de ella, y la miré.

—¿Qué estás haciendo? —Ella se echó hacia atrás.

—Observar. Me gustan tus ojos. Son como peras asiáticas.

—Eres una asesina en serie.

Simulé sacarle un ojo y comérmelo y ella se rio felizmente. Después de aquello pasamos juntas el resto del verano y, a través de ella, conocí a docenas de estudiantes antes de que comenzaran las clases.

Y allí estábamos, en un autobús que iba rumbo a la feria universitaria, con nuestros respectivos enamorados posiblemente enamorándose entre sí.

—No sé qué es lo que tiene —admití—. Zach es… interesante. Como tú.

—Creo que somos idiotas las dos —afirmó Cece—. El instituto casi termina. Después, tú te irás a Nueva York. Yo a…

—Harvard. Columbia. Universidad Alpaca.

—Eso no existe.

—Podría.

—No existe. Lo juro.

—Se requiere toda clase de personas para crear un mundo, Cece.

—Mi *razonamiento* —continuó—, es que sería estúpido que iniciáramos algo con las personas que nos gustan. No puedo imaginar a Ada en la escuela de leyes. Ni a Zach en Cornell.

—Así que nos aseguraríamos un corazón roto. ¿Ese es tu razonamiento?

—Digo que ahora debemos concentrarnos en la universidad. —Asintió, enfática—. Que los ignoremos a ambos. Dejemos que Zach caiga por los encantos de Ada. Probablemente ya haya ocurrido, de hecho. Pero lo superaremos y de ese modo estaremos cuidando nuestros emocionantes futuros.

—No lo sé —dije y le eché otro vistazo a Zach—. Me… intriga.

—No vayas hacia la luz, Vanessa. —Cece aferró mi brazo.

—No finjas, a ti también te intriga Ada.

—Es verdad. —Se desanimó. Después entornó los ojos y agregó—: Cambiando de tema: eres una idiota.

—*¿Qué?*

—*Tienes* que tener una universidad como plan b. Al menos una.

El autobús se detuvo frente al Centro de Exposiciones Madonna y mi estómago se revolvió.

—Dime algo agradable. Estoy nerviosa —dije. Cece pensó un momento.

—A menos de cien metros de aquí se encuentra una diosa de Cornell que desea hablar contigo y solo contigo.

—Más. —Enterré mi cara en el pelo oscuro de Cece.

—Alguien —continuó—, desde los mismísimos pasillos por los que Carl Sagan caminó alguna vez...

—Doctor Sagan —la corregí.

—... desde la universidad donde el mítico, *poderoso*, doctor Sagan ha iluminado a los ignorantes del mundo —siguió—, se encuentra en ese sagrado salón, esperando llevarte a las resplandecientes colinas verdes de Ítaca, tierra del polvo de estrellas, donde tú también navegarás a través de mareas solares en tu increíble barco vikingo...

—De acuerdo —dije y levanté la cabeza—. Estás exagerando.

—Vale. Ya se me estaban agotando las ideas.

—Me querrán, ¿verdad?

—Bueno... —Arrugó la nariz—. Eres más débil emocionalmente que la mayoría de sus aspirantes...

—¿*Verdad?* —Golpeé su hombro.

—Prometo que guardarán un folleto para ti —respondió Cece y se puso de pie—. Una postal, al menos.

9
Zach

Si era completamente sincero conmigo mismo, ¿acaso no había deseado alguna vez estar en una feria universitaria?

Apenas había tenido tiempo de ver la disposición del centro de exposiciones, cuando había sido arrastrado por un río de estudiantes que corrían de estand en estand. Pronto descubrí que el sitio más seguro del edificio parecía ser el patio exterior, lejos de todos los puestos; así que apuntalé mis pies, contuve la respiración y enseguida sentí que recuperaba el control de mí mismo. Mi única compañía en aquella angosta playa eran maestros y padres acompañantes de una docena de institutos diferentes. Un hombre vestido de traje me miró de arriba abajo, después apartó la vista.

Sí, yo tampoco me habría molestado a mí mismo.

Desde aquel ángulo, la vista del salón de presentaciones era mucho mejor: una flota de estands universitarios, esparcidos bajo un intrincado cielo de pasarelas y redes de iluminación. Por encima de todo aquello colgaba un cártel: FERIA UNIVERSITARIA DE LA COSTA CENTRAL; BIENVENIDA CLASE DE 2013.

Vi cómo Vanessa y Cece se sumaban a la corriente. Pronto se separaron y Vanessa se puso de puntillas para analizar los diferentes carteles. Cece parecía tener su atención dividida entre dos intereses contrapuestos: la lista que llevaba en sus manos y la cabeza de la chica a la que parecía estar siguiendo, sin ningún tipo de disimulo. La reconocí: era mi compañera del viaje en el autobús. Ada algo.

—No podrás trazar tu futuro desde los márgenes —dijo una voz y me di la vuelta, para ver que el hombre del traje me estudiaba de nuevo.

—¿Qué?

—He dicho que no puedes trazar tu futuro desde los márgenes. —Señaló con la cabeza el salón atestado y enmarcó la vista con las dos manos, como si tuviera un proyector de cine—. Tu futuro está ahí fuera.

Suspiré.

—Gracias —respondí, mientras me preguntaba si podía alejarme de aquel hombre. Él asintió con gentileza y sonrió satisfecho, como si estuviera orgulloso de haberme indicado el camino correcto.

La feria universitaria no era un evento expresamente obligatorio… pero desde luego, el hecho de asistir era más que una sugerencia. Había intentado convencer a la señora Grace, diciéndole que no tenía planes de ir a la universidad. Ella me había propuesto hablar con mi hermano… y la verdad es que yo no quería que él tuviera que perder el tiempo pensando en la universidad, así que cedí. Y de ese modo había acabado en aquel sitio, en el que no podría haber estado más fuera de lugar.

Vanessa y Cece pertenecían a un sitio como ese. Aunque no podían ser más diferentes: la familia de Vanessa tenía dinero, a juzgar por su bicicleta, y probablemente ella podría permitirse ir donde quisiera; Cece se parecía más a mí, de la clase de familia en la que todos exhibían callos en las manos al pasar la comida en la mesa durante la cena; pero ambas eran increíblemente listas. Con dinero o sin él, irían a la universidad. Se graduarían como las mejores de su clase. Tendrían empleos con salarios de seis cifras.

Ese no sería mi caso. Y no porque no fuera listo. Era lo suficientemente inteligente. Pero ese factor no entraba en el juego. Las cosas eran diferentes. Porque mi familia me necesitaba. Me necesitaba en *casa*. Todos a cubierta, por decirlo así.

Dejé que la corriente me llevara por el edificio, mientras miraba los estands que representaban un futuro que estaba completamente fuera de mi alcance: Harvard, Yale, Princeton. Todas las universidades de California: UCSB, UCLA, UC Berk, UC Davis, USC, Stanford, Cal, San Diego... Incluso aquellas universidades sobre las que nunca había escuchado hablar no tenían un camino para mí.

La señora Grace pensaba que yo no demostraba ningún tipo de interés por la universidad. Aunque no se trataba de eso. Si las cosas hubieran sido diferentes... Pero desde siempre había tenido razones para sacarme la universidad de la cabeza. Si ella me hubiera preguntado, le hubiera dicho por qué no podía ir. Tenía una *lista* de razones.

1. La universidad cuesta muchísimo dinero.
2. Universidad = deuda abrumadora durante *años*.
3. Universidad ≠ trabajo seguro. Así que tienes que vivir con esa deuda. Para siempre.

Y esas eran solo las razones prácticas. Las verdaderas razones por las que no podía ir a la universidad tenían nombres. Rachel. Robin. Mi madre. Incluso Derek. Si ellos no me hubieran necesitado, si no hubieran necesitado el dígito extra que podía aportar con mi salario, entonces sí, las cosas hubieran sido diferentes. Entonces me hubiera permitido pensar en la universidad. Mierda, ni siquiera tenía que *ir* realmente. Podía solo *imaginarlo*. Podía unirme a las conversaciones que escuchaba por los pasillos del instituto a diario: *¿En qué universidad has entrado? NO PUEDE SER.* A los demás chicos les emocionaba la idea de salir de Orilly. Todos estaban ansiosos. Todos habían saboreado esa inminente libertad, la libertad que los sacudiría en cuanto caminaran hacia el estrado en su graduación.

Poder sentir esas cosas; eso casi hubiera sido suficiente. Un hombre puede vivir toda una vida después de haberse sentido así durante un momento. Volver a su cuerpo como si por un segundo hubiera estado en otro sitio. Como si hubiera sido otra persona. Un segundo de encontrarse así probablemente podía impulsar a un hombre durante años.

Pero la universidad no era real. Derek había asistido durante un breve período. Había logrado salir, había comenzado una vida. Y después Orilly, como una fuerte corriente, lo había arrastrado de vuelta.

Orilly era así.

Bueno, para algunos de nosotros.

10
Vanessa

Encontrar el estand de Cornell me llevó una *eternidad*.

Estaba en la décima primera fila de universidades. Once hileras de estand tras estand, la mitad de los cuales eran extrañamente de color violeta. Los extremos de los pasillos del centro de exposiciones estaban repletos de estudiantes. Me sentí como Teseo, atravesando el laberinto. Pero finalmente encontré a mi minotauro: fila once, estand 3.472.041.

Durante el camino, había sido imposible perder de vista a Cece. Saltaba de una universidad a otra, cogiendo folletos y guardándolos en su bolsa, luego se apresuraba a ir tras Ada. La forma en la que Ada se desenvolvía me resultó sorprendente. Se movía entre la multitud con una excelente postura, hombros delgados, altos y fuertes, ojos pacientes y brillantes. Cece tenía muy buen gusto, había que admitirlo, pero era difícil imaginar un mundo en el que una chica como Ada se fijara en una chica como Cece. Mientras que Ada estaba prácticamente lista para recorrer la alfombra roja, Cece se encorvaba bajo el peso de su bolsa, dando tumbos como la asistente de un científico loco. Por mucho que yo la quisiera, Ada estaba simplemente fuera de su alcance.

Ver a Ada moverse con tanta confianza por el salón me hizo pensar en mi madre. Ella también era asiática-americana y daba esa sensación de *pertenecer* a cualquier sitio. Yo no tenía esa seguridad, eso era un hecho. Mientras que yo solo había conseguido arrastrarme por casa de Aaron después de la mudanza, mi madre se había sumergido de inmediato en la nueva ciudad. Había encontrado un puesto vacante en el ayuntamiento, se había presentado sin oposición y había ganado. Así de simple. Durante algunos meses, su nombre había estado por toda la ciudad, en carteles por todos los jardines y anuncios publicitarios. ELISE BARTLETT SE PRESENTA A CANDIDATA PARA EL AYUNTAMIENTO.

Yo no era completamente diferente a ella. Aunque la mayor parte de los días el espejo me recordaba que me parecía a mi padre, también tenía rasgos de mi madre. Mis ojos eran de color avellana, como los de ella. Había heredado uno de sus adorables hoyuelos. Pero, más allá del pelo oscuro, parecía que su herencia japonesa simplemente me había pasado por alto. Yo era un cuarto japonesa, pero era imposible saberlo. Me parecía mucho más a él.

Justo en aquel momento, sabía que mi padre se habría sentido decepcionado —es más, *enfadado*—, de verme allí, de pie frente al estand de Cornell.

Bien. Se lo merecía.

Pero al llegar al estand lo encontré vacío. Durante un momento había tenido la fantasía de encontrar a alguien importante allí. A un alumno de astronomía, tal vez. Quizás vieran algo en mí que los inspirara a darme una beca y después haber tenido una interesante conversación sobre las Pléyades o algo así…

Escuché un golpe justo detrás de mí, después un grito. Me volví y vi el origen de la conmoción. Alguien, en otro estand, había derribado un mostrador giratorio; cuando se levantó y volvió a colocar el mostrador en su sitio, lo reconocí de inmediato por su pelo rojo.

Zach comenzó a recoger y acomodar todos los folletos y libretas que había tirado, pero un voluntario lo apartó. Zach dio un paso atrás, chocó con otra chica, que gritó ruidosamente. *¿Era necesario?*, pensé. La maldije por eso. *Que siempre tengas piedras en tus zapatos.*

Zach parecía querer desaparecer, algo que no era sencillo para un chico cuya cabeza parecía estar en llamas y que por su altura sobresalía entre los demás estudiantes. Pero por si todo eso no fuera suficiente, su rostro tenía una clara expresión de anhelo. Miré más allá de él, hacia el cartel del estand: INSTITUTO FLECK DE ARTE Y DISEÑO. Sus paredes estaban cubiertas de trabajos artísticos y fotografías que habían realizado los estudiantes del campus de la universidad.

Apenas conocía a Zach, pero era evidente que su sitio estaba en una universidad como esa.

Su vergüenza acabó por ganarle la partida, se sumergió entre la multitud y se alejó del estand de la escuela de arte. Lo vi marcharse, luego giré hacia el estand vacío de Cornell y tomé el material informativo. Por instinto, me deslicé entre la gente y también tomé el del estand de Fleck.

—Tenemos que irnos. —Cece apareció junto a mí—. No puedo dejar de perseguirla. Soy horrible.

Mientras avanzábamos hacia la salida, deslicé el bolso por mi hombro y guardé con cuidado toda la información que tenía sobre Cornell y Fleck, dos billetes de ida para salir de esa vieja ciudad.

11
Zach

Una sombra con forma femenina se proyectó en mi cuaderno y levanté la vista. El sol se filtraba alrededor de una figura.

—Hola —dije, sin estar seguro de a quién estaba mirando. La chica se dio cuenta de que la claridad me cegaba, se movió para bloquear la luz y me dejó ver que había una segunda chica detrás. Vanessa y Cece.

Cece se inclinó para inspeccionar la página de mi cuaderno. Había estado trabajando en dibujar una plataforma petrolífera con forma de insecto, sus largas patas se elevaban del agua, de su espalda salían chimeneas, entre sus alas en reposo. Su cabeza se inclinaba hacia delante, con la trompa enterrada en el mar y el cuerpo lleno, casi a punto de estallar.

—No sabía que con tus ilustraciones hicieras… una crítica tan política —analizó Cece.

—El arte también puede ser político —agregó Vanessa—. ¿No es así, Zach?

Cece le dirigió un gesto de burla a Vanessa.

—Iré a… eh…

—¿… ver a una chica en un caballo?

—¿Ver a una chica en un caballo? —le pregunté a Vanessa cuando Cece se marchó.

—Quién sabe. —Ella rio.

—De donde vengo, eso significa que necesitas ir al baño.

—Tal vez tenga que hacerlo.

—Pero te referías a otra cosa.

—Le gusta alguien —admitió Vanessa.

—Bien. —Recordé haber visto a Cece en el centro de exposiciones.

—Tu compañera de viaje —agregó.

—¿Quién? —Fingí no recordarla.

—Ada.

—No la recuerdo.

—No te creo.

Me encogí de hombros.

—La chica más llamativa de la escuela se sienta a tu lado durante casi dos horas y tú qué, ¿solo te quedas en blanco?

—Me ocurre cuando dibujo. A veces, al menos. No conoces muy bien a Ada, ¿no es así?

—La he visto por ahí.

—He estado en algunas clases con ella desde que se mudó a Orilly —dije—. Y no creo que se vea a sí misma como acabas de describirla.

—Déjame ver —me dijo y extendió la mano.

—¿Ver... qué?

—No he podido apreciar lo que estabas dibujando. —Señaló mi cuaderno. Lo abrí y le enseñé la hoja—. Ah. Sí, estabas tan concentrado en dibujar *Transformers* que no te diste cuenta de que ibas sentado junto a una modelo en el autobús.

—No es un *Transformer*.

Me dio un codazo amistoso y sonrió.

—Lo sé. He podido ver el otro que estabas haciendo, en el autobús. El mar comiéndose la ciudad. No me había dado cuenta de que eras tan ecologista. Cece tenía razón, tus dibujos *representan* una crítica política.

No intenté disuadirla. Era mejor que confesarle la verdad: dibujaba las cosas que me daban miedo. El mar, acechando en la costa, como un león que rodea un campamento en la oscuridad. Las plataformas petrolíferas, como zonas de guerra a las que nuestros hermanos y padres eran arrastrados.

—Todos somos un poco ecologistas en el fondo —dije débilmente—. O deberíamos serlo. ¿No?

—Las compañías petroleras terminarán drenando todo el planeta —anunció, con tono serio—. Dejarán a la Tierra como una pasa reseca navegando a la deriva alrededor del Sol. No es sorprendente que los glaciares estén derritiéndose. El océano quiere expandirse. *Viene a por nosotros.*

—Maldito sea el hombre —coincidí, tal vez de forma poco convincente. Ella le había puesto palabras a lo que yo trataba de expresar con mi arte. No tenía ni idea de cuánta razón tenía. Vanessa rio, después se acercó más.

—Sí, pero, Zach, vives en una ciudad petrolera. Salve a nuestros benevolentes señores. ¿Cierto? —Negó con la cabeza—. Es decir, maldición. Mi padrastro trabaja para Bernaco. Y aún no conozco a todo el mundo, pero estoy segura de que tu padre también trabaja allí.

Lo dejé pasar. Ella no lo sabía.

—Mi hermano, aunque no trabaja directamente para Bernaco. Es buzo. —Yo habría apostado que su padrastro nunca había puesto un pie en las plataformas. Probablemente fuera un ejecutivo. Buenos zapatos. Con total seguridad no conocía el peso de una llave inglesa, como mi padre.

Vanessa asintió, luego miró a lo lejos. Fijó su mirada en algún punto distante hasta adquirir una expresión casi ausente. A unos treinta metros, Cece estaba conversando felizmente con Ada.

—Creo que acabas de perder a tu compañera de viaje —comenté.

—¡Adelante! —gritó Vanessa, tan fuerte que Cece y Ada levantaron la vista, sorprendidas. Cece se ruborizó, avergonzada. Vanessa volvió a dirigirse a mí—. ¿No es adorable? —Después señaló el banco en el que estaba sentado—. Muévete, hombre.

Me moví.

En el viaje de regreso a casa, Vanessa ocupó el sitio que había junto a la ventana y me señaló el asiento a su lado. Observamos cómo Cece y Ada subían un momento después. Vanessa negó con la cabeza y sonrió al ver que se sentaban juntas en la parte trasera.

—Esa chica me ha dado esta mañana todo un discurso sobre los inconvenientes de involucrarse con alguien en este momento.

—¿Cece?

—La misma.

—Es solo el primer mes del último año —señalé—. La mayoría de las relaciones que surgen durante el último curso no suelen ser duraderas.

Mientras el autobús se dirigía a casa, seguí trabajando en el dibujo de la plataforma petrolífera, y Vanessa alternaba entre mirarme a mí y ver el paisaje.

—Me gusta este sitio —dijo.

—¿Orilly? —Dibujé un pequeño barco en el agua debajo de la plataforma, como Ahab y sus hombres escapando de la gran ballena blanca.

—Esta parte específica de California. Esta costa. —Inhaló de forma profunda. El viento que entró por la ventana alborotó su pelo y trajo el aroma de la sal y la luz de sol.

—Yo solo conozco Orilly.

—¿Nunca has vivido en otro sitio? —Negué con la cabeza sin dejar de dibujar, y ella cambió de tema abruptamente—. Giger. ¿Lo conoces?

—¿Gi, qué?

—H. R. Giger. El artista sueco. ¿Has visto *Alien*?

—Yo, eh, no veo muchas películas.

—Pero sabes que las películas existen, ¿no? ¿Y sabes que una de ellas se llama *Alien*?

No lo sabía, pero me encogí de hombros como si lo supiera.

—La vi cuando tenía siete años. Mi padre me dejó verla. —Hizo una pausa, como esperando una reacción. Al ver que no intervenía, repitió—: *Siete años,* Zach.

—¿Eso es… malo?

—Es para adultos. La verdad es que es una película bastante sangrienta. —Dudó, después continuó, quizás muy poco impresionada por mi falta de reacción—. Mi madre se enfadó. Porque yo tenía…

—¿Siete años?

—Sí. Bueno, da igual; el alienígena que aparece en la película está basado en los diseños del artista. Su trabajo es realmente… no sé cómo describirlo. Mecánico, pero también orgánico. ¿Y casi como aterradoramente sexy? Pero grotesco también.

Miré mi dibujo, después a ella.

—¿Y esto te hace recordarlo? —Ahora era su turno para encogerse de hombros. Pareció repentinamente incómoda, así que agregué—: ¿Qué pensaba tu padre? Al dejarte ver esa película a…

—¿Los siete años? —Negó con la cabeza—. Él quería que yo tomara partido.

—¿En contra de… tu madre?

—Es interesante —dijo en voz baja. Había apartado la vista, miraba las colinas al pasar—. Creo que no me había dado cuenta de que eso era lo que estaba haciendo hasta ahora. Creí que estaba compartiendo algo que creía que era increíble, pero solo estaba intentando molestar a mi madre. Dios, qué cretino.

Seguí dibujando mientras esperaba qué ella continuara, pero no lo hizo.

—Nunca había pensado en una plataforma petrolífera como un alienígena aterradoramente sexy —dije finalmente.

Vanessa señaló un tubo metálico que sobresalía del vientre de la plataforma y se metía en el mar. Lo que quería decir era evidente. Me miró, como si fuera a explicarse, luego se detuvo:

—Te estoy perturbando.

—Solo un poco.

Ella rio. *Hombre,* esa risa.

12

Vanessa

Al llegar a Orilly, Zach me acompañó al aparcamiento de bicicletas. Cece siguió de largo, con ojos soñadores, junto a Ada, ambas perdidas en su conversación. Forcejeé con el candado de mi bicicleta, después miré a Zach y le dije:

—¿Quieres caminar? —Él dudó un momento, pero luego asintió.

Empujé mi bicicleta en silencio. Me preocupaba que el hechizo en el que nos habíamos mantenido durante el viaje en autobús se hubiera roto. Después, para mi placentera sorpresa, él habló:

—¿Alguna vez te preguntas qué sentido habrá tenido todo cuando seas mayor?

—¿Quieres decir, antes de morir, si sabré para qué he estado aquí? ¿Cuál ha sido mi propósito en la vida?

—Exacto —afirmó—. Cuando tengas sesenta años, o lo que sea.

—¿Sesenta? ¿No noventa?

—Todos los hombres que conozco mueren jóvenes.

—¿Cuál crees que será tu propósito? —No estaba segura de qué responder.

Él metió las manos en sus bolsillos mientras caminaba. Tenía una forma muy particular de encorvar sus hombros, como si fuera una tortuga que lentamente se va metiendo en su caparazón.

—No lo sé —dijo—. Tal vez tener una familia. Criar seres de bien.

—¿Eso es todo? ¿Ser un buen padre?

—Eso ya parece bastante para mí. ¿Qué es más importante?

—Sí. —Consideré lo que había dicho. Pensé en mi padre y en Aaron—. Sí, de acuerdo. Puedo verlo.

—¿Cuál es el tuyo?

—Nombrar algo —respondí sin dudar—. Ponerle mi nombre a algo que me sobreviva.

—Ah. ¿Como a una isla de basura en el océano? —Rio—. Parece que eso nos sobrevivirá a todos.

—Ja. No. Quiero darle nombre a una estrella.

—Eso es ambicioso. —Inclinó su cabeza hacia mí.

—Sí. Tal vez. Es decir, la mayoría de las estrellas se nombran con pares de letras y números, ¿no es así? Las estrellas más famosas tienen nombre *nombre,* y luego todas las otras tienen identificaciones catalogadas. Conoces el nombre de la Estrella del Norte, ¿verdad?

—¿Polaris?

—Sí, Polaris. Pero también se llama Alpha Ursae Minoris en un sistema de clasificación. Y en otro es HD889… algo.

—Sin mencionar a los mayas, que tenían nombres diferentes a los griegos, que tenían nombres diferentes a los romanos, que…

—Zach.

—¿Qué? —Dejó de caminar.

—¿Siempre has sido tan deprimente? —Él sonrió y miró sus pies.

—Sí, casi siempre. —Comenzamos a caminar otra vez y él preguntó—: Así que, ¿por qué que te interesan las estrellas? ¿Cómo descubriste que te gustaban?

—Cuando era pequeña, alguien le prestó a mi padre una caja de cintas VHS —respondí—. Entre todas aquellas viejas películas, encontré una colección llamada *Cosmos.* Era una miniserie preciosa de los años ochenta. En ella aparecía el doctor Carl Sagan con sus fabulosos jerséis de cuello alto, invitándote a viajar con él a través del espacio en su nave imaginaria y… He desgastado las cintas de tanto verlas. Mi padre las odiaba. Cada vez que entraba en la habitación y me encontraba viéndolas, solo se daba la vuelta y volvía a salir. —Zach estaba mirándome y de pronto sentí como mi cuello se enrojecía—. ¿Qué?

—Solo estaba escuchándote. —Sujetó mi bicicleta y la empujó conmigo. Como no continué hablando de inmediato, agregó—: No te detengas. Me *gusta* escucharte. ¿Cuál era tu parte preferida?

—¿De *Cosmos*? —Pensé un momento—. Hay una parte en la que él dice que todos estamos hechos de polvo de estrellas. Eso era lo que más me gustaba. Mi madre dice que no paré de hablar sobre ese tema durante meses, que se lo contaba a todo el mundo que nos encontrábamos, desde el empleado de la tienda hasta el bibliotecario…

—Así que… —Zach asintió—… si pudieras ponerle nombre a una estrella… —Vi a dónde quería llegar.

—Entonces un día esa estrella morirá. Explotará y todo lo que la componía se esparcirá por la galaxia y con un poco de suerte se convertirá en parte de algo nuevo.

—Como pequeñas Vanessas, algo así. En cada planeta, en cada sistema solar.

—En cada sistema planetario —lo corregí. Pero después me sentí algo avergonzada por hablar de cosas tan antiguas y complejas, en aquella acera agrietada de aquel pequeño e insignificante pueblo—. ¿Es una tontería?

—No —respondió. Pareció sorprendido por mi pregunta—. No, no es una tontería.

Cuando llegamos a la esquina de Higuera y Marsh, me entregó la bicicleta.

—Aquí tengo que… emm, dejarte. No puedo llegar tarde. Al trabajo.

—Adiós, Zach —le dije. Pero en vez de marcharse, él dudó, durante apenas un segundo. Había algo raro en su rostro. Como si intentara esconder una sonrisa.

—Sí. Emm… adiós. —La sonrisa se escapó por una comisura de sus labios, a pesar de su esfuerzo por ocultarla. Tenía una sonrisa bonita, cuando decidía mostrarla.

Cuando se marchó, subí a la bicicleta y ascendí por la colina hasta la casa de Aaron. En el garaje, apoyé la bicicleta contra la pared y esperé que la puerta automática se cerrara. Incluso desde allí podía oler la cena.

Noche de burritos.

Maldición.

Si había algo que mi madre nunca había desarrollado bien, era justo su habilidad para la cocina. No solo por el hecho de cocinar, sino por todo lo que tuviera cualquier relación con la comida en sí. En general. Solía poner pepinillos donde no debía. Condimentar con paprika por error o preparar algún plato tentador y apetecible para después servirlo con alguna salsa extraña de pescado o aceitunas que no le iban nada bien a esa comida. Solía decir que, desde que yo tenía tres años, al menos una de sus comidas me había gustado: los burritos.

—Te metías en la cocina y exigías *buritos* —me había dicho miles de veces—. No sabías pronunciar la palabra. Aún me da risa. —Y tal vez la historia fuera cierta. Pero un niño pequeño no sabe que los burritos normalmente no se hacen con verduras en conserva.

Dentro, mi madre y Aaron estaban haciendo su usual autopsia del día, analizando las heridas de batalla de la jornada.

—Dos días de declaraciones, *borrados* de un plumazo —protestó Aaron—. Melanie cree que deberíamos cambiar el sistema de taquigrafía que tenemos actualmente.

—Siempre puedes volver a realizar las declaraciones —dijo mi madre. Estaba agachada, mirando el horno y sacudiendo una mano de forma evasiva en su espalda. Satisfecha con lo que estuviera pasando con las burritos, se enderezó y agregó—: Te he vencido. Cornlius Clarke está fuera.

—¿Ya?

—Ha estado evitando mis llamadas durante tres semanas y hoy su abogado le ha notificado al ayuntamiento que está fuera. —*Fuera* significaba que otro gran inversor había ganado Costa Celeste, el proyecto del complejo turístico que el ayuntamiento de la ciudad estaba intentando desarrollar—. Así de simple.

Me quedé en las escaleras, observándolos. Aún no se habían dado cuenta de que estaba allí.

—No parece que te moleste.

—Es decir, Jim lo adelantó hace una semana. Nadie se ha sorprendido. Pero nadie está *contento* tampoco.

—¿Puedo jugar? —dije tras aclarar mi garganta.

—¡Nessa! —El rostro de Aaron se iluminó con una gran sonrisa—. Ni siquiera te he escuchado llegar.

—¿Jugar a qué? —preguntó mi madre.

—A ver quién ha tenido el peor día.

—Por favor, Vanessa. —Ella rio—. Siempre se lo digo a Aaron, siempre tiendes a dramatizarlo todo.

—Vosotros dos sí que sois realmente *melodramáticos*. «Ah, mis problemas. ¡Qué desgracia! Oh, ¿qué será de mí?».

—¿Has tenido un mal día? Si no, entonces… —Mi madre dibujó una cremallera invisible en sus labios—. Mientras tanto, puedes poner la mesa.

Mi iPhone vibró. Lo saqué de mi bolsillo.

Perdón por abandonarte hoy.

Escribí una respuesta.

No te preocupes.

En la aplicación de mensajes aparecieron los típicos puntos suspensivos que indicaban que Cece estaba escribiendo.

Pero me siento maaaal. ¿Pizza y película?

—¿Vanessa? —dijo mi madre, dirigiendo una mirada incisiva hacia mi teléfono—. ¿La mesa?

—Sí, sí, de acuerdo. —Respondí rápido:

Mi madre ha hecho burritos :/

Volví a guardar el teléfono en mi bolsillo.

—Así que, Vanessa —dije mientras sacaba los platos para poner la mesa—. ¿Cómo ha sido tu día?

—Cierto, ¡la feria universitaria! —recordó Aaron—. ¿Qué tal te ha ido?

—Bien —comencé. Distribuí los platos, después regresé a la cocina por los cubiertos—. Dejadme ver…

—¿Tu universidad estaba allí? —preguntó mi madre. *Tu universidad.* Había demostrado su disconformidad con la idea de que fuera a Cornell cientos de veces, por si lo conseguía. Prácticamente había memorizado todas las razones por las que ella pensaba que no era la universidad adecuada para mí.

1. *Está a un millón de kilómetros.* Lo que decididamente no era cierto. La circunferencia de la tierra tenía menos de cuarenta y dos mil kilómetros. Ítaca estaba a poco menos de cinco mil kilómetros de Orilly. Simplemente no había suficientes ceros como para sustanciar su postura. Punto para Vanessa.

2. *Ni siquiera has considerado ninguna otra opción.* Este argumento no era válido, una referencia a lo que no estaba diciendo: la astronomía era una amante para mi padre, la

obsesión que compartía conmigo, pero no con ella. Que yo insistiera en mi búsqueda de las estrellas a pesar de la decisión que él había tomado de abandonarnos la confundía. Pero era mi vida, no la de ella. Punto para Vanessa.

3. *Ni siquiera es la mejor universidad a la que podrías ir.* «Los hijos siempre quieren marcharse lejos de sus padres», se lamentaba. Pero no le importaba que fuera o no lo *mejor* para mí. Lo que le molestaba era la astronomía. Las dos sabíamos que, si hubiera elegido Oxford, la Universidad de Dublín o una en la Luna, ella habría estado totalmente de acuerdo; siempre que me especializara en arqueología o literatura, o en cualquier cosa que no tuviera nada que ver con las estrellas. Punto y victoria para Vanessa.

—¿Era como esperabas que fuera? —preguntó Aaron.

No les conté que el estand de Cornell estaba vacío.

—¿Qué otras universidades visitaste? —agregó mi madre y revisó el horno otra vez. Intenté llevar la conversación hacia otro lado, pero no tuve éxito.

—Tendríais que haber visto a Cece. Su mochila probablemente pesaba tanto como ella.

—Tu amiga hace lo correcto —afirmó Aaron—. Siempre te lo he dicho, hoy en día no hay razón para que te limites a una sola universidad. Lo mejor es tener siempre un plan B.

No valía la pena discutir y definitivamente habría una discusión, así que abandoné la conversación. Terminé con los cubiertos. Mi teléfono volvió a vibrar.

Ah noooooooooooooooo, lo siento mucho.

Contuve la risa, pero antes de que pudiera responder, me llegó otro mensaje:

Y justo después otro:

NO TE COMAS LOS BURRITOS 💀

—Vanessa, por favor. En la mesa no quiero móviles —me regañó mi madre.

Di dos pasos atrás, con el teléfono a dos centímetros de mi cara.

—¿Qué? —pregunté en voz alta. Puse los ojos bizcos, luego simulé escribir a toda velocidad—. Perdón, ¿qué? ¿Has dicho algo? No te estaba escuchando.

A mi madre no le resultó divertido.

Dejé mi teléfono con un suspiro y ocupé mi sitio en la mesa. Sin preguntar, mi madre levantó mi plato y me sirvió un burrito con cuchara. *Con cuchara.* No sé hacer burritos, pero servirlos *con cuchara* parece, no sé, una especie de señal de que no los has hecho bien. Cayeron pequeños trozos de zanahoria y pimientos de la especie de burrito.

—Sabes, Stanford tiene clases de astronomía. —Aaron volvió a intentar retomar el tema universitario—. Pasé unos cuantos años allí cuando estudiaba leyes.

—Clases —repetí—. La palabra operativa. No tienen una carrera especializada.

—Ah —reaccionó. Pero sonrió—. Lo has investigado.

Maldición.

—Solo para compararlo con Cornell —dije.

—Tal vez deberías pensar la posibilidad de estudiar Derecho —sugirió mi madre—. Podrías pensarlo.

—No quiero ser abogada.

—Solo te he dicho que lo pienses.

—De acuerdo. —Hice una pausa, cerré los ojos y conté hasta tres en silencio—. Ya está.

—No te pases de lista.

—Creía que la *gracia* estaba en ser lista.

Habíamos tenido aquella conversación muchas veces, le habíamos dado mil vueltas al tema, como si fuera una pelota de tenis desinflada. ¿Por qué era tan difícil para un padre dejarlo estar, no discutir sobre todo? Quería preguntárselo, pero sabía lo que diría. «No lo sé, Vanessa. ¿Por qué no se lo preguntas a tu padre?». Y no quería hacerle eso a ella. Las cosas nos iban bien en Orilly. Quería que cualquier rastro que pudiera quedar de mi padre se hubiera quedado en Santa Bárbara. Por el bien de las dos.

Pero era difícil cuando ella al mirarme solo podía ver su cara. O tenía que escuchar cada día cómo su hija tenía los mismos sueños que él.

Bien, sabía cómo se sentía.

—Pero la cuestión está justo ahí —dijo Aaron, y retomó hábilmente al tema anterior—. No podemos perder la declaración de hoy. Hemos descubierto que todo el asunto puede no haber sido culpa de Bernaco. Puede que todo se deba al revestimiento defectuoso de una tubería. —Suspiró con pesadez—. No sé si podré hacer que el testigo vuelva a declarar eso mismo de nuevo.

Un momento después, sin embargo, regresamos a Cornell.

—Sabes —comentó mi madre—. Berkeley tiene un plan de astronomía. —Vio el cambio en mi rostro—. ¿Qué? Si *tienes* que estudiar esa… *cosa*, al menos Berkeley está cerca. No tengo que perder a mi niña por completo.

Un burrito después, me disculpé, lavé y guardé mi plato, y subí las escaleras. En mi habitación, me desplomé contra la puerta. Carl Sagan me sonrió desde una fotografía que tenía pegada en la pared.

—Ayúdame, Doctor Sagan —protesté—. Eres mi única esperanza.

Las siguientes horas pasaron como en una nebulosa. Me registré en *Common App*, añadí mis expedientes académicos, mis trabajos de clase, completé mi perfil. Escuché que mi madre y Aaron se iban a dormir y miré mi teléfono. Ya eran las once y media. Para cuando le eché un vistazo al apartado de «Inscripción previa» y seleccioné «Enviar solicitud» ya eran casi las tres de la mañana. Resistí un bostezo mientras me tiraba en la cama. Mi bolso saltó por los aires y la solicitud para la escuela de arte cayó al suelo. Había olvidado entregársela a Zach.

Mi teléfono vibró.

¿Qué tal los burritos? ¿Sigues viva?

De algún modo, Cece siempre era capaz de detectar si estaba despierta. Hablamos durante unos minutos, mandándonos mensajes tan confusos como yo me sentía en aquel momento. Casi me había dormido, cuando el teléfono volvió a vibrar.

No puedo dejar de pensar en ella
Practica *roller derby*
Nadie lo sabe
Eso es genial
Tiene secretos
Es increíbleee

Miré a OSPERT y me pregunté: ¿si tuviera suficiente energía como para salir de la cama y apuntar su lente hacia el depósito policial de vehículos, vería la silueta familiar de Zach trepando por la valla? ¿Qué otras cosas haría cuando pensaba que nadie lo veía?

Escribí una respuesta:

Sé a qué te refieres.

Y me dormí antes de que Cece respondiera.

13
Zach

Me tumbé en el sofá con mi cuaderno de dibujo. La casa estaba en silencio; las niñas y mi madre llevaban horas dormidas. Leah me había dicho que mi madre había tenido un muy buen día; que incluso hasta había hablado.

—Bueno, durante un minuto o dos —me había dicho—, y después se volvió a mantener ausente.

Con líneas delgadas, dibujé la forma de un edificio similar al que había visto ese día en el estand de la escuela de arte. El edificio no era el elemento central del dibujo; lo era el parque. De color verde brillante, había estudiantes sentados a la sombra. Algunos representaban su arte, uno leía un libro sobre Basquiat.

Aún estaba despierto cuando escuché el sonido de la llave de Derek en la cerradura. Me vio en el sofá.

—Lo siento. He intentado no hacer ruido.

—¿Tienes hambre? —Cerré el cuaderno y me levanté. Él miró el reloj que teníamos encima del horno. Era casi medianoche.

—No debería —respondió. Pero tenía esa expresión.

—¿Has comido? —Derek solía no cuidarse, así que agregué—: Te haré unos huevos revueltos.

Quedaban dos en la caja. Lo apunté en una nota para que no se me olvidara tomar algunos en el trabajo al día siguiente. Aún nos quedaba algo de crédito en la tarjeta de ayuda alimentaria

CalFresh. Cuando no era así, algunas veces Maddie me enviaba a casa con comida. Nunca había dicho una palabra al respecto, pero yo sabía que lo hacía porque había podido ver la tarjeta. Ocasionalmente encontraba una bolsa de comida (alimentos envasados, alguna verdura, tal vez pan del día anterior) debajo de la caja en la que guardaba mi mochila.

—¿Cómo te ha ido?

—¿En el examen de certificación? Lo han retrasado. —Se sentó en nuestra pequeña mesa de la cocina—. Madsen estaba enfermo.

—Te has esforzado mucho.

—Un poco.

No solo un poco. Había estado estudiando a todas horas. Se había quedado tiempo extra en la piscina de buceo. La certificación implicaría más dinero. Estaría habilitado para bajar a más profundidad, más trabajo. Mejor sueldo. Estaba esforzándose, definitivamente.

Rompí los huevos en un tazón y los batí con un tenedor. Agregué un poco de leche a la mezcla y un poco de mantequilla en la sartén. Abrí la pequeña ventana de la cocina; la hornilla tenía una campana extractora, pero el ventilador hacía ruido y despertaría a las niñas.

—Me han llamado del instituto hoy —dijo Derek—. Z., tienes que asegurarte de que las niñas llegan a su hora a clase.

Habían perdido el autobús porque Robin no encontraba uno de sus zapatos. Leah las había llevado. Habían llegado solo cinco minutos tarde, pero lo dejé pasar.

—Lo haré.

—Y asegúrate de que nuestra madre coma. Hazlo *tú*. Leah no puede encargarse de todo.

Estaba particularmente tenso esa noche.

—Lo haré.

—¿Cómo ha pasado el día hoy? —Bostezó. Tenía una sombra morada bajo sus ojos. Frotó su rostro, exhaló lentamente—. Debería echarle un vistazo.

—Deja que duerma. Leah me ha contado que hoy ha estado hablando durante unos minutos. Les ha dado las buenas noches a las niñas.

—¿Has podido hablar con ella?

La última médica que la había visto lo había explicado con más claridad: «Yo puedo ayudarla, pero es como si estuviera al otro lado de la puerta. ¿Lo entendéis? Es como si ella estuviera sosteniendo el pomo desde el otro lado para que no pueda abrirla. Tiene que querer que la ayuden». Eso nos había dicho. Así había sido desde el accidente. Había un hueco con la forma de mi padre en mitad de todo aquello. Los demás lo rodeábamos, intentábamos superarlo; pero mi madre había caído en él. Siempre había sido algo… tímida, pero el perder a mi padre había convertido esa melancolía que la caracterizaba en algo con dientes. Derek dijo en una ocasión que era como si ella se hubiera dejado consumir por su propia tristeza, pero yo nunca lo había creído. A veces me sentaba con ella, miraba sus ojos mientras ella seguía algo que se movía por la habitación, algo que yo no podía ver. En esos momentos, era como si el tiempo se hubiera abierto para permitirle seguir viéndolo a él: poniéndose su ropa en la cómoda, afeitándose cuidadosamente frente al espejo del baño. Una sonrisa ocasional se encendía en sus labios, como si aún escuchara sus sabiondos comentarios.

—No —respondí—. No, no he podido hablar con ella.

Me preguntó por el instituto. No mencioné la feria universitaria ni el estand de la escuela de arte. Le aseguré que todo iba bien, después le serví sus huevos revueltos y un vaso de leche. Él había colgado su camisa del trabajo en la silla. Tenía su nombre bordado a la derecha: D. MAYS III. En la manga tenía un parche con el logotipo de DepthKor, la silueta de un buzo con una linterna submarina. Era su única camisa de trabajo. Esperaría hasta que se fuera a dormir, después iría a la lavandería que estaba abierta veinticuatro horas.

—Los próximos exámenes son más difíciles —dijo volviendo al tema del que estábamos hablando antes—. Son exámenes de profundidad. Para los fáciles, me iré una semana. Para los de profundidad…

—Un mes. Lo recuerdo. —Mi padre también había hecho el curso de certificación.

—Solo la descompresión dura casi cuarenta y ocho horas.

—Mucho tiempo para pensar en tu gran actuación —dije. Finalmente entendió mi broma y me conmovió verlo sonreír. Pero no duró.

—Odio cargarte con todo esto —dijo. Había escuchado eso antes—. Estás en el último año, deberías…

—¿Has terminado? —Levanté su plato vacío, su vaso, los llevé al fregadero y los lavé. Al terminar, agregó:

—Desearía poder hacerlo mejor, Z.

—Lo haces bien. Vete a dormir.

Lo hizo. Metí su camisa en una bolsa de plástico junto con algunas prendas escolares de las niñas y fui a la lavandería. Dibujé mientras esperaba, las prendas giraban en la vieja y ruidosa secadora.

Por la mañana, Derek se fue antes de que me despertara. Serví cereales en un par de tazones, después les toqué la puerta a las niñas. Mientras comían, le llevé su avena a mi madre. Le hablé de todo lo que podía hacer aquel día, de lo bien que iban las niñas en el instituto, y escuché a Leah. Dejé a las niñas en el autobús, luego comencé el largo camino hacia el instituto; mientras andaba, comenzó a llover. Esperé bajo el techo de la gasolinera Shell, en la calle Nipomo, hasta que paró. Las niñas llegarían a su hora hoy, yo no. Pero todo iba a ir bien: Derek pasaría su examen y lo celebraríamos. Eso hacíamos, celebrábamos cualquier cosa que pudiéramos, por pequeña que fuera.

Teníamos que hacerlo.

Mientras buscaba entre los estantes de la biblioteca, sonó la campana. Había media docena de libros de Carl Sagan allí. *Cosmos. Cometa. Un punto azul pálido.* Tomé uno titulado *La diversidad de la ciencia: una visión personal de la búsqueda de Dios* y leí la contraportada. Tenía unos cuantos años, pero daba la impresión de que no lo habían leído nunca. Seguro que Vanessa les había echado un vistazo. En realidad no lo creía; cualquiera con una bicicleta como la de Vanessa podía comprar sus propios libros.

El resto de mis clases se desdibujaron. Me dolían los hombros por haber cargado con todos mis libros. No había tenido tiempo de pasar por mi taquilla. Había esquivado la multitud atascada entre la intersección de las alas A y B, después me había sobresaltado al llegar a mi taquilla.

Algo asomaba por las ranuras de la puerta.

El segundo día del curso anterior, alguien había metido tabaco masticado justo por ahí. Y, durante el verano, se había roto una tubería en el techo y el agua había caído en la que sería mi taquilla. Olía como el banco mohoso de un equipo de béisbol.

Pero lo que había no era tabaco. Ni goma de mascar, ni una bandita usada, ni ninguna de las cosas que había encontrado allí con los años. Era la esquina de un sobre. Marqué la combinación y abrí la puerta. El sobre cayó ante mí. Me agaché para recogerlo. El exterior estaba en blanco, salvo por un post-it verde lima.

¿Tu futura alma mater? ;)

No tenía firma.

Miré a mi alrededor, parte de mí esperaba ver a la señora Grace o a otra profesora, esperando una sonrisa de ánimo con los pulgares en alto. Pero solo había chicos dando vueltas y ninguno tenía el más mínimo interés en el contenido del sobre.

Que resultó ser una solicitud para el Instituto Fleck de Arte y Diseño.

14

Vanessa

Zach arrastró el mueble con ruedas en el que trasladábamos la televisión a la clase de la señora Harriman. No había visto un VHS desde que era pequeña, prácticamente, en Santa Bárbara. El instituto en el que había estado anteriormente tenía reproductores Blu-ray y proyectores de alta definición en todas las aulas. Aquella antigüedad, como era de esperar, no funcionaba.

—De acuerdo, llévalo de nuevo al salón de audiovisuales —dijo la señora Harriman con un suspiro—. Pregunta si tienen otro.

Mientras Zach enroscaba el cable, alguien detrás de mí murmuró:

—Tal vez debería enviar a alguien que no tenga tan mala suerte.

La señora Harriman no lo escuchó, pero Zach sí. No levantó la vista, aunque noté el cambio en su postura, cómo se encogía ligeramente. Giré y analicé los rostros, pero no tenía ni idea de quién había dicho aquello. Cuando volví a girar, Zach ya había salido con la televisión y Ephraim estaba colocando sobre mi mesa el último examen que habíamos hecho. Lo dejó bocabajo, luego siguió adelante. Lo giré. Extensamente con tinta roja, la señora Harriman había escrito *102, nada mal*. Había hecho las preguntas extra para obtener cinco puntos más… lo que significaba que había contestado mal al menos una de las preguntas ordinarias.

Recorrí el examen, buscándola. Sí. Página 2: *Nombre tres señales fisiológicas de estrés*. Me había saltado aquella pregunta. El espacio para la respuesta estaba en blanco.

Cece me enseñó su examen con una gran sonrisa. ¡105! Excelente. Al ver mi nota fingió una expresión de tristeza.

—¿En cuál te equivocaste?

Le mostré el espacio en blanco.

—Ahh —dijo con un escalofrío. Luego enumeró las respuestas—. Jaqueca. Tensión muscular. También habría aceptado «la aplastante decepción de la derrota absoluta».

—Y Cece se posiciona por delante —comenté.

—Cierra la boca. Ni siquiera te importa.

—No.

—Bueno, a mí tampoco.

—Mentirosa.

—Está bien. Me importa un poco. —Se encogió de hombros y se acercó—. ¿Te he hablado alguna vez de mi primo Eduard? Fue el segundo más listo de su clase durante años, justo detrás de una chica de su clase, Clarissa. Nunca conseguía superarla. La chica era tremendamente inteligente. Pero, cuando estaban en octavo, se mudó.

—Y el pequeño Eduard heredó el trono —terminé—. Así que, ¿vas a mudarte tú o lo tendré que hacer yo? Yo acabo de llegar…

—Espera —dijo—. Así que Eddie fue el mejor de su clase en octavo, luego en noveno, luego en el décimo. Así hasta el último año.

—Y luego ella regresó, ¿no es así?

—*Ella regresó* —chilló Cece—. ¿Te lo puedes creer? Volvió como si nunca se hubiera ido y *pum*, Eduard ocupó de nuevo el segundo puesto. Me contó que le lanzó bandas elásticas durante el discurso.

—Qué basura.

—Sí, qué basura.

—Espera —interrumpí—. ¿Entonces soy Clarissa o Eduard? ¿Quién eres en esta historia?

Los ojos de Cece se ampliaron y se enderezó en su sitio. Yo giré y vi a la señora Harriman mirándonos, con los brazos cruzados. Ni siquiera me había dado cuenta de que toda la clase se había quedado en silencio.

—Señoritas —dijo la señora Harriman. Miró el reloj—. Bueno, ya que el señor Mays parece que se retrasa, voy a aprovechar para hacer una pequeña introducción. Vamos a ver la película *Filadelfia*, de 1993, que en su época…

La señora Harriman insistía en explicarnos todos los detalles relevantes cada vez que veíamos algo.

—La película marcó un referente en su tema, trató el SIDA abiertamente. —Después de eso pasaba a la parte que más le gustaba—: Fue dirigida por Jonathan Demme y protagonizada por Tom Hanks y Denzel Washington. Seguro que conocéis a los actores por sus Premios de la Academia; las películas ganadoras *Forrest Gump y Glo…*

—*Día de entrenamiento* —dijo alguien—. Soy el rey del mundo.

—No, no, hombre. Esa es *Titanic*. Él dijo que era *Godzilla*.

—Él dijo, «King Kong no es nada comparado conmigo». Los dos os estáis equivocando.

—King Kong no es una *mierda* comparado conmigo —corrigió alguien.

La señora Harriman frunció el ceño y tomó aire, pero su respuesta fue interrumpida. La puerta de la clase se abrió y Zach entró con un VHS. La señora Harriman lo miró, luego a Zach, después habló.

—Zach…

—El chico ha olvidado el maldito televisor —protestó alguien.

Zach parpadeó, le entregó el VHS a la señora Harriman y volvió a salir por la puerta.

Cece pinchó con el tenedor algunos trozos de pollo que había en su plato.

—De alguna manera esto tenía un aspecto mucho mejor bajo esas lámparas de calor —comentó—. ¿No te parecen, no sé, *pasados*?

Nos habíamos sentado cerca de la ventana, en la mesa que estaba en una de las esquinas de la cafetería. Saqué la comida que Aaron me había preparado aquella mañana: un sándwich de tocino con pan tostado, tomate tipo Heirloom y mayonesa balsámica. Le di la mitad a Cece, ella deslizó a un lado su bandeja y le dio un gran bocado.

—*Dios* —dijo. Un poco de tomate cayó por su mentón—. Tu padrastro es mejor que… —Hizo una pausa para pensar—. ¿Existe siquiera un *buen* cocinero en televisión que pueda nombrar? Escoge uno.

—¿Y de qué has hablado con Ada? —pregunté—. En el autobús. ¿Ada sabía que era una cita? Prácticamente era una cita.

—Cierra la boca. —Cece me miró—. No necesito que el cotilleo llegue hasta mi abuela y se haga ideas raras en su cabeza.

La familia de Cece era muy católica. Ya los conocía; todos eran buenos. Y no creo que nadie lo hubiera *dicho*, pero definitivamente tenían la expectativa de que Cece se casara algún día y trajera al mundo muchos bebés católicos. Su abuela era anticuada y no aceptaría bien cualquier otra variable.

—Ada le caerá bien —afirmé.

—*No.* La odiará por corromperme.

Tal vez esa era la cuestión con las madres: te criaban, te decían que podías ser cualquier cosa, pero no te decían que ya tenían una idea formada de quién llegarías a ser. Tú crecías, hacías tus propias cosas y ellos enloquecían en silencio. En el caso de mi madre, quizás no tan en silencio.

Pero mi padre no había sido diferente. Solo lo había ocultado bien.

Un día antes de abandonarnos para siempre, me despertó a medianoche. Yo tenía trece años y al día siguiente tenía que ir al instituto. Habían pasado algunos años desde la última vez que me había despertado para presenciar un espectáculo celestial, así que me levanté de la cama, adormecida, emocionada. En el patio, mi padre señaló hacia las montañas Santa Ynez, una línea pálida en el horizonte. Me explicó que detrás de ellas se encontraba la Base de la Fuerza Aérea Vanderberg y que estaban a punto de lanzar un cohete Atlas al cielo, que pondría un satélite en órbita.

En algún momento me di cuenta de que estaba mirándome a mí, no al cielo.

—Cass.

Su voz era diferente. Le pregunté qué sucedía, pero no respondió. El silencio se extendió y, entonces, el cohete lo salvó de tener que responder a mi pregunta. Yo lo detecté primero y señalé el rastro dorado que se desplegaba en el cielo.

—Sabes —dijo—, nombraron al cohete por…

—El dios griego de la astronomía —concluí—. Condenado para siempre a sostener el cielo.

Observó el cohete.

—La mayoría de las personas dicen que lo que sostiene es…

—La Tierra. Se equivocan.

Lo vi en su rostro, claro como la luna: pensó que me había enseñado todo lo que podía enseñarme en la vida. A partir de aquel momento yo me alejaría cada vez más de él. Como ese cohe-te, siguiendo mi propia trayectoria. Ya no era la niña pequeñita que lo adoraba y a él eso no le gustaba. Murmuró algo por lo bajo y, a pesar de que no pude entenderlo, fue… *arrogante.*

Por la mañana, su Jeep ya no estaba. Tampoco lo vi aquella noche. A la mañana siguiente aún no había regresado, y entonces lo supe. Pero me había equivocado. En mi analogía, yo no era el cohete. El cohete era nuestra familia y mi padre era el satélite que habíamos estado llevando a nuestras espaldas. Él simplemente se había desprendido y se había alejado, en busca de su propia órbita desconocida.

Siempre había pensado que mi madre seguía en contacto con él. No porque pensara que iba a convencerlo para que regresara a casa, sino porque muchas de las cosas que pasaron a continuación no podrían haber ocurrido sin su participación: de pronto, la casa pasó a estar a nombre de mi madre y después de aquello, mi ma-dre colocó un cartel de SE VENDE en el jardín. Poco después nos mudamos a un apartamento de dos habitaciones en Pedregosa. Me llevó al banco y abrió una cuenta de ahorros y depositó en ella todo el dinero de la venta de la casa.

—Ya no tendrás que preocuparte por la universidad —dijo.

—Por *Cornell* —la corregí, incluso entonces.

Esperaba que las cosas se complicaran para nosotras después de todo aquello, pero no fue así. En los años siguientes a que mi padre nos dejara, con mi madre hicimos de todo juntas. Nos apuntamos a clases de surf. (Nunca se nos dio bien aquello). Tomamos un curso de buceo. (Casi nos ahogamos). Nos embar-camos para avistar ballenas. (Vi una medusa muerta). Supera-mos las cosas.

Juntas.

Cuando yo tenía quince años, comenzó a tener citas. Con tran-quilidad, sin prisas. Nunca traía a nadie a casa. Hasta que un día, abrí la puerta del apartamento y ahí estaba Aaron. Mi madre y yo no nos distanciamos después de eso, pero ella comenzó a preocuparse más. Yo empecé a cuidar niños, ahorré algo de dinero y me compré a OSPERT. Me compré un diario en el que registraba todos mis hallazgos. Durante la cena, cada noche, les contaba a mi madre y a Aaron lo que había descubierto: cuán nítida era la Luna, lo brillante que era Marte. Incluso Aaron miraba a través del visor algunas veces. Me compró un mapa estelar para la pared de mi habitación.

Habíamos intentado tejer y hacer yoga, aprender danza en línea e incluso hacer pastas caseras, pero mi madre no miró con OSPERT ni una sola vez, nunca vio el cielo a través de mis ojos. Para entonces, ya sabía que era mejor no pedírselo.

—¿Sigues ahí? —Cece tocó mi mano.

—¿Qué? —Me di cuenta de que no había escuchado una palabra de lo que me estaba contando.

—Te estaba diciendo que ella no es una chica *delicada*. —Cece se había terminado el sándwich mientas yo estaba perdida en mis pensamientos—. No lo parece, lo sé. Me ha enseñado una cicatriz que tiene en el hombro, de una fuerte caída que sufrió durante la temporada pasada. Y tiene un hematoma en el muslo, con la forma de Groenlandia.

—¿Su muslo?

—Su *muslo*. —Cece asintió.

—¿De qué estamos hablando?

—Carreras de *roller*. Dios —dijo, exasperada.

A nuestro alrededor, nos dimos cuenta de que el primer turno de la comida estaba terminando, una multitud empezaba a formarse en las puertas para el segundo y unos pocos estudiantes aún recogían su comida en el mostrador de la cafetería. Zach estaba ahí, con un ticket y una bandeja vacía. Permanecí observándolo durante tanto tiempo que Cece también se giró para ver qué llamaba tanto mi atención. Su irritación se convirtió en compasión.

—Odio que lo hagan tan evidente —comentó—. Yo tuve tickets azules hasta sexto. Los niños ya son lo bastante crueles *antes* de saber que eres pobre.

La campana sonó y la segunda multitud invadió la habitación. Mientras observaba, Zach volvió a poner su bandeja vacía junto a las demás, guardó su ticket y salió de la cafetería. Yo tampoco me había comido la mitad de mi sándwich. Pero no era lo mismo.

15
Zach

—Sabes que te daría más horas si pudiera, Zach. —Maddie se apartó un rizo entrecano y exhaló con pena—. Pero no tengo más horas para darte.

—Con unas pocas horas más podría apañarme —dije—. No tienes que pagármelas como extras. Puedes echar esas horas por el precio normal…

—Chico, se supone que el tiempo extra se paga más. No menos. Existen leyes.

Abrí la boca, luego la volví a cerrar. Ella sabía cómo eran las cosas para nosotros. Decirlas en voz alta no cambiaría nada.

—Se acerca Acción de Gracias —agregó—. Y recuerdas cuántos pavos *no* se vendieron el año pasado. —Analizó mi rostro un momento, luego suspiró—. Mira. Tal vez pueda darte un día o dos más al mes. Sé que no sumará mucho, pero…

—Lo acepto. —Me levanté y estreché su mano, con demasiado entusiasmo—. Gracias, Maddie. —Cuando giré para marcharme, se me ocurrió algo—. Tienes jardín, ¿no? Corto césped los fines de semana. Podría hacerlo en las pequeñas islas del aparcamient…

—Sequía, ¿recuerdas? —me interrumpió.

—Ah. Es verdad. —No se equivocaba. Había paseado por todo la ciudad con el cortacésped durante los últimos años y había visto todos los jardines secos y oscurecidos. De cualquier forma, incluso con el racionamiento del agua, conseguía algo de vez en cuando. Normalmente al otro lado de la autovía, en las colinas. Los jardines de esa zona siempre estaban verdes y frondosos.

De nuevo en la tienda, dividí el trabajo con mi compañero Luther, el único empleado que tenía Maddie aparte de mí. Él tomó las cajas de leche y yo las verduras. Podía escucharlo arrojando las botellas dentro de las cámaras frigoríficas desde la otra punta.

Mi mente divagó mientras colocaba las lechugas en el mostrador. Derek tenía ese día la nueva prueba de certificación. Él podía superar la parte física del examen con sobresaliente, estaba seguro, pero sabía que estaba preocupado por la parte teórica. Eso le costaba más. Aún quedaba algo de dinero en la tarjeta *CalFresh*. Tal vez lo suficiente para una pequeña tarta de la tienda. O al menos para poder comprar los ingredientes necesarios para hacerla yo mismo.

Entonces recordé que le había preparado los últimos dos huevos a Derek la noche anterior. Necesitábamos más. También quedaba poca mantequilla y poca leche. Pan para los sándwiches de las niñas. Rápidamente hice una lista de la compra mentalmente. Aunque solo decidiera comprar la mitad de las cosas, se agotaría lo que quedaba en el saldo mensual para alimentos de *CalFresh*.

Así que, lo más probable es que nos quedáramos sin tarta.

Terminé de colocar la lechuga que quedaba, luego las zanahorias y las patatas russet. Cuando empecé con el maíz, escuché mi nombre.

Vanessa se encontraba a unos metros, acunando una bolsa de alcachofas en sus manos. La vi mirándome de arriba abajo y tomé consciencia de mí mismo: camiseta, pantalones vaqueros, zapatos deportivos viejos. El delantal mojado por el agua de los mostradores de verdura. En ese momento me hubiese gustado tener mi sudadera; podría haberme puesto la capucha y desaparecer. Pero, en cambio, me sentí totalmente expuesto.

—No sabía que trabajabas en Maddie.

—Yo, eh, no sabía que hacías la compra en Maddie —respondí. Nunca me hubiera imaginado verla allí. La mayoría de las personas de las colinas hacían sus compras en la tienda orgánica, que se situaba en una de las salidas que había más adelante, por la Autovía 1. Y Vanessa definitivamente parecía vivir en las colinas.

—Mi madre piensa que debemos apoyar a los comercios locales —dijo y levantó la bolsa.

—Alcachofas —solté. *Por Dios, Zach.*

—Sí. —Ella miró la bolsa, luego rio.

Me había abducido por completo. Yo solo estaba ahí, fuera de funcionamiento. Si lo había notado, tuvo la amabilidad de no mencionarlo.

—Así que este es el trabajo al que vas después del instituto —comentó mientras asentía y miraba a su alrededor—. Debe ser gratificante contribuir en el mundo con tu trabajo, ¿verdad? A veces pienso que debería buscar uno, aunque no tengo ninguna habilidad. —Su rostro se encendió—. ¡Oye, puedo trabajar aquí!

Yo solo miré.

Pude ver que repasaba lo que había dicho mentalmente. Su rostro se ruborizó.

—No quería decir que solo las personas sin habilidad trabajan… mierda. Eso me hace sonar tan…

—¿Elitista? —sugerí.

—No he querido decir eso. —El color se escurrió de su rostro.

—Por supuesto que no.

—Probablemente pienses que soy desconsiderada.

—Ha sido muy desconsiderado —afirmé—. Pero está bien. —Toqué mi frente—. ¿Lo ves? He creado una nota mental: *Vanessa es desconsiderada. Y elitista.* Listo. Nunca lo olvidaré.

Ella rio, pero insegura. No sabía si le había dicho aquello en serio. No la dejé con la incertidumbre por mucho más tiempo.

—Estoy de broma. Solo estoy jugando contigo.

Su color regresó. Bajó la cabeza, tan sutilmente que ni siquiera estuve seguro de que supiera que lo había hecho, y soltó un suspiro de alivio. Luego se enderezó, con una alegre sonrisa.

—¿Recibiste mi paquete?

¿Paquete?

—No estaba segura de que cuál era tu taquilla.

—¿Fuiste tú? —*El sobre.*

—Confieso que me sentí como una acosadora —respondió—. Tuve que seguirte después de la clase de Salud para ver cuál era la tuya. Por suerte lo hice, porque había pensado que era la de al lado. —Frunció su nariz—. Tu taquilla está a punto de desmoronarse, por cierto.

—Dímelo a mí.

—Yo, emm, yo solo... —Vaciló, luego siguió adelante—. Te vi detenerte en ese estand en la feria y luego saliste corriendo. —Como no respondí, continuó—. Bueno. Da igual. Tomé uno para ti. Solo por si acaso. Es decir, estoy segura de que entrarías, ¿no lo crees? Serían afortunados de poder contar con un alumno como tú.

Podía sentir la tarjeta de *CalFresh* en mi bolsillo. Pensé en la tarta que no podía pagar. En mi sueldo, que le había entregado por completo a Derek y que no era suficiente. No quería que Vanessa supiera todo eso. No nos llevaría a ninguna parte.

—Así que... ¿alcachofas? —dije.

—A mi madre le gustan. Pero son muy complicadas de cocinar. No sé si realmente merecen la pena.

—Tu madre está aquí. —No le dije que nunca las había probado.

—Sí. En algún sitio —Miró a su alrededor y bajó la voz—. Nos estábamos peleando, así que le he arrebatado la mitad de la lista y he salido corriendo. —Me enseñó una lista realmente rota—. Preferiría estar de compras con el idiota de mi padre que con ella en este momento.

Dios. Cada tema de conversación acababa en un maldito callejón sin salida.

—¿Os habéis peleado?

—Mi madre lo clasificaría como algo significativamente menos... bueno, significativo —dijo Vanessa—. Un desacuerdo. Pero yo prefiero llamarlo pelea. Es más *visceral.*

—O contienda —propuse.

—Trifulca —replicó.

—Discusión.

—Riña.

—Emm. —Me había quedado sin sinónimos—. ¿Danza cruzada?

—*Eso.* —Rio en voz alta—. Me quedaré con eso.

—¿Qué ha pasado? —Una nube ensombreció su rostro y me di cuenta de que había conducido la conversación por un camino que le resultaba incómodo.

—Lo normal —afirmó. Durante un momento creí que iba a dejarlo ahí, pero agregó—: Tengo sueños. Ella quiere que tenga sueños diferentes. —Cambió el tema—. Irás al partido, ¿no?

—¿Partido?

—Jugamos contra San Luis esta noche.

—¿Fútbol?

—Sí. Lanzar el balón. Atrapar el balón. Golpear personas. Una danza cruzada regular.

—Probablemente no —dije e imaginé la tarta que no podría hornear.

—Ah. Bueno, de acuerdo.

—Tengo un asunto familiar —agregué.

—Tal vez puedas venir después de tu asunto familar —insistió con esperanza—. Los partidos siempre son tarde. Si al final decides ir, búscame.

—Buscarte. —*Un momento. ¿Ella estaba…?*

—Es decir, no tienes que hacerlo.

—¿Vanessa? —La voz llegó desde el pasillo del café—. Vanessa. El rostro de Vanessa se desplomó.

—Uff —dijo y sacudió la bolsa de alcachofas—. Putin llama.

Eso me hizo reír y su rostro volvió a encenderse. Con un breve saludo, desapareció por la esquina y yo volví a concentrarme de nuevo en el maíz. Cada vez que estaba cerca de ella me sentía como un astronauta cuando regresaba. Con tanto calor que prácticamente resplandecía. Casi podía escuchar a la lechuga asándose en la caja junto a mí.

Fútbol, eh. Imaginé la escena: las frías gradas metálicas. Aire fresco. Césped oscuro, pintado con tiza. Ella sentada junto a *mí*. ¿Realmente había…?

No. Aparté la idea. Claro que no lo había hecho.

Además: huevos. Mantequilla. Derek. La cena. Las niñas, su deberes. La hora de dormir. Mi madre.

Con un suspiro, terminé de colocar el maíz en su sitio, luego recogí las cajas vacías del pallet y las llevé a la máquina empaquetadora que estaba en la habitación trasera. Eché un vistazo al pasillo del café al pasar.

Allí no había nadie.

16
Vanessa

Fui al partido con mi madre y Aaron. En un semáforo, vi que mi madre apoyaba su mano en la pierna de Aaron. No podía ver su rostro, pero todo su cuerpo expresaba que estaba sonriendo. Con el movimiento de su pelo, con la elevación de sus hombros. Aaron se inclinó hacia ella y se besaron.

No recordaba momentos de cariño similares entre mis padres. ¿Habría reprimido él esa faceta de mi madre? A mí no me lo parecía. Recordaba cómo eran las noches después de que mi padre se fuera. Cómo me metía en la cama con ella, cómo me aferraba a su pecho mientras lloraba. Sus dedos acunaban mi cabeza, dándome seguridad. No. Ella era cariñosa.

Simplemente, no lo era con el cretino de mi padre.

Pensé, no por primera vez, que quizás la marcha de mi padre era exactamente lo que ella necesitaba. Ahora estaba con alguien que veía esa parte de ella, que le correspondía. ¿Era lo que yo necesitaba también? *Eso* no lo sabía. Solo sabía que resultaba fácil odiar al hombre que nos había abandonado.

En el partido, mi madre y Aaron se sentaron junto al resto de los padres, en las filas más bajas de las gradas. Los estudiantes estaban en las filas superiores y allí fue donde me senté con Cece para ver el partido. Bueno, yo lo vi; Cece solo tenía ojos para la banda, en la que Ada desfilaba con un uniforme azul. Tocaba el tambor, pero no uno cualquiera sino el bombo. De algún modo, conseguía que aquel traje que parecía de soldadito de juguete y el sombrero de plumas le quedaran bien y llevaba el enorme bombo como si no pesara nada. Sus hombros estaban erguidos y se movía ligeramente y trasladaba el peso de su cuerpo de un pie a otro de forma hábil y elegante. Cece se estaba derritiendo como si fuera de mantequilla allí junto a mí.

—Creo que puedo imaginarla —dije—. En las carreras de *roller.*

—¿Qué?

—Tiene pinta de que es muy capaz de derribar a otra chica —dije señalando hacia donde se encontraba Ada. Cece tomó mi mano con desesperación y la volvió a bajar.

—*Nessa* —me regañó.

—Apuesto a que se le marcan los músculos por debajo de ese uniforme. Y estoy segura de que podría derribar al *quarterback* sin ningún esfuerzo.

—Músculos —suspiró Cece, observándola de nuevo.

—Ah, Cece. —Alboroté su pelo, bromeando—. Me gusta verte así.

—Recuerdo cuando era la nueva. En primero. —Volvió a suspirar—. Fue como si viniera del espacio exterior. Aterrizó perfectamente. No hizo eso que hacemos normalmente cuando encuentras a una amiga y te aferras a ella para sobrevivir. —Me miró—. Ya sabes, yo soy esa amiga para ti.

—*Pff* —bufé—. Tú eres la que…

Pero Cece ya estaba perdida en sus recuerdos.

—Vino de ese pueblo en Oregón, en la costa. Anchor algo. ¿Bend? Anchor Bend. Todos creímos que cumpliría con el estereotipo de chica popular y perfecta. Que directamente se proclamaría como la reina del baile, ¿sabes?

—¿Pero?

—Ella estaba en su propio mundo. Era totalmente agradable si le hablaban, pero no *necesitaba* que lo hicieran. Parecía que no *quería* que lo hicieran. En todo este tiempo, nadie se ha dado cuenta de que se dedica a romper cabezas en una pista de *roller* en Monterrey dos veces a la semana. —Negó—. Ada es diferente a la imagen que me había hecho de ella. Resulta que tiene una hermana mayor. Igual de sorprendente. Es extra en algún espectáculo en Los Ángeles.

—Pero Ada no quiere ser una estrella, ¿no?

—No, en realidad —respondió Cece—. Quiere ser escritora. Ni siquiera quería contarme que escribía, pero lo hace. Está trabajando en su primera novela. Su primera *novela*, Vanessa. Tiene diecisiete años. Sabe que nadie la va a tomar en serio.

—Porque es un rostro bonito.

—Porque toda ella es perfecta —me corrigió Cece—. Es decir, la verdad es que da igual cómo sean los autores, ¿no? Estadísticamente, al menos algunos tienen que ser como… *ella*.

—Deberías bajar y desearle que tenga suerte en su actuación.

—Absolutamente *no*. —Giró hacia mí.

—¿Por qué no?

—Porque, Nessa… Porque intentaré decir «Oye, buena suerte», y en su lugar es probable que acabe gritando: OYE, ME GUSTAS MUCHO, y tendré que vivir con eso. Para siempre. —Pensó un momento y luego agregó—: Lo que seguramente no sea mucho tiempo.

—Durante todo el viaje en autobús, ¿no le dijiste que querías comerte su corazón y llevarlo dentro de ti para siempre?

—Dios, *eso* no sería nada agradable. —Se abrazó por las rodillas y las contrajo contra su pecho. Estaba empezando a hacer frío—. No, por supuesto que no. Creí que era tonta, ¿sabes? Por esa idea que tenemos de que las modelos lo son. Pero no, resulta que es más lista que todas las modelos juntas. Y yo soy tonta por creer lo contrario.

—Oye. Ella te ha hablado a *ti* de su libro. Te ha contado a *ti* que practica ese peligroso deporte de contacto. Te ha confiado un secreto. *Dos,* de hecho.

—Sí —respondió Cece—. Pero el único secreto que yo podría ofrecerle es justo el que no puedo contarle.

—¿Tan malo sería? Solo es una pregunta.

—Yo solo creo que lo mejor para todos nosotros es que mantenga la boca cerrada. Después iré a la universidad y no tendré que cortar con ella, poniéndome en el mejor de los casos, o pasar mi último año avergonzada y triste, en el peor de los casos. Que es la opción más probable.

—Tu mejor opción necesita algunas mejoras —sugerí—. Ella podría ir contigo. A la universidad. Hay cursos de escritura en *todas partes,* ¿no?

—Pero entonces encontraría a una bella escritora de la que se enamoraría. Y eso sería todo.

—Nombra a una escritora que no querría pasar su vida con un miembro del Tribunal Supremo. Estás subestimándote *demasiado.*

—Y tú estás sobreestimándome.

—Alguien tiene que hacerlo.

—No creo que sepas lo destructiva que puede ser la sobreestimación.

—Y yo no creo que tú… —Me detuve—. Sabes, ¿podemos ver el partido? No, olvida eso. *Yo* veré el partido. Tú puedes seguir mirando con anhelo el inteligente trasero de Ada Lin.

Mientras Cece hacía eso, recorrí con la mirada todo el campo de juego. Los puestos y el aparcamiento. Pero Zach (como era de esperar, lo sabía) no estaba. Me había dicho que no iría, justo antes de ponerme una excusa ridícula. Porque ya me había dado cuenta que era nervioso, tal vez un poco más introvertido que el chico de secundaria promedio, pero decirme que tenía «un asunto familiar» era una mentira particularmente poco creativa.

No le gustaba. Ni siquiera como amiga. Pero ¿era alguna clase de amistad lo que yo quería?

Sentí el viento costero que llegaba desde el campo. Cece me abrazó para abrigarse. Ya habíamos olvidado nuestra pequeña discusión. Le di un ligero codazo.

—¿Estás segura de que quieres hacer eso? —Me miró confundida, así que señalé en dirección a la banda, donde Ada, que había visto a Cece acercándose a mí, apartó la mirada rápidamente.

—Ah, mierda —maldijo Cece—. Mierda, mierda, bolas de mierda.

—Sabes —dije—, cuando era pequeña, mi madre solía hacer brownies. Y yo descubrí que si los giraba en la palma de mi mano acababan convirtiéndose en pequeñas bolas. Las llamaba bolas de popó. —Empujé a Cece, que ni siquiera me estaba escuchando—. Pero no te referías a eso con, cito: «Mierda, mierda, bolas de mierda».

—Ahora debería ir a hablar con ella, ¿no?

Un vitoreo repentino estalló de las gradas opuestas. Los altavoces se encendieron y el presentador anunció que habían derribado al *quarterback* de nuestro equipo. Otra vez.

—Cuatro placajes para San Luis Obispo —dijo simplemente—. Rattlers, ni siquiera vamos por la mitad del primer tiempo. A ver si empezáis de una vez a jugar fútbol, en vez de hacer lo que sea que estáis haciendo ahí abajo.

Los Rattlers no mejoraron y, para el tercer tiempo, los fanáticos, sus padres, sobre todo, comenzaron a bajar de las gradas. Los de Cece la llamaron desde abajo. Su padre giró las llaves del coche en su dedo. Cece aún no se había atrevido a hablar con Ada.

—Habla tú con ella —dijo tomándome del brazo—. Dile que no estamos juntas.

—No es que yo no sea una chica bastante guapa. Algunos incluso te dirían que soy un buen partido.

—No importa. —Cece negó con la cabeza—. No lo hagas. No hables con ella. No es una buena idea.

Cuando se fue, bajé al puesto de comida. Marlena, mi compañera de Inglés Avanzado, era quien lo atendía esa noche.

—Oye, Loch Nessa —dijo—. Estoy a punto de cerrar. ¿Qué quieres?

—¿Chocolate?

Marlena giró, la escuché revolver algunas bolsas y vasos, y yo me abracé a mí misma para protegerme del viento. No vi llegar a Zach. De pronto estaba ahí, en la esquina del puesto, con las manos en los bolsillos de su sudadera y las mejillas rojas a causa del frío.

—*Ah* —reaccioné y llevé las manos a mi pecho—. Casi me *matas* del susto, Zach. *Dios.*

Para ser un chico que no hablaba ni sonreía demasiado, tenía los sentimientos muy a flor de piel, si sabías leerlos. Y yo empezaba a aprender a hacerlo. Sus ojos lo reflejaban todo. Sonrió un poco, más que nada con sus ojos. Sus labios eran finos y estaban resecos.

Marlena dejó un vaso térmico sobre el mostrador del puesto. Yo contraje mi expresión y dije:

—¿Otro? Si puedes.

Ella miró a Zach, luego a mí y alzó una ceja sin decir nada. Pero lo hizo y, cuando regresó, me llevé la mano al bolsillo.

—Ya he cerrado la caja. Yo invito —dijo Marlena.

—Gracias, Marlie. —Tomé los dos vasos y le di uno a Zach. Marlena cerró el puesto y nosotros empezamos a caminar hacia las gradas.

—No era necesario que hicieras eso.

—Hombre. Hace un frío que muerde aquí. —Sujeté la manga de su sudadera y tiré—. Y tú solo llevas puesto *esto*.

Asintió y luego dio un trago al chocolate.

—Has llegado justo a tiempo. Si escuchas con atención podrás percibir el estertor de la muerte. No, espera. Eso ya ha pasado, hace dos tiempos.

Podía sentir los ojos inquisidores de mi madre y de Aaron mientras Zach me seguía hasta las gradas. Intenté no echar un vistazo en su dirección. Cuando nos sentamos, ni siquiera me molesté en fingir que veía el partido. De todas formas, a nadie le gusta ver cómo su equipo pierde.

—Así que al final has podido venir —comenté—. ¿Cómo ha ido el asunto familiar?

Lo vi notablemente incómodo. Había tocado un tema sensible.

—Cambio de tema —propuse—. ¿Ves a esos dos de ahí abajo? ¿El hombre de la bufanda? —Debajo de nosotros, Aaron estaba enroscando su bufanda alrededor del cuello de mi madre—. Son un par de bobos, pero no son malos. —Zach los miró y asintió, pero no dijo nada. Yo me aclaré la garganta y continué—: Siento hacer tantas preguntas.

—No importa.

—¿Puedo decirte una cosa? —le pregunté—. Pero ¿que sepas que te lo digo porque me agradas y no porque soy una cretina? —Él no respondió, pero se giró hacia mí, solo un poco—. ¿Estás bien? Parece como… no sé. Como si no durmieras bien.

Me pregunté con cuánta frecuencia se interesaban por él de ese modo. Si había alguien que se preocupaba por si estaba bien, tenía hambre o era feliz. Tal vez nadie lo hacía, pero esperaba que no fuera así.

—Solo… cansado —dijo finalmente.

—Largo día de trabajo —observé.

—Intento que me den más horas.

—¿Cuántas horas trabajas ahora?

—Muy pocas.

La cosa no iba como esperaba. Pero, otra vez, ¿qué esperaba?

—De acuerdo —dije y aplaudí, como hacía mi madre cuando intentaba levantarle el ánimo a alguien con demasiada fuerza—. ¿Qué querías ser de pequeño?

—¿Qué?

—Bien. Comenzaré yo. Cuando tenía cuatro años, quería ser un parque de bomberos. —Él me miró, escéptico—. Me has escuchado bien. No un bombero. Un *parque* de bomberos.

Hizo un sonido raro, como si tosiera, algo que podría parecer ser *casi* una risa.

—Mi madre decía que me gustaba mucho que los parques de bomberos tuvieran sirenas. Y barras para deslizarse. Y perros con manchas.

Él negó con la cabeza.

—Así que, tu meta en la vida —dijo, tal vez un poco más animado—, era crecer, convertirte de alguna manera en un *edificio* en el que pudiera vivir un perro, con un grupo de personas que se deslizan por barras.

—No *era* —susurré luego de inclinarme hacia adelante—. Aún lo es. No creas que no he estado investigando.

—¿Todos los niños de Santa Bárbara eran tan…?

—¿Tontos? No. Solo yo. De acuerdo. Tu turno.

—Cuatro años —comenzó—. No sé si es exactamente de cuando tenía *cuatro* años, pero…

—Está bien. Tengo que escuchar esto.

—… pero recuerdo que quería regar plantas.

—Regar plantas. —Parpadeé.

—Sí.

—¿Como un botánico?

—No. Recuerdo que había un niño al que dejaban cuidar todas las plantas de la guardería porque era muy responsable. Y yo solo quería ser como él. Quería ser el que regara las plantas.

El público local, escaso, se puso de pie, zapateando y alentando. En el campo, un fuerte suplente de los Rattlers corría descontrolado hacia la zona de anotación. La defensa de los Tigers corrió hacia él, pero, por una vez, los hombres recordaron cómo proteger al jugador que llevaba el balón.

Me acerqué un poco más a Zach y sentí que me miraba desde arriba.

El jugador corría rápido. Parecía terriblemente asustado y muy sorprendido de encontrarse en su situación.

—¡Vamos! —grité.

Nadie iba a detenerlo. Lograría anotar. Y, aunque un *touchdown* no iba a conseguir que ganaran el partido, enseñar un poco de resistencia era buena para el alma. Mientras lo veíamos cruzar las treinta yardas, enlacé mi brazo al de Zach. Me dio la sensación de que un escalofrío lo atravesaba; me hizo sonreír. El jugador avanzó corriendo, cruzó las treinta, las veinte, las diez; y de la nada, un integrante de los Tigers apareció y lo derribó, con fuerza. Tan fuerte que el casco del chico hizo un hueco en el campo.

Los dos equipos volvieron a ocupar sus posiciones en la línea. El jugador al que habían derribado seguía tumbado de espaldas, con el pecho agitado, mirando al cielo. Golpeó su casco con las dos manos, luego las extendió hacia arriba en una señal universal de TIENE QUE SER UNA BROMA. Rendido, dejó que sus brazos cayeran al suelo.

—Sé cómo se siente —comentó Zach en voz baja.

Cuando el partido terminó, bajamos de las gradas lentamente. En el campo, un grupo de chicos pateaban un balón mientras sus padres conversaban despreocupados. Miré a Zach y, antes de darme cuenta de qué ocurría, él echó a correr hacia el lateral y apartó a una niña que gateaba en el campo. Cuatro chicos cayeron amontonándose a sus pies un segundo después, peleando por el balón.

—¿Tú solo…? —comencé a decir, pero dos padres jóvenes aparecieron. El padre tomó a la niña de los brazos de Zach, después se dirigió con su esposa y su hija hacia el aparcamiento. La niña saludó a Zach por encima del hombro de su padre. Zach la saludó también.

—Qué desagradecidos —comenté cuando volvió conmigo—. Acabas de evitar que aplastaran a su hija.

—No me conocen. Está bien. —Se encogió de hombros.

Escuché un silbido y me giré hacia las gradas. Aaron y mi madre estaban mirando en mi dirección. Aaron simuló mover un volante: *¿vienes con nosotros?* Respondí haciendo caminar mis dedos en el aire. Él sonrió y saludó amigablemente a Zach, que levantó una mano. Mi madre se esperó un poco más de tiempo para observarnos a los dos.

—Parecen agradables —afirmó Zach. Un ruido sordo sonó en el campo y se sobresaltó.

—Solo son los focos —expliqué. Las luces se apagaron rápidamente y titilaron al enfriarse—. ¿Puedo acompañarte a casa?

—No es necesario. Pero caminaré un poco contigo.

—¿Qué era ese asunto familiar que tenías? —dije—. Si puedo preguntar.

—No es gran cosa. —Gimió—. Mi hermano tenía hoy una cosa importante. Quería hacer algo por él.

—¿Pero no has podido?

Otro gemido. Pude sentir que volvía a cerrarse. Pensé en otro tema de conversación. En la distancia, se formó una niebla en las colinas, resaltada por las luces de la construcción de Costa Celeste.

—Sabes —comenté y señalé hacia el complejo—, si ese proyecto al final sale bien, arruinará esta ciudad.

—¿Por qué piensas que la arruinaría?

—Sería el punto de partida para convertir a Orilly en una trampa turística. Tendríamos tiendas y pequeños bares en cada esquina. Festivales de jazz al aire libre. Granjas que más que eso serán negocios.

—Así tal como lo explicas da la impresión de que a Orilly podría irle bien —dijo tras considerarlo.

—No, escucha —continué—. Una vez, mis padres me llevaron a un crucero. Tenía… ¿ocho años? El barco era *enorme*, básicamente como una ciudad flotante. En mitad de la noche, me detuve en la cubierta y miré hacia arriba. Mi padre siempre me decía que las estrellas se podían ver mejor al estar en el mar. Solo que aquel estúpido barco era tan brillante que no te permitía ver bien el cielo.

—No pudiste ver nada, ¿eh?

—Solo la luna —protesté—. En la escala Bortle, el barco sería un nueve.

—Perdón, ¿la escala *qué*?

Le expliqué todo lo que sabía sobre la escala del cielo oscuro de Bortle, un sistema que mide la contaminación lumínica.

—La mayoría de las grandes ciudades son un nueve. Solo se puede ver la luna y un grupo de estrellas o dos. Los lugares más oscuros son un uno. Ya no quedan muchos. Nunca he estado en uno. Se supone que allí el cielo es tan real que la Vía Láctea no es solo visible, sino que *hace sombras*. ¿Entiendes?

Asintió.

—Ahora, Orilly es como un pequeño barco oscuro y silencioso en mitad del océano. Tal vez esté entre un cuatro y un cinco en la escala Bortle. Así que, por la noche puedo ver casi todo lo que quiero. Pero ponle algunos hoteles de lujo, pistas de golf y clubes nocturnos a la mezcla…

—Y Orilly se convierte en un crucero. —Su tono me hizo pensar que no estaba de acuerdo—. Entiendo lo que quieres decir; pero en realidad todo eso solo es algo que te afecta a ti. No significa que el turismo sea malo para la ciudad. —Pateó una roca que desapareció rodando en la oscuridad—. Los turistas implican dinero. El dinero implica que las personas compran más cosas. Eso implica que la tienda tenga más trabajo y yo pueda conseguir más horas. Tal vez horas extra. —Señaló al brillo del complejo—. Mierda, incluso podría conseguir un trabajo allí. Ser caddie para personas con dinero y de las que dan buenas propinas. —Agregó en voz baja—. Mi hermano no tendría que bucear, tal vez.

Ahí estaba. Me di cuenta de que no había prestado suficiente atención. Debajo del complejo, pude ver luces que se movían en la autovía. La misma autovía que dividía la ciudad en dos, que nos situaba con firmeza en lados opuestos. Orilly era un sitio completamente diferente para él. Tenía razón: yo solo estaba pensando en cómo me molestaría el cambio a mí, no en cómo podría *cambiar* las cosas para mí.

No me gustó lo que sentí al darme cuenta de eso. Así que cambié de tema.

—¿Te resultó muy complicado rellenar la solicitud?

—La solicitud —repitió—. Ah. No. No sé. No la he completado. No sé si lo haré.

—Siempre parecen más complicadas de lo que son en realidad. Es decir, esos ensayos son lo peor. ¿Sobre qué se supone que deberíamos escribir? Se supone que tenemos que tener opiniones desarrolladas y adultas, ¿verdad? Pero no he *vivido* lo suficiente como para tener opiniones tan maduras.

—Sabes lo suficiente como para saber que no quieres una trampa turística en la ciudad. —Rio.

—De acuerdo. Tienes razón —confesé. Me gustó que se riera.

—Entonces ¿ya has terminado la tuya?

—Sí. Me estresa retrasar las cosas. He solicitado la inscripción previa, así que ahora solo… espero.

—¿Hasta cuándo?

—¿Diciembre? Creo.

—Eso es rápido —silbó él.

—Oye, ¿cómo has podido ver a esa niña antes en el campo? Yo ni siquiera me he dado cuenta de que estaba allí.

—La vi durante el partido. —Se encogió de hombros—. Dando vueltas frente a las gradas. No dejaba de pensar, si fuera mi hija… probablemente no me sentaría junto a los laterales de un campo de fútbol. Todos esos chicos torpes e impredecibles, corriendo como electrodomésticos enloquecidos. No con una niña tan pequeña.

—Así que tú solo, ¿qué, cuidaste de ella?

—A veces puedes ver venir esas cosas. —Volvió a encogerse de hombros—. Yo soy así, supongo. No puedo evitarlo. Siempre pienso en lo peor.

—Uf. Eso es *nefasto*.

—Mi madre solía decir que era como ella. Ella también esperaba siempre lo peor. Decía que era para estar preparada, sin importar lo que pasara. Pero no creo que sea el caso. Creo que yo solo…

Dejó de hablar, pero entendía lo que quería decir.

—Lo esperas.

—Sí, casi. —Me miró de reojo—. Hombre, eso es *malo*, ¿no?

—Tal vez. Me gusta que tu madre lo viera mejor que tú.

—Sí, a mí también. Ella era lista. *Es* lista.

—Quizás puedas intentar verlo desde el otro lado también. No pensar solo en lo malo. No verlo todo solo desde un punto de vista negativo. —Lo animé—. ¿Alguna vez has visto *Powers of Ten*?

—¿Qué es eso, una película sobre un escuadrón de superhéroes adolescentes?

—¡No, no tiene nada que ver con eso! Aunque me gustaría ver algo así. —Reí. Ya habíamos caminado bastante. En un cruce, Zach se detuvo y dijo:

—Vives en las colinas, ¿no es así?

—Sí.

—¿Puedo ir contigo todo el camino?

—¿Quieres hacerlo?

—Quiero hacerlo.

—Sí, por favor —accedí. Mientras cruzábamos la calle, volví a enlazar mi brazo con el suyo—. Así que —comenté, retomando el tema que habíamos dejado—. *Powers of Ten* es un viejo documental, las potencias de diez. Creo que lo hicieron para IBM, o para el gobierno, o algo de eso.

—Parece muy emocionante.

—No de la forma que estás pensando, pero de algún modo lo es. De acuerdo. Imagina que estás mirando a dos personas desde arriba, ¿sí? Están sentadas sobre una manta, en un pícnic.

—¿Desde arriba?

—Como si fueras la cámara y estuvieras solo a un metro por encima de ellas. Mirándolas desde arriba.

—Parece una película de miedo. ¿Sabrían que estoy ahí?

—Es un concepto. —Dejé de caminar—. Se trata del tamaño. Y lo grandes o pequeñas que son las cosas. —Hice un cuadrado con mis dedos—. Lo ves, primero ves a las personas desde un metro por encima. Después la cámara se mueve a diez metros. Aún puedes ver a las personas, pero son más pequeñas ahora, y puedes ver mejor el parque que las rodea. —Extendí el cuadrado—. Luego se eleva hasta cien metros y puedes ver que el parque se encuentra dentro de una ciudad, ¿verdad?

—Entiendo. Potencias de diez. Literalmente. Así que después viene, ¿qué, mil?

—Un kilómetro, sí. Y la cámara sigue alejándose y alejándose. Pronto puedes ver toda la ciudad, después todo el país. Luego el estado. Estados Unidos. Luego todo el planeta.

—Eso es genial.

—Pero *sigue así*. Se aleja hasta cien millones de años luz. Se aleja tanto que la Vía Láctea es apenas una mancha de polvo.

—Ni siquiera sé cómo convertir los metros en kilómetros —confesó Zach—. No creo que sea capaz de hacerlo de metros a años.

—Años luz —lo corregí. Comenzamos a caminar otra vez—. De acuerdo, ahora la cámara vuelve a aumentar todo el camino, pero a la inversa. La manta, las personas. Pero ahí es donde la cosa se vuelve aún más interesante: *sigue adelante*. Unos cien centímetros. Luego diez, después uno, y pronto te encuentras *dentro* de los cuerpos de las personas. Subatómico. Puedes ver un solo átomo dentro de la persona.

—Así que al final sí que se trata de una película de miedo.

—Creo que cada persona ve algo diferente. Para mí, es así: mientras más se aleja la cámara de casa, más notas lo inmenso y vacío que es el universo. Lo aterrador que es. Luego regresa y me hace pensar en lo singular y hermoso que es todo esto. Tú. Yo. Cuántas cosas tienen que alinearse para que todo esto exista.

—Es un pensamiento bonito —dijo él, pero no parecía convencido—. Para mí, creo que la cámara nunca se movería. Solo se vería a la pareja y cada cosa mala que podría ocurrirles, sin importar lo ridícula que sea. Como que él derrame el vino. Eso es malo, ¿verdad? Pero, además, hay un terremoto y la tierra se abre debajo de ellos. Y un helicóptero cae del cielo y se estrella justo donde ellos se encuentran. O, *peor*, tienen que orinar y no hay baños. Porque todo lo que pueden ver es su manta. Solo intentan sacar el mayor provecho de su manta.

—Me gusta que tu peor escenario sea que no haya baños —comenté.

—Lo que quiero decir es que no puedo imaginar *todo* lo desconocido. Solo imagino las consecuencias de las cosas que puedo ver. —Suspiró—. Es por eso que he podido ver a la niña, supongo. Imagina si no lo hubiera hecho. Esos idiotas la habrían aplastado.

—Sí, pero, Zach —insistí, segura de que no estaba entendiendo lo que trataba de transmitirle—, más conocimiento, ver más, implica menos cosas desconocidas. Más posibilidades.

—No —dijo él, resuelto—. Más conocimiento implica que el desconocimiento sea más grande. Estoy diciendo que lo que conozco es absolutamente todo lo que puedo manejar.

17
Zach

Durante todo el camino de vuelta pensé en la casa de Vanessa. Casa no era ni siquiera la palabra correcta. ¿Pequeña mansión? ¿Finca? El jardín estaba cuidado y brillaba, incluso en la oscuridad. Había frondosos setos, arces japoneses. Si hubiera visto un estanque con un pez koi, no me hubiera sorprendido. A medida que nos acercábamos, vi un destello que provenía del patio: dos figuras sentadas junto a un fuego.

—Solo están fingiendo que comparten una botella de vino —me había confiado Vanessa—, pero en realidad están observándonos. —Mientras lo decía, una de las figuras levantó una copa. Y yo saludé en respuesta, de forma instintiva.

En casa, la puerta de la habitación de mi madre estaba abierta. Leah estaba sentada en la esquina de su cama. Entré en la habitación y, por un breve instante, creí que mi madre me había visto. Pero solo había sido la luz. Apoyé la mano en su mejilla y besé su frente.

—Buenas noches, madre.

—Ella ha escuchado —me dijo Leah en el pasillo—. Antes, cuando estabas en casa. Estaba triste porque no has venido a verla. Le dije que volverías pronto. Te habrías sentido muy orgulloso de ella. Ha estado lúcida durante casi diez minutos. —Me abrazó, después volvió a desaparecer en la habitación de mi madre.

Derek estaba en la cocina, quitándose las botas. Señaló hacia la habitación de nuestra madre con la cabeza.

—¿Ha tenido un buen día hoy?

Me encogí de hombros. A veces parecía que habíamos perdido a nuestros dos padres aquel día, casi cuatro años atrás. Miré a mi alrededor, intenté recordar si la casa estaba mejor cuando mi padre seguía allí. El linóleo de la cocina se estaba desprendiendo. La grieta en la pared del salón se había hecho más larga. Pero lo más notorio era la presencia de Derek. Si mi padre hubiera estado...

—¿Cómo te ha ido? —pregunté—. El examen de certificación.

—Fallo de funcionamiento.

Sentí que me faltaba el aire. Otro retraso solo prolongaba la tensión que ya sentía.

—¿Qué clase de fallo?

—Uno que provocó que el examen se cancelara —respondió Derek. Después sonrió y agregó—: Lo retrasaron algunas horas hasta que pudieron solucionarlo. Por eso he llegado tarde.

—¿Y?

A pesar de que mi hermano tenía solo veintiocho años, su cara no decía eso. Cuando pasaba algunos días sin afeitarse, como entonces, parecía tener más o menos cinco años más. No era el trabajo lo que provocaba eso. La preocupación era el mar en el que ambos navegábamos, y nunca teníamos tierra a la vista. Pero, a pesar de que sus ojos estaban cansados, brillaban.

—Tienes delante a un buzo de saturación de «Nivel uno» certificado.

Grité de alegría, después me llevé las manos a la boca.

Él rio mientras lo rodeaba con mis brazos, luego palmeó mi espalda: *hora de terminar el abrazo, Zach*, quería decir. Pero no lo hice, no de inmediato.

—Nuestro padre estaría orgulloso —afirmé.

—No estoy seguro de eso. —Los músculos de su espalda se tensaron.

—D. —comencé. En aquel momento, yo parecía el hermano mayor—. Él conocía todos los riesgos. También tú. Hacéis lo que tenéis que hacer y ambos lo hacéis bien. —Me sobresalté—. Él lo *hacía*.

A través de las paredes, escuchamos que nuestro vecino había llegado a casa: un ruido amortiguado, el abrupto rugido de su radio. Leah salió de la habitación de mi madre y miró con dureza la pared que compartíamos, luego dijo:

—Ese hombre es un completo idiota. —Negó con la cabeza y cerró la puerta de mi madre—. Tiene suerte de que esté dormida, si no le patearía el trasero.

—Igual le gusta la idea —dije sin pensar. Los dos me miraron.

—Yo ya he acabado por hoy —dijo Leah—. No os quedéis hasta muy tarde. —Luego me besó en la mejilla y se dirigió a Derek. Sus manos se detuvieron en su cuello, lo besó y se encaminó hacia la puerta.

—Escucha. —Derek levantó un dedo.

Un golpe apagado sonó en la puerta del vecino.

—Ese pobre idiota. —Derek sonrió.

Un momento después, la música se detuvo. En el silencio resultante, escuché encenderse el coche de Leah.

—La verdad es que deberías casarte con esa chica —comenté.

—Ella merece algo mejor…

—No seas tonto. Ella sabe lo que quiere. Y tú también.

Derek recogió mucha correspondencia que había en el sofá. Mientras pasaba una factura tras otra, comentó:

—Dios, menos mal que mi horario aumentará ahora. —Dejó a un lado el correo durante un momento, como si recordara algo—.

Quería decirte, Z., que puedes dejar de trabajar para Maddie. Quiero que disfrutes de tu último año. Antes de que se acabe, ¿sí?

—Maddie me necesita —respondí—. Y tú también. —Ambos sabíamos que iba a conservar el trabajo. Con el dinero extra, tal vez podríamos abrir una cuenta de ahorros por primera vez.

Pero él no me estaba escuchando. Había encontrado un sobre gris entre el montículo de facturas. Tenía un sello de OCC&P en una esquina.

Ah, mierda.

—Los abogados llaman cuando tienen buenas noticias —afirmó Derek—. Las envían por correo cuando son malas. —Me arrojó el sobre. Lo abrí y leí en voz alta:

```
Estimada señora Mays,
Con respecto al accidente del 23 de diciembre
de 2008...
```

Derek me observaba mientras leía. La carta tenía muchas palabras hasta llegar a lo importante. En síntesis: los demás buzos involucrados en el accidente de mi padre habían llegado a acuerdos en sus demandas contra Bernaco. El caso de mi padre era el único que seguía abierto.

—Bueno, ninguno de ellos ha *muerto* —bufó Derek. Comenzó a caminar y a pasar las manos por su pelo, frustrado—. Todos están *vivos.*

Seguí leyendo:

```
Una nueva evidencia en el caso ha salido a la
luz. Bernaco Oil ha encontrado una evidencia
convincente de que ha sido la fabricación de-
fectuosa de un mecanismo de la tubería lo que
provocó la desafortunada ruptura que ocasionó...
```

—¿Están diciendo…? —Derek dejó de caminar—. ¿Lo que creo que están diciendo?

—Están diciendo que una pequeña rotura en la tubería es la responsable de lo que ocurrió. —Asentí. Yo mismo no podía creerlo—. Están diciendo que ellos no tienen ningún tipo de responsabilidad en el asunto.

—*Pequeña* —gruñó—. ¡Pequeña! Le provocó la *muerte.*

```
Por la razonable pérdida en los ingresos que
ha provocado la reciente muerte del señor Mays,
el demandado ofrece un acuerdo de $52.544.
Mientras que, por supuesto, la decisión de
aceptarlo o rechazarlo está en sus manos y las
de su familia, nuestra recomendación es…
```

Cuando terminé de leer, Derek tomó la carta y la hizo una bola. La arrojó al suelo, después abrió la puerta y salió al jardín, descalzo. Lo observé caminar por allí un momento y luego simplemente desapareció en la oscuridad, por la calle.

«Algunos chicos hacen un berrinche», me dijo mi madre en una ocasión. «Derek sale a caminar».

Cuando reapareció, apoyó su cara en la puerta mosquitera.

—Cincuenta mil dólares —dijo, cansado—. De alguna forma es mucho dinero y nada en absoluto.

—No pueden hacer eso.

—Lo han hecho.

—Entonces, ¿qué, simplemente aceptamos lo que dicen? ¿Lo pasamos todo por alto?

—Si peleamos, nos costará dinero que no tenemos. Aunque ganáramos, perderíamos.

—No es justo. —Me sentí inútil.

—El mundo no nos debe justicia.

Cincuenta mil dólares. Eso eran alrededor de diez mil por cada año que mi padre no había estado. Si despertaba a las niñas y les decía, *Oigan, pueden tener diez mil dólares, o nuestro padre podría haber estado en su graduación de su educación preescolar*, ellas no hubieran tenido que pensarlo. Los abogados, la compañía petrolera; no les importaba si cincuenta mil dólares eran *justos*. Sabían que las personas como nosotros no tenían opción. El dinero era el dinero.

—Nuestro padre no se habría rendido —afirmé.

—Nuestro padre no está. Esa no es una opción. —Se desplomó contra la puerta, desanimado—. Las personas como nosotros no tienen opciones, Z.

Por la mañana, ya se había marchado cuando me desperté. Había una nota en la mesa:

Me reuniré con el abogado hoy. Tú piensa en lo que te dije. Deja ese trabajo, concéntrate en el instituto. —D.

Derek no solía dejar notas. Por la misma razón por la que me pedía que leyera las cosas: había tenido problemas con las palabras toda su vida. Leer le había costado más que a los otros chicos; y escribir casi lo mismo. Nunca había sido diagnosticado, pero más de una maestra les había indicado a nuestros padres que era disléxico. Pero Derek había salido adelante. A eso se había referido la orientadora de Vanessa, la señora Rhyzkov, al llamarlo un *estudiante tan determinado*. Se había graduado como el preferido de sus maestros y lo habían admitido en la Politécnica Estatal.

Así que la nota significaba dos cosas: sentía profundamente lo que decía como para escribirlo, lo que era un esfuerzo enorme para él; y quería que yo siguiera sus pasos, que trabajara duro. En el instituto, no en un trabajo.

El lunes, durante el período de registro, Bryn Bell me sonrió mientras dejaba mi mochila sobre la mesa. Había guardado el sobre de Vanessa dentro de mi cuaderno

«Disfruta de tu último año», me había dicho mi hermano.

Todos esos espacios en blanco en la solicitud. Ni siquiera sabía si sabría rellenarlos. Sentí que Bryn me miraba mientras yo buscaba un bolígrafo.

—Toma —dijo y me ofreció uno azul.

—Gracias.

Quedaban veinte minutos.

Podía escribir mucho en veinte minutos.

18
Vanessa

—No tenía idea de que te gustaran las ciencias ocultas.

Levanté la vista de *El mundo y sus demonios* para ver a Zach de pie en la escalera. La buhardilla de la biblioteca era el secreto mejor guardado del instituto. Normalmente lo tenía todo para mí. Pero él sin duda lo conocía. A veces olvidaba que yo solo llevaba allí unos pocos meses, y Zach llevaba años.

—No trata de ciencias ocultas. —Cerré el libro—. ¿Cómo has sabido que estaba aquí arriba?

—Ah. —Se inclinó y miró la portada—. Ese Sagan otra vez. *Parece* como si se tratara de…

—No. Es acerca de la ciencia enseñándoles a las personas a hacer los mitos a un lado. —Dejé el libro—. Lo he leído como cuatro veces.

—¿Lees los libros tantas veces?

—¿Tú no?

—Quizás si tuviera tiempo —dijo—. No sé. Tal vez preferiría leer algo nuevo. Hay tantos libros.

—Cuando era pequeña, hice que mi madre me leyera *Donde viven los monstruos* tantas veces que creo que quería huir como Max.

—Yo solía dibujarlos —admitió—. A los monstruos. Aunque nunca logré representar el rechinar de los dientes. Nadie lo hace como Sendak.

—Deberías leer esto. —Le ofrecí el libro—. Probablemente te guste.

Buscó en su mochila y sacó tímidamente *La diversidad de la ciencia*.

—Justo voy por la segunda página.

—Me alegra ser una influencia positiva. Lo próximo que sabré es que le has puesto nombre a una estrella.

—Moco. Moco la estrella.

—Estás de broma. Pero algún día lo harás, o algo peor, y tendremos que vivir con eso.

Se sentó de piernas cruzadas a mi lado y buscó de nuevo en su mochila.

—Así que… —Volvió a sacar la mano, esta vez con la solicitud de Fleck que le había dado—. Me vendría bien algo de ayuda con esto.

—¿Mía? —pregunté, con una mano en el pecho. Pero tomé la solicitud y vi lo que había escrito hasta entonces. Solo lo básico: nombre, dirección, número de seguridad social—. Tienes muy buena letra.

—Sé escribir desde que era niño —sentenció—. No hace falta que me ayudes. Solo preguntaba.

Las páginas siguientes estaban en blanco, salvo la primera sección, «Actividades extraescolares». Había comenzado a escribir algo y se había detenido.

—Tal vez podríamos empezar por aquí —propuse ignorando lo que acababa de decir—. ¿Cuáles son tus actividades extraescolares? Ya sabes, club de ajedrez, de informática, de debate, lo que sea.

—No tengo ninguna. —Se mordió el labio.

—¿Qué haces después de clase?

—Yo, eh… trabajo.

—Correcto. Aunque no sé si eso cuenta.

—Eso es todo lo que tengo —respondió. Para ser un chico tan alto, pensé, lo había hecho parecer muy pequeño de golpe. Su rostro se puso morado y tomó la solicitud—. Esto ha sido una mala idea.

—No, no. Oye. No es una mala idea, ¿de acuerdo? Regresaremos a esta sección. —Sostuve la solicitud con cuidado y revisé el resto de la página—. Lo siguiente que pide es... de acuerdo. «Reconocimientos, premios o distinciones».

—Gané el primer premio en un concurso de arte local en una ocasión —dijo después de dudar un momento.

—Eso es *perfecto* —exclamé. *Guau, Vanessa. Retira eso*—. ¿Cuándo?

—¿En séptimo? Creo.

Mierda.

—Creo que ellos, emm, probablemente se refieren a hechos que hayan transcurrido ya en el instituto —dije con cuidado.

—Claro, por supuesto. —Sus hombros cayeron.

—Las menciones de honor cuentan, cualquier cosa como esa —lo animé—. Educación cívica, asistencia, todas esas pequeñas cosas.

—Estás perdiendo tu tiempo. —Volvió a tomar el papel.

—Zach, está bien. En serio, quiero ayudar. Es algo sencillo... no es gran cosa.

—Olvídalo.

Se aferró a la punta del papel y se negaba a soltarla. Yo tiré demasiado fuerte y, sin querer, rompí la solicitud en dos.

—¡No! —chillé—. Ah, maldita sea. *Maldición*, Zach. Lo siento, no quería...

Su expresión cambió y la reconocí: había tenido el mismo gesto durante el partido, cuando nuestro jugador había atravesado todo el campo y lo habían derribado a pocos metros de la línea de anotación.

—Está bien. Podemos hacerla por Internet.

—No tengo Internet —murmuró y se puso de pie.

—Hay ordenadores aquí. Abajo. —Pero él había adoptado la postura de un animal asustado en busca de un sitio por el que escapar—. Zach, imprimiré una nueva…

—Siento mucho haberte hecho perder el tiempo —se disculpó. Cerró su mochila, apenas me escuchaba. Y, antes de que pudiera levantarme, ya estaba en las escaleras. Me acerqué a la barandilla y miré. Él recorrió la planta baja, hacia las puertas de la biblioteca.

—Zach, vamos —lo llamé y la bibliotecaria me miró con dureza. Pero él ya se había ido. Sin más.

—¿Nada?

Cece levantó las manos vacías. Estábamos en el ala A, cerca de la taquilla de Zach.

—Quizás se ha ido ya.

Había impreso una nueva solicitud de la página web de Fleck. La copia rota de Zach estaba en mi bolso.

—Dios, me siento fatal.

—¿Por qué? Solo intentabas ayudar.

—Es como… vamos al mismo instituto, pero debo parecer como si fuera de Ío.

—Marte —dijo Cece—. La mayoría de las personas dirían Marte.

—Ío es más raro —respondí, distraída—. Cece. ¿Qué hago?

—Recita conmigo. —Puso sus manos en mis hombros.

—¿Qué?

—Hazlo.

—Bien. —Suspiré.

—Mi nombre es Vanessa… —comenzó.

—Mi nombre es Vanessa.

—… y soy como una chica privilegiada y superficial tipo.

—*No* lo soy. —Parpadeé.

—No puedes *salvarlo*. Lo entiendes, ¿no?

No respondí. No estaba tomándose en serio lo que le había dicho. Y sentía que estaba a punto de partirme en dos. Enseguida se dio cuenta y me rodeó con sus brazos.

—Te gusta. Lo sé.

—Dime que no soy horrible. —Dejé caer mi cabeza en su hombro.

—En gran parte no eres horrible —dijo. Luego dejó caer sus brazos de golpe y se alejó. Casi me caigo. Cuando levanté la vista para preguntarle qué narices estaba pasando, entendí la razón: Ada estaba allí.

—Hola —dije. Cece se había quedado de piedra. Había que decir algo, así que puse mi mano en su hombro—. Ada —comencé—, a Cece le gusta…

Ada me miró. Juro que sentí un ligero temblor en la zona de mi corazón.

—Yo —dijo como un hecho—. Sí. Lo sé.

—Espera, ¿qué? —Cece tragó saliva de forma audible.

—Ella lo sabe —afirmé—. Eso es bueno.

—¿Te gustan los perritos calientes? —Ada me ignoró.

Cece no era partidaria de los perritos calientes pero asintió. Con entusiasmo.

—En la pista de *roller* hay un chico que pone un puesto de comida.

—Un puesto de comida en la pista de *roller*. —Cece inclinó la cabeza. Yo sacudí su hombro.

—Está invitándote a salir, tonta.

—¿Qué? —Sus ojos se ampliaron. Me miró, sorprendida, después a Ada—. ¿Que estás qué?

—Tengo una competición esta noche. —Ada estaba muy tranquila—. No es una cita en plan cena y película.

—Es más en plan pelea y cerveza —señalé, pero ninguna de las dos estaba escuchándome.

—Sí, de acuerdo, sí —balbuceó Cece—. Espera, ¿cuándo? ¿Dónde?

Ada le sonrió a Cece, ella se *tambaleó*. Puse mis manos en sus hombros para estabilizarla.

—Mi padre y yo te recogeremos —respondió Ada.

Cece palideció, luego me miró. Sabía que estaba visualizando la cara de su abuela al abrir la puerta.

—Recógela en mi casa —dije—. Necesito que me ayude a hacer unos deberes.

Ada asintió. Observé mientras las dos intercambiaban sus números de teléfono y después Ada se alejó. Cece levantó su móvil y dijo:

—Tengo el *contacto* de Ada Lin. Está en *mi teléfono*.

—No es el único sitio en el que está. Cece, tienes una *cita* esta noche.

—Tengo que investigar bien sobre las carreras de *roller*. —Luego agregó—: No tenemos deberes.

—No. Pero puedes venir y salvarte de las preguntas de tu abuela por un día más.

Prácticamente saltó de la emoción. Podía sentir lo nerviosa que estaba.

—Oye —le llamé la atención—. Concéntrate por un segundo. Dime qué se supone que debo hacer.

—¿Con respecto a mi cita?

—Con respecto a Zach.

—Ah. Está bien. Yo lo dejaría en paz.

—¿Y si fueras tonta como yo?

—Bueno, sabes donde vive. —Señaló mi mochila, donde estaba la solicitud.

Cuando llegué a casa después del club de astronomía, Aaron estaba cocinando en el patio. Hacía girar un tenedor con una mano, mientras leía atentamente muchos papeles que sostenía con la otra.

—Algo huele muy bien —dije.

—Oye Ness-esaria —bromeó. Vio mi reacción al sobrenombre—. De acuerdo, tal vez es demasiado. ¿Nessa Le Crunch?

—Mejor… déjalo. —Me incliné para ver qué estaba haciendo—. ¿Qué estás cocinando?

—Vieiras envueltas en *prosciutto*. —Levantó la tapa de la olla—. Y espinacas en vinagreta de limón. —Señaló un vaso—. Ya he comenzado con el Chardonnay. No se lo digas a tu madre. Ah y oye, no me habías dicho que iba a venir Cece.

—Cece ha venido. Pero solo un momento.

—Sí, *eso* ha sido bastante raro. Le he dicho que no ibas a tardar en llegar, pero ella solo estaba esperando que pasaran a buscarla. ¿Para ir a dónde? No me ha querido decir nada. Se ha ido en un coche y ahora me siento cómplice.

—Simplemente tiene una cita.

—Así que *soy* cómplice.

—Con una buena persona.

—Sí, de acuerdo —concedió—. ¿Tienes hambre?

—Tal vez más tarde. —Mi estómago crujía, pero tenía cosas que hacer—. Tengo que ir a ver a alguien esta noche.

—Bueno, no creo que se trate de Cece. A menos que vayas de carabina y en ese caso, ya llegas *muy* tarde. Así que debe ser el chico del pelo rojo. ¿El del partido?

—¿Dónde está mi madre? —Realmente no quería hablar de chicos con Aaron.

—Tenía una sesión privada en el ayuntamiento —respondió—. La salvaje emoción de los políticos locales. —Habían tenido algunas sesiones como esa últimamente—. Oye, ¿alguna noticia de la Liga Ivy?

—Mi respuesta es la misma que ayer —dije y le di un golpe con el codo—. Estoy segura de que están leyendo mi solicitud en este preciso momento.

—En este preciso momento —miró su reloj—, estoy seguro de que no. Espero que no.

—No tendré noticias hasta diciembre. Normalmente es cuando dan respuesta a las solicitudes de inscripción previa.

—Sabes, aún tengo algunos contactos en…

—No quiero ir a Stanford. Pero gracias.

—Escucha, no es que tu devoción por Cornell no sea admirable, pero astronomía y Stanford son prácticamente sinónimos. ¿Sabes? Y si Cornell no sale bien…

—Si Cornell no sale bien, huiré a las colinas con OSPERT a cuestas. Puedo sobrevivir. Curtir pieles de animales. Intercambiarlas por comida.

—Los animales *son* comida, por si lo habías olvidado.

—¿Las vieiras tienen pieles? Tal vez podría cazar vieiras salvajes en las montañas. Vestirme con sus… pieles. ¿Caparazones? Cáscaras.

—No vas a irte con las manos vacías —dijo Aaron—. Vamos, llévale algo de comida a tu amigo.

—No olvides los vasos con tapa.

—¿Para qué?

—Para el vino, no es obvio.

—Ja —dijo inexpresivo—. Regresa a una hora razonable.

Guardé la comida en la cesta de mi bicicleta, luego atravesé el paso subterráneo de la autovía hacia la casa de Zach. En cuanto leí su dirección en la solicitud, supe por qué no había querido que lo acompañara después del partido. No quería que viera dónde vivía. Mientras avanzaba, las aceras comenzaron a tener baches de césped, después desaparecieron por completo. La calle de Zach no estaba pavimentada y mi Kestrel pasó con dificultad por la gravilla.

Su casa era pequeña y estaba dividida en dos. El exterior era de estuco blanqueado. Una ventana estaba reforzada con cinta adhesiva caída. Encadenada al medidor de agua había un cortacésped de gasolina. En una de las entradas había una camioneta desgastada. Tenía una pegatina del aparcamiento de DepthKor en el parabrisas.

Esperaba que a Zach no le molestara mi visita. Llamé a la puerta antes de convencerme de lo contrario. Pero quien abrió era una versión más alta y corpulenta de Zach. El mismo pelo rojo, los mismos ojos verdes rasgados. Era el hombre con el que casi me había chocado en la oficina de administración.

—¿Puedo ayudarte? —Primero me dio la impresión de que estaba enfadado, y luego confundido por mi presencia.

—No —solté—. ¿Qué?

Bien, Vanessa.

—¿Puedo ayudarte? —repitió, más lento.

—Soy amiga de Zach, le he traído algo de cena. Ha olvidado una cosa en el instituto y he aprovechado para traérselo también —dije estúpidamente de prisa.

—¿Le llevas la cena a todos tus amigos? —Rio al percatarse de mi incomodidad. Yo le ofrecí los recipientes con la comida.

—Son, eh, vieiras envueltas en *prosciutto*. Y espinacas.

—*Prosciutto.*

—Es como… ¿jamón muy delgado?

—Sé lo que es el *prosciutto*. Pasa.

Abrió la puerta y entré. Él salió, levantó mi Kestrel con una mano enorme y la metió por la puerta. La apoyó contra el sofá.

—Por aquí desaparece todo —explicó—. En especial las cosas bonitas.

—Ah.

—Sabes que Z. está en el trabajo, ¿verdad?

No lo sabía. *Tendría* que habérmelo imaginado.

—Trabaja duro —agregó y me guio hasta la cocina—. Le he pedido que lo deje, que se concentre en la escuela, ¿y él qué hace? Consigue que le den más horas. Nunca escucha. —El horno, que tenía al menos cuarenta años, chirrió cuando él lo abrió—. Puedes dejar la comida ahí. Se conservará. —Me observó mientras dejaba un recipiente en la rejilla del horno, después señaló el segundo—. ¿Pensabas cenar con él?

Sí.

—No. —Extendí el recipiente—. He traído de más.

—*Prosciutto*, ¿eh? —comentó y miró el interior—. ¿Y verduras?

—Espinacas. Y, eh, vinagreta de limón.

Mientras admiraba la comida, miré a mi alrededor. Todo en la casa parecía de otro tiempo: mesas de fórmica, empapelado de flores amarillas, electrodomésticos de color verde pálido. Algunas paredes del salón eran de madera y otras de obra. El sofá estaba muy viejo. Sobre un almohadón, bien acomodadas, había una manta y una almohada. Pude escuchar murmullos desde algún sitio de la casa; ¿Zach tenía hermanos?

—Eh… soy Vanessa, señor Mays —dije prestándole de nuevo atención. Él rio.

—Ah, no soy su *padre*, aunque me siento lo bastante mayor como para serlo. No, Z. es mi hermano pequeño. Soy Derek. —Buscó un tenedor en un cajón y se sentó con mi cena—. Esto ha sido un detalle bonito de tu parte. Escucha, puedes quedarte, pero… —Miró hacia el horno, donde vi un viejo reloj analógico—. Zach tiene que cerrar. Aún tardará un rato en regresar.

—Ah, tengo que irme de todas formas. —Recordé la verdadera razón por la que había ido y saqué el sobre de mi bolso—. Zach se ha dejado esto en el instituto.

—¿Qué es?

—De la feria universitaria —respondí.

—¿Qué feria universitaria? —Abrió el sobre y miró el contenido.

—¿En San Luis Obispo? —Todas mis respuestas se convirtieron en preguntas nerviosas—. ¿Había cientos de universidades? ¿Todos tuvimos que ir?

Su cara se encendió.

—Z. no me había dicho nada de eso. —Sostuvo la puerta mientras sacaba mi bicicleta—. Le diré que has estado aquí. Lo agradecerá. Ten cuidado.

Así que Zach no le había dicho nada de la feria a su hermano. Probablemente eso también significaba que Zach había tenido que falsificar su autorización. Tuve la sensación de que acababa de cometer un error.

Mi estómago rugió y, con un suspiro, me subí a la bicicleta y pedaleé hasta casa.

19
Zach

Una o dos veces al mes, Maddie programaba que yo cerrara la tienda con ella. A las once, la tienda ya estaba limpia y apagada, y yo aguardaba en la acera a que ella activara la alarma y cerrara las puertas. Revisó el aparcamiento cuando salió.

—¿Estás esperando a tu hermano?

—No. —Probablemente ya estaría dormido, o a punto. Su ascenso implicaba también que su jornada laboral empezara más temprano.

—¿Quieres que te lleve?

—No, iré andando.

—Hace frío. Es *tarde*. —Cuando negué con la cabeza, ella agregó—: ¿Cuánto tardas en llegar a casa, cuarenta minutos? Es un camino bastante largo.

Cerca de una hora, pensé. Y aún tenía deberes que hacer. Aceptar era lo más fácil, pero negué con la cabeza.

—Bueno, si estás seguro. Buenas noches, Zach.

Su camioneta se alejó y yo caminé por la calle hacia mi casa, escuchando la estática de las olas. La luna estaba alta y clara, y bañaba la costa con un reflejo azul. La vista me habría parecido bonita, si no me hubiera inspirado tan malos recuerdos. El mar siempre me recordaba aquella primera vez que pensamos que habíamos perdido a mi padre. Durante el verano de

2008. En la tormenta que nadie había visto llegar. No sabíamos que lo perderíamos realmente antes de que acabara aquel mismo año.

Mi padre había conseguido su certificación de Nivel IV en julio. Un buen sueldo, decía. Las cosas eran buenas. Después una tormenta se desató sobre el Pacífico; duró tres días, provocó olas que según algunos habían alcanzado los treinta metros. Fuera cual fuera la altura, eran poderosas. Causaron estragos en las plataformas petrolíferas. Rompieron algunas tuberías, provocaron algunos incendios. Mi padre estaba justo en mitad de todo aquello. Se quedó atrapado en un ducto de ventilación; lo sacaron inconsciente, cubierto de hollín y respirando débilmente. Pero sobrevivió. Tres semanas de baja médica y luego regresó al trabajo como si nada.

Una tormenta tan pequeña, en el gran esquema de las cosas, casi lo había matado. La verdad es que a veces deseaba que hubiera salido malherido. Si eso hubiera pasado, quizás no estaría muerto.

Su ascenso había llegado con un aumento y un bono, y poco después de regresar al trabajo, nos había llevado a Gio a comer rollos de langosta. Rara vez salíamos a comer, así que mi madre sospechó que pasaba algo.

—¿Qué has hecho?

Él apuntó su rollo de langosta hacia el puerto, hacia un barco que tenía un pez espada desteñido en el costado.

—Ahora esta familia tiene un barco —anunció.

—¡No sabemos nada de barcos! —protestó mi madre.

—¡Aprenderemos! Pondremos trampas para cangrejos. Pescaremos un poco, llevaremos turistas. —Dudó un momento—. Cuando esté arreglado.

—Ajá. Ahí está —dijo mi madre—. ¿Y hay cangrejos ahí fuera? ¿Siquiera lo sabes?

El verano y el otoño lo pasamos en el puerto, ayudando a mi padre con el barco. Mi padre intentó hacer que Derek y yo trabajáramos bajo el agua limpiando percebes del casco, pero yo no fui capaz de hacerlo. Solo podía pensar en la tormenta, en las olas. No quería saber nada del agua. Así que Derek limpió y mi padre intentó enseñarme cómo funcionaba el motor. Cómo *funcionaría*, más bien, cuando estuviera arreglado.

Para el otoño, mi padre comenzó a hacer períodos más largos en lugares más profundos, y el barco recibió menos atención. Mi padre dormía en hábitats subacuáticos durante semanas. Era como Aquaman con un cinturón de herramientas. Cuando regresaba a casa, contaba historias de tortugas marinas gigantes que mordisqueaban sus patas de rana, o anguilas lobo que nadaban fuera de su alcance y mostraban sus dientes torcidos.

—Y tiburones también, sí —agregaba—. La mayoría inofensivos.

Su turno más largo llegó una semana antes de Navidad. Acordamos posponer las celebraciones hasta que regresara, a principios de enero. Nos dio un beso de despedida, mi madre lo dejó en el trabajo y no volvimos a verlo. El condenado océano había intentado llevárselo una vez; en aquella ocasión, lo logró.

Y con él se fue el sentido del orden en nuestras vidas, al menos por un tiempo.

Mientras caminaba, la luna se iba escondiendo detrás de las colinas y un mar de estrellas se hacía visible.

«Son tan lejanas que, para nosotros, nunca cambian realmente». Recordaba que me había dicho Vanessa. «No te sorprenden. Siempre están ahí, incluso durante el día, cuando no puedes verlas». Las estrellas, me había explicado, tenían un orden. Predictibilidad, permanencia. Hacían que la vida pareciera pequeña, manejable; comprendía por qué le gustaba mirarlas.

También me gustaba verlas, supongo. Era mejor que echarle un vistazo al océano, que obstinadamente se negaba a devolvernos el cuerpo de mi padre.

Me metí en un bache y continué el pesado y duro camino de vuelta a casa.

El tranquilo movimiento del mar sonaba como una risa.

Saqué el extraño recipiente del horno y coloqué su contenido en una sartén para calentarlo. Mientras esperaba, vi la solicitud universitaria sobre la mesa. *Vale.* Eso explicaba la comida. La solicitud solo podía haber llegado hasta allí de una manera. Miré a mi alrededor, como si Vanessa fuera a aparecer de detrás del sofá. No lo hizo, pero mi mirada se detuvo en mi manta y en mi almohada.

Entonces ya sabía cómo vivíamos. Cómo vivía *yo.*

Sentí que mi cuerpo se llenaba de pena y de algo más. Irritación. Normalmente yo podía poner las reglas sobre quién iba a mi casa y cuándo. O sea nadie y nunca. Que Vanessa hubiera ido por su cuenta… ¿Qué era yo, su nueva obra de caridad? Operación: llevar a Zach a la universidad.

Una solicitud universitaria era una cosa simple para ella. Tenía todo lo que a mí me faltaba: extraescolares, reconocimientos, recomendaciones. Dinero. Nosotros no teníamos nada de eso. No, llegábamos a casa con los nudillos rotos, con manchas en la piel. Llegábamos a casa para encontrar notificaciones en la puerta. Nada bueno se dejaba en las puertas.

El olor de la comida llenó la habitación y, a pesar de mi molestia, mi estómago hizo ruido. Era tarde; estaba cansado. Aún tenía deberes que hacer. La idea de probar una buena comida, por una vez, venció al enfado. El enfado siempre estaba… ahí. Viviendo como lo hacíamos, siempre estaba al alcance.

«Una muleta». Había dicho mi padre años atrás, cuando yo había tenido esa reacción en la escuela. «A veces te alcanza. A veces no puedes resistirlo. Pero no lo mantienes a tu alcance. Es la herramienta del perezoso».

Tal vez Vanessa no quería molestarme en el trabajo. Tal vez no sabía que no estaba en casa. Tal vez solo intentaba ser atenta. *Atenta*. Creía que yo podía ir a la universidad. Y, aunque yo sabía que no podía, tal vez eso era… agradable.

Pero no tenía tiempo de demostrar nada, a nadie.

Era pasada la medianoche cuando terminé de cenar y los deberes. La solicitud seguía ahí, mirándome. La giré y encontré otro post-it de color verde:

Lo siento ♡

Mis ojos se fijaron en el corazón hecho a mano.

Quizás no fuera para ella una obra de caridad. Quizás ella veía lo que yo no podía: lo que quería en serio. Que era lo suficientemente bueno.

Que lo merecía.

De forma impulsiva, comencé a rellenar los espacios con tanta honestidad como pude.

Actividades extraescolares: Tengo un trabajo para ayudar a mi familia.

Reconocimientos: Ninguno.

Animado, recorrí las páginas hasta llegar a:

Por favor, adjunte uno o más ejemplos de su arte. Si es demasiado grande, adjunte fotocopias o fotografías.

Con cuidado, retiré mis ilustraciones más recientes del cuaderno de dibujo: la costa cubierta de neblina, el barco de mi padre, por fin listo para navegar, solo parcialmente visible a través de la niebla, con la sutil silueta de un hombre al timón.

A modo de ensayo, describa las motivaciones de su trabajo.
¿Qué dice su trabajo de usted?

Miré la página durante un largo rato antes de tomar mi bolígrafo.

Escribí sobre Orilly, sobre el camino predeterminado para las personas como yo. Escribí sobre cómo Derek casi había conseguido escapar de todo aquello. Sobre cómo esperaba que yo tuviera el éxito que él no había podido tener. *Sobre el agua o lo que había bajo ella...* Mi bolígrafo flotó en la página: el barco de mi padre, su accidente, los cuadernos de dibujo que me había regalado. Lo vacía que estaba la casa sin él. *Lo vacío que estaba yo.* Él era mi padre y yo lo quería.

Dejé el bolígrafo. En ese momento comprendí que nunca enviaría la solicitud y por qué había escapado de Vanessa en la biblioteca. No tenía nada que ver con mi falta de reconocimientos o de actividades extraescolares, ni con la falta de dinero.

Si me marchaba para ir a la universidad, dejaría la casa aún más vacía. Mi familia me necesitaba; si me marchaba les haría daño. Me necesitaban y yo a ellos; más de lo que necesitaba demostrarle a Vanessa, ni a nadie más.

Volví a guardarlo todo en el sobre de Vanessa y lo tiré a la basura. En silencio, lavé los platos y el recipiente de Vanessa. Estiré mi manta en el sofá y traté de dormir. En unas pocas horas, todo volvería a ser como siempre. Como siempre sería. Nada iba a cambiar.

Y eso estaba bien.

Me desperté en la oscuridad, mojado por el sudor, con el corazón acelerado.

Derek dijo mi nombre, giré en el sofá y me incorporé. Estaba en la mesa de la cocina, atándose las botas iluminado solo por la luz tenue del horno.

—¿Estás bien? —preguntó—. ¿Has tenido un mal sueño? Asentí.

—Yo también —coincidió. Señaló el reloj—. Son las tres de la mañana. No he podido volver a dormirme, así que he pensado que podría llegar más temprano al trabajo.

—¿Qué has soñado? —le pregunté. Mi boca parecía llena de polvo.

—Lo mismo de siempre —respondió. No volvió a describir el sueño, pero me lo sabía de memoria. Soñaba con la explosión que había matado a nuestro padre, solo que Derek estaba ahí, incapaz de salvar a nadie—. ¿Y tú?

Con el agua inundando la casa, primero hasta los tobillos, después hasta la cintura. Yo caminaba con dificultad, gritando. El techo se abría: el agua caía desde arriba. No podía encontrar a las niñas, ni a mi madre ni a Derek. La casa se llenaba completamente de agua y yo nadaba a través del hueco que había en el techo de mi habitación. Después encontraba un barco que giraba hacia atrás. El barco de mi padre, navegando con su propio motor por primera vez. Una figura corpulenta iba al timón, delineada por un sol rojo. Le gritaba, pero no se daba la vuelta.

—Sí —dijo Derek y no comentó nada más. Hizo una bola con una servilleta de papel y apuntó hacia el cubo de la basura. Su suspiro me indicó que había fallado—. Vuelve a dormir —susurró y, mientras me tumbaba, lo escuché recoger la servilleta aplastada y colocarla en la basura.

20
Vanessa

—Me tienes que prometer que vas a guardar el secreto. Tengo que contártelo todo.

—Yo… no estoy segura de querer saberlo todo. —Cece dio un paso atrás.

—No es eso… —Le conté todo lo que había pasado—… y me ha estado ignorando. Durante *semanas*, Cece. Literalmente se ha escondido en el baño para evitarme esta mañana.

—Quizás tenía que orinar.

—Cece.

—Bien. Quizás necesitaba ir en serio al baño…

—Cece.

—Nessa, estás pensando demasiado.

—Él se ha quedado allí dentro.

—Ay por Dios. —Se llevó las manos a la cara—. ¿Y si *sigue ahí*? —Dejó de actuar—. Probablemente ha salido justo después de que te fueras. ¿Qué tiene de malo?

—Eso ha sido exactamente lo que ha hecho.

—Y tú lo sabes… porque te escondiste. Por supuesto.

—Asomó la cabeza, no me vio y *entonces* salió.

—Así que ahora estás espiándolo.

—No. Sí. Solo para ver si estaba evitándome.

—¿Y?

—Me está evitando. —Necesitaba ayuda y ella estaba ignorándome—. Ni siquiera sé qué he hecho mal. Dime qué he hecho mal.

—Ah, chica brillante y privilegiada —dijo—. Lo sabes. —Palmeó mi mejilla, condescendiente. Aparté su mano y ella continuó—. ¿Recuerdas en primaria, cuando todas las chicas usaban esas botas de piel?

—¿Uggs? —No había pensado en ellas durante años. Aún tenía dos o tres pares guardados en el garaje de Aaron—. Uf. Sí. Mi madre tiene una fotografía mía en Disney. Hacía treinta grados y allí estaba yo, con pantalones cortos y Uggs.

—De acuerdo, pues bien —dijo Cece—. Me estás dando la razón entonces. Vivías en Santa Bárbara en aquel momento. ¿Sabes cuántas personas las usaban en Orilly? Como… *dos*. ¿Sabes cómo las llamábamos? *Ugglies*.

Aquello no me gustaba. Normalmente Cece era protectora conmigo cuando yo estaba consternada. No era el caso.

—Cuando no puedes comprar las porquerías populares, te burlas de ellas —continuó—. Mientras tú estabas enseñándole tus botas a la Cenicienta, yo intentaba no decirle a mi padre que los zapatos deportivos que me había comprado hacía dos años ya me quedaban pequeños.

La verdad es que estaba molesta.

—Cece, yo…

—No… no lo hagas. ¿Qué es eso que veo en tu cara? *¿Lástima?* No, al diablo con eso, no sigas por ahí. Estamos bien. Ahora, Zach me cae mucho mejor que tú. —Sus ojos ardían como una antorcha; me quemó con su mirada—. Se siente avergonzado, Vanessa. Apareciste y le señalaste todos los huecos que hay en su vida.

Ella tenía razón.

—Cece, yo…

—Te lo advertí —me interrumpió—. Esto no es una película adolescente. Él no es tu proyecto. Sé tú misma y deja que él sea como quiera ser. —Vio que intentaba hablar otra vez y levantó una mano—. Estamos bien. Pero necesito algunos minutos sin ver cómo tratas de arreglarnos.

Se alejó y se llevó mi corazón con ella. Primero Zach, ahora Cece. Todas las personas que me importaban habían cambiado de polaridad; antes nos atraíamos, y ahora las estaba repeliendo.

Cada pequeña cosa que había necesitado, la había tenido.

Excepto un padre. Entonces lo vi claro: quizás yo tenía la culpa de que él se hubiera marchado también.

¿Qué era lo que estaba *mal* en mí?

SEGUNDA PARTE
Noviembre 2012

21
Zach

Días de miedo. Miedo, miedo, miedo.

Las cosas que más miedo me daban en aquel momento:

1. El instituto, por dos motivos:
    A. Cada minuto que pasaba en clase era un dólar perdi-
        do. No… algo menos que eso, pero daba igual de to-
        das formas.
    B. Vanessa se había vuelto cada vez más difícil de evitar.
        Se había vuelto escurridiza.
2. El trabajo. Quería pedirle a Maddie más horas. Otra vez.
    Y ella volvería a decirme que no. Como siempre.

Cada vez que se lo preguntaba podía sentir que le *gustaba* un
poco menos. Porque sabía que tendría que decir que no y no le
gustaba tener que decir que no. Que no quería hacerlo. Lo que
significaba que Maddie tampoco tendría muchas ganas de verme.

Cuando Derek era niño, mi padre estaba en casa. Derek jugaba al fútbol, al baloncesto e incluso lo intentó con el atletismo. No
tenía que trabajar. Pudo dedicarle al colegio y al instituto después
todo su tiempo y esfuerzo.

Después mi padre murió y nada de todo aquello tenía ya ningún tipo de importancia.

Teníamos un acuerdo tácito de no permitir que las niñas fueran conscientes de todo lo que pasaba. Pero eran listas. Sabían que las cosas no eran fáciles. Aunque también eran pequeñas y comenzaban a pedir cosas. Nada frívolo, solo cosas razonables. Robin quería unirse a un grupo de lectura para jóvenes científicos; Rachel quería jugar al softbol. Y nosotros no queríamos tener que negarles nada.

Unas noches antes, al llegar a casa, encontré a nuestro vecino guardando cajas en su coche. Cuando le pregunté a dónde iba, señaló su puerta, a unos seis metros de la nuestra. Había una hoja de papel pegada en ella. No tenía que leerla para saber lo que era.

—El maldito propietario me ha desalojado —dijo—. Entre tú y yo, creo que tiene intención de vender todo esto. Me temo que vosotros vais a ser los siguientes.

Nadie que pusiera la música tan alta a las once de la noche sabiendo que había niños durmiendo en la casa de al lado, me daba demasiada confianza. Pero ¿y si tenía razón? Tendríamos que encontrar otro sitio donde vivir y no había muchas opciones. Necesitaríamos el dinero del alquiler del primer mes, el del último, un depósito en garantía. ¿De dónde se suponía que saldría todo eso? Además estaban las niñas y sus clubes de lectura y deportes. Y la factura del agua. Y las compras. Y los neumáticos de la camioneta de Derek que estaban dañados y también necesitaba un nuevo alternador.

Tal vez a nuestro vecino lo habían desalojado por no pagar el alquiler. Pero nosotros no éramos precisamente buenos inquilinos. En alguna ocasión nos habíamos dejado un mes sin pagar; por eso seguía pidiéndole más horas a Maddie. Para ponernos al día. Para salir a la superficie, fuera de aquel hoyo. Pero estábamos viviendo en el extremo de un risco. Un mal giro del destino podía empujarnos al abismo.

Pero había una solución.

Hice las cuentas. Si me pateaba la ciudad con el cortacésped y conseguía un segundo trabajo, los fines de semana, y lo hacía a jornada completa... podía doblar lo que ganaba con Maddie. Con el dinero extra podría llenar la despensa. Pagar la suscripción al club de lectura; comprar zapatos para el softbol y un guante para Rachel. Podría dejar a Maddie en paz. Podría poner el alquiler al día y tal vez conseguir incluso que el propietario accediera a arreglar el techo. (Aunque lo dudaba. El vecino tenía razón. El propietario era un cretino).

Con ese planteamiento, todos ganábamos.

Excepto tú, diría Derek.

En primavera me graduaría. Después de eso, podría trabajar a tiempo completo *y* mantener el trabajo de la tienda a tiempo parcial. Aunque ambos trabajos tuvieran salarios mínimos, llevaría a casa suficiente dinero como para pagar el alquiler. Eso y también todas las facturas. Lo cual significaba que podríamos salir adelante. Podríamos ahorrar. Comprar un ordenador para las niñas, tener Internet para que pudieran hacer sus deberes. Atención para mi madre.

La campana sonó y la clase se quedó vacía. Esperé, miré el reloj. Cuando la segunda campana sonó unos minutos después, salí al pasillo vacío. Vanessa no estaba por allí. Pero mientras caminaba, no dejaba de echar un vistazo hacia todas partes y me di cuenta de que *esperaba* verla.

Entonces ¿por qué estás evitándola?

No lo sé. Porque sí.

Esa no es una razón. Quieres verla.

Sí.

¿Entonces?

No puedo.

Idiota. ¿Te vas a esconder durante los próximos siete meses?

Si tengo que hacerlo.

No tienes que hacerlo.

Ahora es necesario.

Pero ¿por qué?

Porque sí.

Ella era todo lo que no podía permitirme desear. Ella lo tenía todo y yo no. Todo lo que no tenía, podía conseguirlo y yo no. Ya no se trataba de ella. Se trataba de mí. Quería que tuviera todo lo que deseara; eso era cierto. Pero no podía ver cómo lo conseguía. No podía evitar que a una pequeña parte de mí le enfureciera lo injustas que eran las cosas.

De todas formas: estaba mintiéndome a mí mismo si creía que no se trataba de ella. Porque así era, al menos un poco. Antes de Vanessa, me había mantenido aislado. La mayoría de la gente me evitaba, a causa de mi mala suerte. Pero ella no. Ella me hacía reír. Mierda, aunque solo fuéramos amigos, eso debería ser suficiente. ¿O no?

No lo sería.

Lo sería.

No. Estás haciendo eso. Alejando algo preventivamente, para que no te haga daño cuando te rechace.

No es así. A ella le gusto también.

No de esa forma. No seas tonto.

¿Importaba lo que yo quería? Después de la graduación, conseguiría un trabajo a jornada completa. Vanessa, en cambio, se marcharía al este. Ella tenía todo lo necesario para ir donde quisiera. Y yo: yo era como el representante de un equipo de baloncesto. *Este año es para reconstruir,* diría. *Tengo que invertir en el futuro.* Y el futuro no se trataba de mí o de lo que yo quería. Se trataba de las niñas y de lo que ellas merecían.

Sigues pensando en ella.

Sí.

Pues para.

Le pedí más horas a Maddie. En vez de decir que no, cerró la puerta de la oficina.

—Zach —dijo, con un tono diferente—. ¿Va todo bien en casa? Estás soportando más peso del que deberías para tu edad.

Tenía mi respuesta. Me levanté.

—Lo siento mucho. No quiero causarte más problemas.

—Zach, no eres un problema —afirmó—. Siéntate. Por favor.

No quería hacerlo. Pero lo hice. No podía mirarla.

—Soy comprensiva. En esta ciudad, nada me sorprende. Solo estoy preguntándote: ¿sucede algo más?

—No —respondí, tan firmemente como pude. Pude sentir que mi mandíbula temblaba y traté de ocultarlo—. Solo necesito ayudar. Solo estoy intentando *ayudar*.

En la tienda, bajé la cabeza al pasar junto a las cajas. Pat, el único cajero, me observó con curiosidad. Mis ojos habían comenzado a arder y giré en el pasillo de la comida en conserva. Había recorrido la mitad antes de que las lágrimas calientes se deslizaran por mi cara a causa de la pena.

22
Vanessa

Las ventanas de la tienda de Maddie tenían falsos copos de nieve pintados con aerosol y mensajes navideños. Observé cómo la tienda se fue apagando poco a poco. Pude ver a Zach dentro, quitándose su delantal. Unos minutos después, salió con otras dos personas. Un hombre mayor se despidió de ellos y se dirigió hacia un Ford Fiesta viejo y abollado. La otra persona era su jefa, Maddie. Escuché como ella se ofrecía a llevarlo a casa; Zach le dijo que no; Maddie señaló las nubes. Luego ambos se dieron cuenta de que estaba allí.

—*Ah* —comentó Maddie—. Entiendo.

—Buenas noches, Maddie —se despidió Zach. Cuando se fue, él miró a un lado y a otro, como si estuviera buscando una vía de escape.

—Has estado evitándome —dije.

Él no respondió. Miró las nubes, después se levantó su capucha. Por primera vez vi el logotipo de Bernaco Oil en su sudadera. Bernaco, no DepthKor, como la pegatina que vi en la camioneta de su hermano.

—Y Cece últimamente solo quiere estar con Ada —agregué—. Así que siempre estoy sola. —Seguía sin responder—. No es que no me guste estar sola. Pero, ya sabes, a una chica le gusta saber que sus amigos siguen siendo sus amigos.

Frotó el talón de uno de sus zapatos contra el borde de la acera.

De acuerdo. Necesita que sea más directa.

—Cece dice que te avergoncé.

Zach metió sus manos en los bolsillos, y comenzó a caminar hacia su casa. Supuse que esa era mi respuesta. Lo observé alejarse y, al final del aparcamiento, se detuvo y miró hacia atrás.

—¿Vienes?

Me apresuré para alcanzarlo.

—Tu hermano es agradable. Tu casa es acogedora.

—Acogedora. Esa es una palabra de agente inmobiliario.

—¿Qué quieres decir con que es una palabra de agente inmobiliario?

—Una mentira agradable. Mi madre estuvo un tiempo trabajando en el mercado inmobiliario, poco tiempo en realidad, cuando yo estaba en el colegio. Adornan sus palabras para hacer que algo parezca mucho mejor de lo es. *Acogedor* significa que es pequeño. Usan mucho la palabra *atractivo*, porque nadie puede probar que *no* lo es.

—No tenía ni idea de que funcionara así.

—*Buena situación.* Esa es otra.

—Es una pena que hayan corrompido todas esas palabras bonitas.

El rastro de una sonrisa. No quería pasarme de lista y se me ocurrió, mientras caminábamos, que quizás él pensaba que intentaba volver a ir a su casa de nuevo.

—Tengo que regresar pronto. ¿Te importa que te acompañe un trozo del camino?

—Es un país libre. —La sonrisa desapareció, si es que alguna vez había estado.

—Hombre —comenté—. Sé que me he equivocado contigo.

—No has hecho nada. —Me miró.

—Cece dijo…

—Todos tenemos cosas que nos avergüenzan. —Se encogió de hombros—. ¿Y qué? No es tu obligación decirme cuáles son. Probablemente tú también las tengas. Podría hacerte sentir mal sin darme cuenta de haberlo hecho.

—Mis dientes —dije.

—¿Qué?

—No me gustan mis dientes.

—Tus dientes son perfectos. —Frunció el ceño.

—¿Ves este? —Dejé de caminar y le enseñé mis dientes. Toqué el canino izquierdo—. Diente de leche.

—Uh. No lo había notado.

—Nunca se me ha llegado a caer.

—¿Duele?

—No.

—¿Y qué pasa con el diente que debería salir?

—Me han hecho radiografías. No lo tengo.

—Así que si tu diente de leche se cae…

—Entonces me tendrán que poner una prótesis dental. ¿Puede llamarse prótesis a un solo diente?

—Un impostor. —Me hizo reír.

—Hablando de radiografías: ¿alguna vez has visto la boca de un niño? Es *horrorosa*. Todos esos dientes pequeñitos y bonitos y debajo, reservados, muchos dientes adultos, retorcidos. Parecen pequeños tiburones humanos, o algo sacado de una película de miedo.

Esperamos a que el semáforo cambiara en una intersección. Cuando lo hizo, Zach tomó mi mano, sin pensarlo, como si fuera la cosa más natural del mundo. Como si nuestras manos debieran estar unidas. Mi pecho se llenó de calor. Cuando llegamos al otro lado, él me lo notó en la cara.

—¿Qué te pasa?

148

—Tú, eh, estás tomando mi mano.

Pareció avergonzado y me soltó como si fuera una brasa caliente.

—No, yo… me gusta. Solo me has sorprendido. —No lo había convencido, así que tomé su mano y enlacé mis dedos con los suyos—. *Quiero* tomar tu mano.

—De acuerdo —soltó. Luego tragó saliva.

—Lo siento mucho, ya sabes, lo de la biblioteca. Yo… me gustas. No puedes no haberlo notado. —Él no me miró y yo seguí divagando sola—. Parece trillado decir que somos de mundos diferentes. Pero… me gustas.

Mi rostro estaba acalorado. Quería bromear sobre algo, lo que fuera. Pero no podía pensar en nada gracioso.

Quería besarlo.

Conté los pasos hasta que él dijo algo. Cuarenta y cuatro. Me pareció demasiado.

—Cece y yo crecimos aquí —dijo al fin—. La verdad es que no somos amigos, no realmente, supongo, pero somos iguales. —Negó con la cabeza—. No sé. Éramos iguales. Quizás a su familia le vaya mejor. A veces, sin embargo, pienso que solo vivimos para trabajar.

—*Mmm*. Sabes, no tenía razón. El trabajo sí que cuenta en las solicitudes universitarias. Cuenta mucho, en realidad.

—No tiene importancia.

—Zach… —Me detuve al recordar mi conversación con Cece. Lo dejé hablar.

—No creo que mi padre pudiera soñar en ningún momento. Cada hombre de nuestra familia solo ha… trabajado. Trabajado hasta… —Dejó la idea incompleta—. No sé *cómo*… —Pasó la mano por su pelo—. Lo siento. No estoy acostumbrado a hablar.

Apreté su mano. *Puedes hablar conmigo.*

Cien pasos hasta que volvió a hablar. Él *tenía* cosas que decir. Solo que nunca se las había dicho a nadie. Así que dejé que el silencio gobernara hasta que él lo necesitara. Cuando habló, todo salió de golpe.

—Mi madre está enferma —dijo. Entendí que la preocupación era evidente y constante por sus palabras—. No saben qué le ocurre. Se pasa el día tumbada, mirando a la nada. Ni siquiera sé si me escucha.

No quería interrumpirlo, pero necesitaba preguntárselo. Tenía un mal presentimiento.

—¿Y tu padre?

—Todos lo saben. —No me miró—. Había imaginado que tú también. —Veintiocho pasos—. Él se fue. —Veintidós pasos—. Sabes lo demás. Lo de la mala suerte. La gente me trata como si tuviera malaria. Normalmente son demasiado agradables o demasiado delicados.

—Yo no creo en la suerte.

—Es fácil decirlo. Fácil decirlo cuando no te hace daño a ti. —Con una larga exhalación, continuó—: ¿Sabías que la semana pasada me atropelló un coche?

—¡Zach! ¡Dios! —Me quedé perpleja, le di un golpe en el brazo—. ¿Por qué no me *lo dijiste*?

—Acabo de hacerlo. —Frotó su hombro—. ¿Tal vez porque suponía que me golpearías?

—¿Te atropelló un *coche*? ¡Mierda! —Él solo se encogió de hombros, como si no tuviera importancia.

—Tenía que recoger los carros de la tienda. El coche retrocedió y vino directo hacia mí. Pensé que me había visto, pero… cerré los ojos al caer. Pude sentir el tubo de escape en mi cabeza. Abrí los ojos y estaba… debajo del coche. No debajo de las ruedas. Él coche simplemente avanzó justo sobre mí.

—¿Qué hiciste?

—Bueno, él se alejó.

—¿Y *después*?

—Después llevé los carros dentro.

—¿No le dijiste nada a Maddie? —Volví a golpearlo—. No hiciste una declaración con...

—¿Sabes qué más? Me falta un crédito para graduarme. —Ignoró mi consternación—. He ido a las mismas clases que todos los demás. No he suspendido nada. Pero aquí estoy, con un crédito menos. Podría no graduarme. —Su mano en la mía era fría—. Siento que estoy perdiendo el control. Como si algo me estuviera persiguiendo. Y sé que no puedo escapar.

—Zach...

—Tú, sin embargo... Puede que tengas la suerte opuesta. —Me sonrió con tanta tristeza que quise abrazarlo. Así que lo hice, o lo intenté. Un segundo estaba ahí y al siguiente ya no. Estaba tendido en el concreto, mirándome desde abajo, desconcertado—. O... no.

—¿Cómo es que...? ¿*Yo* he hecho esto?

—Ayúdame a levantarme. —Extendió su mano.

Lo hice, después sacudí el polvo de su sudadera. Él comenzó a caminar como si no hubiera pasado nada.

—Unos años atrás —continuó, en un tono bajo, confesional—, le dije a mi madre que en nuestra ciudad nunca pasaba nada. Le dije que quería que pasara algo, aunque fuera terrible, solo para que rompiera con la rutina. —No había un rastro de humor en su cara—. Después le dije a Derek que pensaba que todo era culpa mía. Si no hubiera deseado eso...

Dejó de hablar, pero entendí lo que quería decir. Siempre había hablado de su padre en pasado. Sabía que eso era algo que compartíamos.

—Mi padre también nos dejó —comenté—. También creí que era culpa mía. Pero no lo es. Y tampoco es culpa tuya.

Su mirada estaba fija en la distancia del océano. Se suponía que yo debía desviarme para ir a casa. Estábamos cerca de la suya. Pero sus dedos eran delgados y nudosos y su pulgar recorría lentamente el dorso de mi mano. Sus ojos eran profundos. Conocía esa sensación.

—Zach —dije con suavidad. Dejé de caminar. No sabía qué decir—. Yo solo…

Algo adorable sucedió entonces. Él tomó mi otra mano y fue como si cerráramos un círculo invisible. Me puse de puntillas y lo besé. Sus ojos se abrieron sorprendidos. Rodeé su cuello con mis dedos, apenas tocando su pelo, luego incliné su cabeza, hasta que nuestras frentes se tocaron. Él se estremeció. No dije nada y él tampoco. Me pregunté si alguien habría estado tan cerca de él. Tuve la sensación de que no.

Me sentí como la primera mujer en Ío.

23
Zach

Por la noche, se suponía que Derek regresaba de su último turno semanal. Yo debía quedarme a cerrar la tienda otra vez, pero Maddie me envió a casa a las cinco. Últimamente la tienda no iba bien, pero nunca la había visto tan preocupada. Caminé pensando en las cuentas que había hecho. Si perdía el trabajo en la tienda, la ecuación cambiaría.

En casa, Leah me encontró en la puerta.

—Tienes que ver a tu madre.

Mi corazón se aceleró; pero Leah estaba sonriendo. Me entregó la avena de mi madre, después cerró la puerta de su habitación detrás de mí. La habitación era de color rosa viejo. Mi madre estaba sentada derecha.

—Z. —Su voz era suave, levemente ronca. Como si no la hubiera usado durante un tiempo. Palmeó la cama a su lado y me senté, con el tazón en mis manos—. Z., estaba pensando en ti.

—Lo sé, mamá. —Llevé su pelo hacia atrás—. Lo veo.

Ella sonrió y fue como si tomara una bocanada de aire después de un día bajo el agua. Antes, cuando mi padre aún estaba con nosotros, no importaba nada de lo que pasara a nuestro alrededor; mi madre sonreía y nosotros sabíamos que todo iría bien.

—Quiero preguntarte una cosa —dijo con tono áspero. Le ofrecí agua de una botella que estaba junto a su cama—. Es acerca de tu padre.

Mi cuello se acaloró. Puse mi mano sobre la de ella. ¿Debía detenerla? No quería volver a verla mal. Pero dije:

—¿Preguntarme qué, mamá?

—Allí abajo —comenzó—, en la oscuridad. ¿Tú… crees que pensó en nosotros?

Mis ojos se humedecieron. No había forma de malinterpretar lo que quería decir. No estaba preguntando si él pensaba en nosotros mientras estaba trabajando. Estaba preguntándome si él había pensado en nosotros en *ese* momento.

En ese preciso instante antes de morir.

Antes de que pudiera formular una respuesta, su mano se relajó debajo de la mía. Pude ver cómo se hundía, justo delante de mí. Era una mujer ahogándose. Sus ojos se volvieron cristales y luego volvió a estar ausente. Pero yo sabía dónde estaba. Donde había estado él. Buscaba a mi padre en esas profundidades. Solo salía a la superficie por nosotros, ocasionalmente, en momentos como ese.

Éramos su oxígeno.

—Sí, mamá —respondí, consciente de que ya no podía escucharme—. Sé que lo hizo.

Tomé una cucharada de avena, después acaricié ligeramente su mentón con el dorso de mi dedo. Sus labios se abrieron en un acto reflejo y le di de comer, preguntándome cuánto pasaría antes de que volviera a la superficie.

Mientras las niñas cenaban, le eché un vistazo a sus deberes. Solo tenían nueve años y sus problemas de matemáticas me tenían confundido. Más tarde, cuando ya estaban en la cama, busqué *Un planeta a la deriva*.

—No —dijo Robin—. Ya lo hemos terminado.

—Nos cansamos de esperar —confesó Rachel.

—Ah. —Cerré el libro.

—No es que no *queramos* que tú nos leas…

—No *necesitáis* que yo os lea. —No me molestaba—. ¿Qué os parece esto? Nueva rutina a la hora de dormir: veinte minutos para que leáis vosotras, luego a dormir. ¿Estáis de acuerdo?

Mientras se acomodaban, cada una con su propio libro, les di el beso de buenas noches. Cuando salí, Leah estaba en la mesa, escribiéndole una nota a Derek.

—¿Están dormidas? —susurró.

—Leyendo. Les voy a dar media hora.

—Tu hermano no ha llegado todavía y yo trabajo temprano —explicó y señaló la nota.

—Sí. —Me senté frente a ella—. Oye, ¿puedo preguntarte una cosa?

—Suéltalo. —Escribió su nombre y un corazón, después dejó la nota a un lado.

—¿Alguna vez te ha resultado difícil tomar una decisión importante?

—¿Estás pensando en algo grande?

Me encogí de hombros.

—¿La universidad, tal vez? —Había un brillo en sus ojos. Como si supiera algo que yo no sabía.

—Quizás. Aunque no creo que sea para mí.

—¿No?

—No puedo imaginarlo.

—En otra vida, creo que fui profesora —dijo—. Siempre creí que me iría bien en la universidad. Viviendo en una residencia de estudiantes. Despertándome al amanecer para ir una clase de Filosofía o algo así. Con reuniones en la biblioteca.

—Fuiste a la escuela de enfermería.

—No —dijo suspirando—. Soy asistente de atención domiciliaria. No es lo mismo. —Golpeó la mesa—. De todas formas, esa es mi experiencia, no la tuya. ¿Tú *quieres* ir?

—No lo sé. Yo no…

—… puedes imaginarlo —concluyó—. Es la segunda vez que lo dices. ¿Imaginar qué?

—Dejarlas. —Miré más allá de ella, hacia las habitaciones. Ella asintió, pensando en lo que había dicho.

—Si yo fuera tú… no lo soy, pero si lo fuera… pensaría un poco más allá. Me preguntaría: cuando tenga treinta años, ¿qué clase de vida quiero tener?

—No es que no quiera ir.

—Piénsalo de este modo. Las niñas necesitan buenos ejemplos. ¿Cuál es el mejor ejemplo que puedes darles? Ponerte a ti primero, al menos esta vez.

—Yo… no sé cómo.

—Te entiendo. —Leah parecía comprensiva. Luego se giró y también miró hacia la habitación de las niñas. La casa estaba tan silenciosa que podía escuchar el sonido de las páginas al pasar—. Cuando *ellas* crezcan, necesitarán saber que pueden salir. Y si te quedas… ¿qué tendrás? ¿Qué harás?

Ambos sabíamos la respuesta a eso.

Todos los caminos en Orilly llevaban al mar.

—Creo que deberías hablar con tu hermano —dijo y se levantó. Apoyó mi cabeza contra su cadera, después acarició mi pelo—. Eres un buen chico, Zach. Un buen hombre. Harás lo correcto.

Durante las semanas que siguieron a Vanessa, y a ese *beso*, todo fue diferente. Cada mañana, Vanessa esperaba afuera de nuestra casa y hablábamos mientras esperábamos a que el autobús del colegio recogiera a Robin y a Rachel. Mientras yo caminaba hacia el instituto, Vanessa llevaba su Kestrel a mi lado. Nos encontrábamos entre clases; comíamos juntos, con Cece y Ada. Pasábamos horas en la biblioteca; Vanessa leyó *El mundo y sus demonios* y luego *Contacto,* mientras yo pasaba lentamente las páginas de *La diversidad de la ciencia.*

Nunca le había dicho a Vanessa que se acercaba mi cumpleaños, así que fue una sorpresa verla aparecer en nuestra puerta aquella noche. Robin abrió con una sonrisa cómplice.

—Z. —anunció—. Tu novia está aquíííííííííí.

—Yo no le he dicho nunca nada de eso. —Aparté a Robin de la puerta.

—Pero yo sí —fingió susurrar Vanessa, tan fuerte como para que Robin escuchara.

—¡Vanessa! —exclamó Derek—. ¡Estamos tostando sándwiches de queso!

—He traído el postre. —Extendió un recipiente de plástico.

—Z. tiene una taartaaaa, la tarta que le ha traído una chica —canturreó Robin. Rachel la golpeó con una espátula.

—No te había contado que era mi cumpleaños —le susurré a Vanessa.

—Sí, pero te olvidas de que lo sé todo sobre ti. —Recitó mi número de seguridad social—. Vi tu solicitud, ¿recuerdas? Prometo no robar tu identidad… otra vez.

Antes de que pudiera pensar en una respuesta astuta, Vanessa agregó:

—Necesito ir al baño. —Y Rachel chilló:

—Yo le diré dónde está, yo, yo. —Y tomó la mano de Vanessa. Mientras mi hermana la arrastraba, ella tocó ligeramente mis dedos y mi corazón se encendió, como una caldera.

24
Vanessa

Después de la cena, Derek insistió en que Zach me enseñara bien toda la casa. Solo había visto la cocina y el salón. Sabía que no había mucho más y que Zach no querría hacerlo. Pero me llevó hasta un pequeño pasillo.

—Vamos —dijo. Los zócalos parecían masticados; viejas manchas de humedad decoraban el techo. Pero solo vi las docenas de fotografías que había en las paredes. Una, algo estropeada por el paso del tiempo, llamó mi atención.

Señalé la fotografía de un niño alegre con un mono de fútbol.

—No eres tú. ¿Derek? —Zach asintió—. Sois prácticamente gemelos. ¿Cuántos años se llevan?

—Diez. —Se encogió de hombros—. No creo que mis padres planearan tenerme. Y las niñas… —Hizo una pausa y miró hacia la otra habitación—. Ellas definitivamente no estaban dentro de sus planes.

—Bueno, son perfectas.

—Sí. Guardaron lo mejor para el final.

Toda la historia de la familia Mays se extendía en aquella pared. Me enamoré de una imagen en particular. En ella, los padres de Zach estaban frente a una cristalera. La madre de Zach lo tenía encima de su pecho, y el padre admiraba algo que estaba más allá de la cámara.

—¡Eras tan pequeño!

—Derek hizo esa fotografía.

—Te pareces a tu madre. Ella es muy bella.

—Pero tengo el pelo como mi padre. —Enroscó un rizo pelirrojo en su dedo.

En la misma fotografía, su padre tenía lo hombros anchos, el pecho abultado, un espeso bigote rojo y gruesas patillas.

—Es fuerte —comenté.

—Tenía presencia —coincidió Zach.

Me di cuenta de que no le molestaba ver las fotografías. Me enseñó algunas más, después señaló al final del pasillo, donde había una puerta entreabierta. Dentro, pude ver la esquina de un colchón en el suelo. Un reloj despertador enchufado al lado. Colgando del techo, sobre un cubo de plástico, había un traje mojado.

—La habitación de Derek —explicó.

La siguiente puerta era inaccesible, estaba tapada con plástico transparente, pegado con cinta azul. Miré a Zach, pero él apartó la vista y miró hacia otro lado. Luego abrió otra puerta.

—Y esta es la de las niñas.

Aquella habitación parecía haber sido teletransportada desde alguna otra casa, más bonita, fuera de Orilly. Las paredes eran de color amarillo pálido. Mientras que el resto de la casa tenía muebles de segunda mano, las cosas allí parecían razonablemente nuevas. Las camas de las niñas tenían sábanas de colores; una con personajes de Disney, la otra con imágenes de *La guerra de las galaxias*.

—A Robin le gustan las cosas de niña más convencionales —explicó Zach al señalar la cama decorada con Mulán, Ariel y Tiana—. Pero la heroína de Rachel es esa chica Jedi. Ah… Ah algo. No me acuerdo.

—Ahsoka. Ella es fantástica. —Pareció sorprendido—. ¿Qué? Me gusta *La guerra de las galaxias*.

Cerró la puerta. Toda la luz de la casa estaba contenida allí. No tenía que preguntar para saber que Zach y Derek se habían esforzado mucho para poder pagar todo lo que había en aquella habitación. Me pregunté si las niñas sabrían lo mucho que sus hermanos las querían.

Zach esquivó la puerta que quedaba y caminó hacia el salón.

—Oye —protesté—. No es justo que no me enseñes tu habitación. —Antes de que pudiera detenerme, giré la manija de la puerta que él había querido mantener cerrada. Pero inmediatamente supe que había cometido un error. Si toda la luz de la casa estaba en la habitación de las niñas, en aquella solo había oscuridad. Era sofocante y tenue. Vi frascos de medicamentos, una botella de agua; y a alguien inmóvil en la cama. Sus ojos estaban abiertos.

Zach me esquivó y cerró la puerta con fuerza.

—Yo... —tartamudeé—. Lo siento, no debería...

Una serie de emociones complejas atravesaron la cara de Zach, que abrió la boca pero cambió de opinión. Giró y me dejó allí, de pie en el pasillo. Un momento después, escuché que la puerta de entrada se cerraba de un golpe.

Quería esconderme en el baño. Cuando salí, la familia estaba reunida alrededor de la tarta, con las velas encendidas. Me miraron, después miraron la puerta y de nuevo me miraron a mí. Sus sonrisas se desvanecieron.

—Yo... —Pero no tenía palabras—. Lo siento mucho.

Salí y llamé a Zach. No había ido lejos. Estaba fuera, con las manos en los bolsillos, mirándose los pies. Su respiración formaba una nube a su alrededor. Cuando llegué, comenzó a caminar y lo seguí. Pero se había formado un muro de hielo a su alrededor. Podía verlo, pero no alcanzarlo.

En otras circunstancias, hubiera apreciado la vista. El cielo se había vuelto púrpura y las luces navideñas centelleaban en algunas casas. La brisa del mar parecía tener garras.

Volví a disculparme, pero él no dijo nada. Caminé a su lado y me sentí fatal. Él me había hablado de su madre. Yo había estado antes en la casa. Sabía que *alguien* dormía en el sofá; había visto la manta, la almohada. Lo había olvidado y había vuelto a hacerle daño.

Abruptamente, giró a la izquierda en Ynez; la inercia me llevó unos pasos en la dirección equivocada, luego retrocedí y lo alcancé. Para cuando dejó la acera y comenzó a atravesar un terreno que estaba vacío, la luna se había elevado en cuarto menguante. La luz extendía la sombra de Zach como la aguja de un compás, que nos guiaba hacia nuestro destino.

Sabía a dónde me llevaba.

Lo había visto colarse en el depósito policial de vehículos con suficiente frecuencia como para conocer su rutina. Mientras él caminaba con pesadez hacia la valla, me adelanté y comencé a trepar, como había visto que lo hacía él. Esquivé las puntas afiladas en la cima, después caí al otro lado. Zach me observó a través de la verja.

—¿Qué? —pregunté—. Conozco a un chico que hace esto bastante a menudo.

Luego trepó él. Desde abajo, lo escuché maldecir. Cuando bajó, señaló un corte en sus pantalones.

—Tienes que pasar con las piernas dobladas, si no ocurre eso.

Frunció el ceño y supe lo que estaba pensando.

—Eres una espía. Tú y ese telescopio.

—Bueno, estamos juntos en esto. Somos cómplices.

—¿Nunca has pensado en denunciarme? —refunfuñó y comenzó a caminar hacia el barco.

—No he visto a nadie cometer ningún delito.

—Es allanamiento de una propiedad privada.

—Ah, allanamiento. —Me encogí de hombros—. Así lo llamas tú. Yo lo llamo aventura.

—Si nos atrapan… —comenzó a decir, pero lo interrumpí.

—¿Puedes terminar con esto? Deja que me disculpe.

Se quedó callado y me observó.

—Bien… lo siento.

—De acuerdo. —Me miró.

—De acuerdo —repetí.

—Entonces vamos a entrar. Antes de que alguien nos denuncie. —Subió la escalera del barco, pero yo me quedé abajo.

—Desde ahora, soy un vampiro —afirmé—. No entraré a ningún sitio a menos que me invites explícitamente. Ya he cometido ese error una vez esta noche.

—Está bien. —*Casi* sonrió. Sin invitarme, desapareció en la cabina. Un momento después, una luz tenue iluminó la cubierta. Volvió a salir—. ¿Vienes?

Hacía demasiado frío para discutir la semántica de lo que representaría una invitación. Subí la escalera. Mis pies hicieron *pum-pum* sobre la cubierta.

—Es hueco —comenté, sorprendida.

—Sí, es un barco —dijo él. Se dirigió a la cabina pero lo detuve.

—Lo siento. Creí que era tu habitación. Ha sido muy desconsiderado. *Soy* una desconsiderada.

—El techo de mi habitación se hizo papilla. —Se movió incómodo—. Hubo una tormenta. Se filtró el agua. Y se cayó sobre mí mientras dormía. —Levantó la vista, vio el horror en mi cara—. Fue hace unos *meses*. ¿Un año, tal vez?

Eso explicaba la habitación clausurada.

—El propietario sigue prometiendo que lo arreglará —concluyó—. Pero nunca lo hace. Lo haría yo mismo, si tuviera el dinero.

Lo que, por supuesto, debería haber sido evidente. Y eso me hizo sentir más culpable.

—Lo siento —repetí. Necesitaba encontrar palabras más adecuadas. Las mías sonaban vacías. Débiles.

En la cabina, un pequeño foco lanzaba sombras sobre las paredes, que estaban cubiertas con sábanas para tapar la presencia de Zach. Pegados sobre las sábanas había docenas de dibujos. Zach se sentó en la silla del capitán mientras yo los estudiaba. Señalé uno, de un barco saliendo hacia el mar.

—¿Es este barco? —pregunté.

Estaba en muchos de los dibujos: flotando en el muelle, rodeado por los contornos claros de otras embarcaciones; siguiendo el sol hacia el horizonte; anclado en aguas profundas mientras dos figuras lanzaban las redes. Con frecuencia, la misma figura tenía el timón y de inmediato reconocí al padre de Zach: las líneas débiles de su cabeza y su cuello, las líneas más intensas de su ceño y su nariz de boxeador, el remolino de carboncillo que formaban sus firmes ojos oscuros. El rastro de una sonrisa en sus labios. Vi a Zach allí, en esas facciones.

Mi primera impresión al entrar a la cabina había sido que estaba en un museo, pero no era eso en absoluto.

El barco era como un santuario para el padre de Zach.

—Mi padre nunca lo pudo llevar al mar —dijo. Aclaró su garganta, como si no confiara en su voz—. Quería que tuviera eso.

Giré hacia él. Sus ojos se veían húmedos bajo la luz.

—Después de su muerte, no pudimos seguir pagando las cuotas del embarcadero. El barco no funcionaba, así que tampoco podíamos sacarlo. Derek lo puso a la venta, pero nadie ofreció nada por él. Nos atrasamos demasiado en las cuotas y acabó aquí.

—¿Alguna vez piensas en recuperarlo?

—Cada maldito día. —Secó sus ojos con las palmas de sus manos—. Lo siento. Esta época del año siempre me altera. —La necesidad de acercarme era intensa, pero él quería hablar.

Necesitaba hacerlo. Así que me quedé en silencio y él comenzó a contarme la historia—. Yo era como mi madre. No quería que él conservara el barco. No después de aquella tormenta. No después de lo que había ocurrido en la plataforma. Era como si los dos lo supiéramos. El mar lo quería y él quería *tentarlo*. —Volvió a aclarar su garganta—. Y mírame. Prácticamente *vivo* aquí. Al menos está en tierra, supongo.

Esperé paciente, en silencio.

—Él era buzo de saturación —agregó—. Pasaba semanas en una pequeña burbuja metálica, a miles de metros de profundidad. No lo veíamos mucho. Debido a su trabajo.

Su voz se quebró y mi resolución tambaleó. Me senté en sus piernas y lo acerqué a mí. Sentí sus mejillas húmedas en mi cuello. Acaricié su pelo.

—Pero no sabíamos que era el fin. Nos encantaban sus jornadas largas —afirmó y rio con amargura—. Porque siempre regresaba con historias descabelladas acerca de monstruos marinos.

—¿Qué pasó? —le pregunté con suavidad.

—Alguna parte cedió. O algo se rompió. Aún no lo sabemos realmente. Solo… hubo una explosión.

Un escalofrío me recorrió. Lo que estaba describiendo… ya lo sabía. Había visto todas las señales y no las había comprendido, de algún modo: el logotipo de DepthKor en la camioneta de Derek. El traje de buzo en su habitación. El logotipo de Bernaco en la que, estaba segura, era la sudadera del padre de Zach. Esa época del año debía ser un infierno. El cumpleaños de Zach, Navidad, ambas cosas estropeadas por el aniversario de la muerte de su padre.

Algunos detalles en el relato de Zach no eran correctos. El hábitat estaba a solo doscientos metros de profundidad. Un revestimiento se había roto, la tubería se había quebrado, algo se había encendido, y todo había estallado como un *Hindenburg* sumergible. Había visto fotografías del rescate entre los papeles de Aaron, esparcidos en la mesa de la cocina mientras él trabajaba. El hábitat de los buzos parecía una lata de sopa vieja, abierta y aplastada. Había cuatro buzos, tres trabajaban fuera del hábitat, uno dormía en el interior. Los tres que estaban fuera sufrieron heridas graves: huesos rotos, pulmones colapsados. Malestar por la descompresión y numerosas complicaciones.

El cuarto buzo no había sobrevivido. Ni siquiera habían encontrado su cuerpo. Solo su brújula, que había volado con tanta fuerza que se había incrustado en el tanque de oxígeno de otro buzo.

Se habían celebrado juicios por todo aquello. Aaron, como abogado principal de Bernaco, lo había sabido de inmediato. Cuando la demanda de la familia Mays, la única que aún no había llegado a un acuerdo, llegara a la corte, Zach se sentaría a un lado. Y mi padrastro llevaría el caso en su contra.

Me había quedado de piedra y Zach lo notó.

—¿Qué ocurre? —preguntó confundido.

Intenté sonreír. Pero quería vomitar.

25
Zach

Parecía que estaba a punto de vomitar. La había asustado. Había dicho demasiado, había sido demasiado vulnerable.

La llevé a la cubierta y eché una manta sobre nuestros hombros.

—Voy a cambiar de tema.

—No está bien que *utilices* ese recurso.

—Como si tú nunca lo hubieras hecho. Cambiando de tema: estás atrapada en una isla desierta y tú…

—¿Cómo he llegado hasta ahí?

—Estabas en un crucero —dije después de pensarlo un momento—. Muy extravagante. Bombones y Martini de manzana. Pero el barco se hunde. Y tú nadas hasta el trozo de tierra más cercano.

—¿Y es una isla *desierta*? ¿Por qué siempre son desiertas?

—Porque… ¿estar varado apesta? No sé.

—Está bien. —Apartó el pelo de sus ojos—. ¿Y cuál es la pregunta?

—Solo puedes llevar un libro.

—Mi libro se moja. Ahora está estropeado.

—Tiendes todas las hojas al sol para que se sequen.

—El viento las vuela y acaban todas en el agua.

—La marea cambia y regresan a la orilla —insistí—. Las secas. Otra vez. Y pones una roca sobre cada una para que no vuelvan a salir volando.

—¿Qué libros llevaba en el barco?

—Entre los tuyos y los de los otros turistas, cada libro jamás impreso estaba en ese barco.

—¿Cada libro?

—Todos ellos. —El cambio de tema había funcionado.

—¿Incluso los más extraños, forrados con piel humana?

—Si tú lo dices. —Hice una mueca.

—Simplemente digo que con uno así al menos tendría una fuente de comida.

—El cambio de tema ha fallado —declaré—. Abandono, en base a que tendré náuseas.

Dejó que sus piernas colgaran por el extremo de la cubierta y apoyó su cabeza en mi hombro. Podía oler su champú, sentir el calor que irradiaba su piel.

—¿Sabes? —comentó—. Yo también extrañaba a mi padre. Pero de una forma totalmente diferente.

—¿Diferente cómo?

—Diferente como que lo odiaba. Lo *odio*. Tiempo presente. Así que… de acuerdo, tal vez no es realmente lo mismo. Es más bien como que me tocó vivir las consecuencias. Nunca *no* fui consciente de lo que le había hecho a mi madre, o a mí. A nosotras.

—¿Por qué se fue?

—Aún no lo sé. —Suspiró—. Durante mucho tiempo me culpé a mí misma por ello. Mi madre me dijo que era normal, pero después me confesó que él no *había tenido* que irse. Él *había escogido* irse.

—Tu madre parece genial.

—Lo es. Estuvimos solas mucho tiempo. No ha sido solo mi madre. Era mi mejor amiga. A veces se mete demasiado en mis cosas y discutimos. A veces es mi némesis. Pero si todo fuera un videojuego, ella sería mi compañera, no uno de los malos contra los que hay que luchar. Ni siquiera uno de los débiles, y definitivamente no uno de los grandes y aterradores.

—Esa es más bien la imagen que tienes de tu *papá* —arriesgué.

—Mi padre —corrigió—. No es mi maldito *papá*.

Presionó una mano en mi pecho e hizo que apoyara la espalda. Y de pronto estábamos tumbados uno junto al otro en la cubierta. Ella estaba muy cerca. Levantó mi brazo y lo puso a su alrededor, luego apoyó su cabeza en mi pecho.

—*Mmm* —dije. Ella me miró.

—Qué sucede, Zach, tu cara está tan roja como tu pelo.

—Cállate. —Ella rio.

—Esto me gusta —afirmó luego de un momento.

—¿Qué?

—Esto. Estar contigo, en este barco. Bajo estas estrellas.

—Te gustan las estrellas.

—En general. A veces me recuerdan a él y odio que me gusten. Casi arruina lo más importante de mi vida. —Suspiró—. Las estrellas me hacen sentir pequeña. Solía gustarme eso. Pero después *él* también me hizo sentir pequeña y solo quise ser tan grande como fuera posible.

—Las estrellas me hacían sentir pequeño, a veces. Como si no tuviera importancia.

—Sí importamos —afirmó. Su voz se volvió distante, casi reverente—. Somos *excepcionales*. Accidentes cósmicos. Aunque no estemos totalmente solos en el universo, podríamos estarlo. Estamos solos. Nadie nos salvará.

—¿De qué?

—De nosotros mismos.

—Ah. —Dudoso, toqué su pelo; no me detuvo. De hecho, me pareció que levantaba la cabeza ligeramente contra mi mano—. ¿Tú… te sientes sola?

—A veces. —No respondió de inmediato—. Tal vez. Ahora no. —Luego agregó—: Creo que las estrellas son lo que quieres ver en ellas. Un optimista las mira y siente emoción; están llenas de posibilidades. Pero para una persona pesimista, pueden ser hipotérmicas.

Me gustaba escucharla y no quería interrumpirla, pero tenía que hacerlo.

—¿Hipotérmicas?

—Te hacen sentir frío, pequeño y solo. Pero ¿sabes lo que pienso? —continuó—. Nunca estamos realmente solos. A veces no puedo dormir, ¿sabes? Y me gusta imaginar que, sin importar cómo de perdidos, diferentes o solitarios nos sintamos, siempre va a haber alguien que se sienta como tú en ese mismo momento. Siempre hay alguien despierto en algún otro lugar del mundo.

—Como yo. —Todas esas noches en las que había ido a ese sitio sin saber que ella también estaba despierta. Vanessa se incorporó hasta quedar sentada.

—Amigo. ¿Has visto…?

—¿Acabas de llamarme «amigo»?

—*Amigo* —repitió—. ¿Alguna vez has visto…?

—La verdad es que pienso que no deberías llamarme «amigo».

—¿… la mejor fotografía jamás tomada?

—La de la niña pequeña con el piloto amarillo, que corre de…

—Ja. No hablo de un *meme*, tonto. Hablo de la imagen del Campo Ultra Profundo.

—No sé lo que es.

—Solo por diversión, la NASA apuntó el Hubble; sabes lo que es Hubble, ¿verdad?

—Sí, sé lo que es Hubble.

—De acuerdo. Bien, la NASA…

—Lo comía cuando era pequeño. *Hubble-Bubble.* —Me dio una palmada en el pecho.

—Apuntaron el telescopio a un pequeño rincón del cielo. Solo había unas pocas estrellas. Y lo dejaron allí durante unos cuantos meses y después hicieron una especie de fotografía de lo que había visto. Aumentaron la imagen, una y otra y otra vez, y cada vez, la imagen revelaba miles y miles y miles de…

—Bananas —sugerí.

—*Galaxias.* Algunas eran tan antiguas que solo tenían unos pocos cientos de millones de años menos que el Big Bang. Podían seguir allí, pero no lo sabremos durante mucho tiempo.

—Guau —exclamé con sorpresa—. Vanessa, eres… una *nerd.*

—Cállate. —Me golpeó.

—Además, me golpeas demasiado. No estoy seguro de cómo me siento…

Volvió a moverse, pero tomé su mano y dejé que su inercia la acercara más a mí. De pronto, su cara estaba tan próxima que la niebla de su respiración nos envolvía a los dos. Se quedó en silencio y en ese momento sentí cada nervio, cada rugosidad de sus huellas dactilares, como un patrón de espirales encendidas en mi piel. Su rostro estaba cubierto por las sombras y la luna volvía su pelo translúcido. Llevé mi mano a su mejilla, esperando que estuviera fría. Pero estaba acalorada, encendida bajo mi mano. Recorrí su labio inferior con mi pulgar; no podía imaginar algo más íntimo.

—Yo, eh… debería volver a casa —dijo. Suave. Temblorosa.

No quería dejarla ir. Pero me escuché responder, con la misma suavidad:

—De acuerdo.

Se apoyó en mí y se puso de rodillas, después de pie, y me ayudó a levantarme. Su respiración era rápida e irregular. Sabía cómo se sentía; mi corazón golpeaba contra mis costillas del mismo modo.

—Otro tema —dijo Vanessa. Sentía su mano cálida en la mía mientras caminábamos—. Si pudieras haber vivido en cualquier época, ¿cuándo hubieras nacido?

—¿Quieres saber si guardo en secreto que me hubiera gustado ser colonizador?

—Sí. Algunas veces creo que nací demasiado tarde. ¿No nos pasa a todos?

—¿Porque te hubiera gustado nacer en la Edad de Bronce?

—Sabes a qué me refiero.

—No sé. Es decir, esta época apesta, no me malinterpretes. Pero también podría ser lo mejor que nuestra familia haya tenido. Que no es mucho decir. Y eso es algo triste. Mis bisabuelos llegaron aquí desde… No lo recuerdo. ¿Cullen? ¿Cullentown? Algún sitio en Irlanda. Somos irlandeses, o al menos un poco.

—Nunca lo hubiera imaginado —comentó y miró mi pelo.

—¿A *ti* te hubiera gustado vivir en otra época?

—Me hubiera gustado nacer en los setenta. Pero no antes. No me habría gustado que me quemaran en la hoguera por saber cómo funciona el sistema solar.

—Los setenta —repetí—. No para ver el estreno de *La guerra de las galaxias*, supongo.

—Sabes qué es la Voyager, ¿verdad?

—Un satélite. ¿No? —Hizo una mueca y me corregí—. De acuerdo. Un satélite no.

—Es una *sonda*. Aunque, te garantizo que más bien parece una antena satélite con patas. Pero esos eran los setenta para ti.

—Si hubieras nacido en los setenta, seguirías siendo muy joven para trabajar en la Voyager.

—Ah, no. Nací en el momento perfecto para ser una adicta a la Voyager —afirmó—. Vamos a tener constancia de sus descubrimientos durante toda nuestra vida. ¿Sabes que se supone que pronto saldrá de la heliósfera?

—¿La… qué?

Dejó mi mano y formó un círculo con las suyas.

—Imagina que hay una enorme burbuja alrededor del sistema solar, ¿sí? Nunca saldremos de esa burbuja. Al menos no mientras vivamos. —Estaba encendida—. Pero la Voyager lo hará. No tenemos ni idea de lo que verá. Y… tiene eso a bordo, el…

—Disco de oro —concluí.

—Ya sabías todo esto. —Dejó de caminar.

—¿Hay alguna persona que no lo sepa?

—Te sorprendería.

—Solo sé lo que es —dije—. Pero no sé lo que me ibas a decir.

—Bien, de acuerdo. Así que, Carl Sagan trabajó en el proyecto. Se enamoró mientras trabajaba en él. De esa brillante mujer llamada Annie. Esa es otra historia. Bella, pero esa no es la cuestión. La cosa es que la Voyager irá a lugares a los que nosotros no podríamos llegar nunca. Lleva nuestra historia en su interior. ¿Cómo es que eso no es romántico? —Analizó mi cara—. Ya sabías todo esto, ¿verdad?.

—No la parte del enamoramiento. Pero me gusta escucharte hablar con entusiasmo.

—Mi padre era así —comentó—. Le entusiasmaba todo lo que tuviera algo que ver con el espacio. Solo que él *odiaba* a Carl Sagan. Y todo lo que él representaba.

—Bueno, él no está aquí, ¿o sí?

—Gracias a Dios —dijo y comenzamos a caminar otra vez. Enlazó su brazo con el mío—. Me habría gustado nacer en aquella época, porque él enseñaba astronomía en Cornell. Podría haber estudiado con él.

—Tu padre.

—*Sagan*.

—Ah. El científico, ¿no?

Ella volvió a golpearme, juguetona, yo le hice cosquillas y tropezamos en el jardín de alguien, riendo. Cuando recuperé la respiración, dije:

—Así que te hubiera gustado aprender de él. Sentarte en una clase con él. Por eso Cornell.

—*Sí*. Exacto. Eso es exactamente lo que sueño.

—Así podrías aprender todo lo que aún *no* sabes…

—Hay mucho que no sé.

—… de una figura paternal sustituta.

—S… —Dio un duro paso atrás—. Eso no ha estado bien.

—No lo he dicho con *mala* intención. —Intenté tomar su mano, pero ella la apartó—. No, mira, yo solo… Mierda. No, de acuerdo. Tienes razón. No ha estado bien. En ningún caso habría estado bien. Lo siento.

Vanessa se mordió el labio. Pude verla analizar sus opciones: quedarse o irse. Finalmente se quedó, pero algo había cambiado. Su humor se había ensombrecido.

Maldición.

Caminó algunos pasos detrás de mí durante la siguiente calle y luego habló, en una voz mucho más baja.

—Pero no te equivocas.

Giré para mirarla.

—Nunca lo había pensado… de ese modo.

Ni siquiera estaba seguro de que estuviera hablándome a mí.

—Lo *odio* realmente —afirmó—. Lo odio por haber envenenado las estrellas. No puedo mirarlas sin pensar en él, aunque esté en un rincón oscuro y apartado de mi cabeza, ¿sabes? Y lo odio por esto —agregó y señaló su rostro con su dedo índice—. ¿Sabes que mi madre es parte japonesa?

Recordaba la noche del partido. La mayor parte de la cara de su madre estaba oculto detrás de una bufanda.

—No puedes darte cuenta al mirarme. —Estaba enfadada, pero no conmigo. Enfadada con alguien que ni siquiera estaba ahí. Sabía cómo se sentía. Era esa clase de enfado que queda bajo la superficie, que es impredecible. Que sale cuando no lo deseas. Y era justo lo que le estaba pasando. Siguió rabiando—: Tengo su pelo, ¿lo ves? Pero muchas chicas blancas tienen el pelo oscuro. El resto de mí, todo *esto* —Pasó el dedo alrededor de su rostro otra vez—, es de él. Sus ojos, su boca. Él también tenía un estúpido diente de leche. Todo en mí me recuerda a él y casi nada a mi madre. *Ella* es la que ha estado siempre. Él ni siquiera *quiso*…

Dejó de hablar y de caminar.

Busqué su mano y me dejó tomarla.

—Yo regresaría al comienzo —dije—. Si pudiera.

—¿Qué? —Me miró, aún perdida en la frustración.

—Si pudiera haber nacido en otro tiempo. Regresaría al principio.

—¿Al… Big Bang? —Parpadeó, confundida—. Es decir… morirías. De inmediato.

—No. A *mi* principio.

—Tu padre. —Entonces lo comprendió.

—No nacería en otra época. Me quedaría con esta. Volvería a vivir cada día, si pudiera, hasta el día en que él nos dejó para cumplir con ese último turno. Después volvería atrás. Comenzaría de nuevo.

—Un bucle temporal.

—Una y otra vez. Para siempre.

—Habría consecuencias —dijo—. Todo lo que quisieras hacer con tu vida, no tendría importancia. La universidad, si es lo que quieres. Ver crecer a las niñas. Cortarías todo eso cada vez que volvieras al comienzo. El tiempo perdería el sentido cada vez que lo reiniciaras.

—Sí. Pero…

—Pero tu padre.

—Sí.

Apoyó su cabeza en mi hombro y yo la abracé. Cuando llegamos a casa, pude ver a Derek por la ventana, lavando los platos. Leah estaba a su lado. Mientras los miraba, mi hermano se inclinó hacia ella y apoyó la cabeza. El agua seguía corriendo. Me debatí entre admirar la dulzura del momento y golpear la ventana para decirle que cerrara el grifo del agua.

Vanessa me detuvo antes de llegar hasta la puerta.

—¿Qué?

—Estamos destinados a que esto no salga bien —comentó. Sabía a qué se refería: cómo había abierto la habitación de mi madre sin preguntar, el comentario estúpido que yo había hecho sobre las figuras paternas—. Pero prométeme algo.

—¿Qué?

—Que no lo dejarás como si nada. —Exhaló con fuerza, como si le hubiera costado decir eso—. Cuando lo estropee, dímelo. Y yo te lo diré a ti. Pero no nos… abandones. —Dudó, luego continuó—: Es una tontería, pero no creo que pueda llevarlo bien.

Detecté movimiento en la periferia, un rastro de Derek que desapareció de la ventana. Sabía que ya habíamos vuelto, pero la puerta no se abrió.

—Lo prometo. —La abracé con fuerza y apoyé mi mejilla en su cabello. Ella suspiró y yo agregué—: Sabes, si pudiera regresar, al principio, esto nunca hubiera ocurrido.

Sus mejillas estaban rosa. Se puso de puntillas y presionó sus labios en la punta de mi nariz. Sus ojos oscuros danzaban.

—Feliz cumpleaños, amigo —dijo con suavidad.

26
Vanessa

—Nop. No, no, no —protestó Cece—. No pienso hablar de sueños. Me niego desde que me contaste ese en el que tu piel era un cascarón de dulce y la lamiste por completo.

—Cece —le rogué.

—No. Los sueños son fascinantes; cuando son *tuyos*. No necesito escuchar tus extrañas pesadillas existenciales.

—Este realmente *significa* algo —la contradije y la miré con mis mejores ojos suplicantes—. Por favor.

Me ofreció uno de los suspiros más épicos de la historia de la humanidad.

—Dos minutos —dijo fríamente, echando una dura mirada a su reloj.

—Es sobre Zach —comencé.

—No, no, de ninguna manera. Olvida los dos minutos. No quiero saber absolutamente nada de eso.

—No es uno de *esos* sueños.

—Ni siquiera necesito saber que *tienes* esos sueños.

—No los tengo. Bueno, a excepción de…

—NOP —repitió y giró.

—Se convertía en un pájaro —solté. Ella se detuvo.

—Si lo que vas a contarme es que te has ligado a un pájaro en tu sueño, no puedo con eso.

—No —le aseguré.

—Dos minutos. —Frunció el ceño.

—Estaba en un camino oscuro. En mitad de la noche. Podría haber estado en cualquier sitio. No había nada identificativo. Podría haber estado en Túnez, en Nebraska, o...

—¿En la superficie de Ío?

—Cece. Ío está *cubierta* de volcanes. Si hubiera estado en Ío, lo sabría. Y, justo después de saberlo, habría muerto. Oye, un hecho curioso: desde la superficie de Ío, Júpiter parecería como cuarenta veces más grande que la luna terrestre. De hecho, tú...

—Ve al grano —intervino Cece—. O esto es todo.

—Bien. Recuerdo haber levantado la vista, ya sabes, para ver si podía reconocer las estrellas, y la calle se alineaba a la perfección con el brazo de la Vía Láctea. Si seguía, casualmente el camino se fusionaba con...

Cece tocó su frente y sacudió una mano. Con los ojos cerrados, divagó.

—Heredarás una excelente propiedad inmobiliaria. Será, espera, ya lo tengo, ya lo tengo, en algún sitio de las inmediaciones de la Osa Menor, en el planeta Betelgeuse.

—Betelgeuse es una estrella. Y está en las inmediaciones de *Orión*, no de la Osa Menor.

—Como si eso importara un *iota* en esta conversación.

—Cece.

—Está bien. Continúa.

—Zach estaba ahí. Él no me veía. Corría hacia él, pero cuando pensaba que estaba a punto de alcanzarlo, él extendía unas enormes alas. Como del tamaño de un albatros. Y se alejaba volando.

—¿En qué dirección?

—No lo sé. ¿Tiene importancia?

—Tal vez.

—Al sur. Es decir, no estoy segura. Lo observé hasta que desapareció y después me desperté.

—¿Estabas triste? ¿Cuando despertaste?

—No creo —respondí—. No.

—Es una premonición. Has visto el futuro.

—Zach no tiene alas.

—No. Pero ¿dónde está esa universidad a la que has intentado que vaya?

—San Diego. —La piel de mi cuello se erizó.

—¿Lo ves? Al sur.

—Cece. —Tomé su cara y besé su frente. Ada estaba acercándose y la saludé con la mano al pasar.

—Sí, *por nada* —gritó Cece—. Madame Cecily dice que regreses. Y trae dinero la próxima vez.

—Creo que preferiría tener alas de un pájaro gigante —dijo Zach—. Además, nunca me habías dicho que analizabas los sueños. No mi Vanessa, reina de la razón y la lógica, emperatriz científica de la Vía Lác… —Se detuvo al ver mi cara—. ¿Qué?

—*Tu* Vanessa.

—Yo solo… —Se ruborizó intensamente—. Eh… yo…

—Creo que ha sido muy dulce. —Reí y choqué su cadera. Su rostro volvió a su color normal y su voz se desanimó.

—Mira —dijo con cuidado; pero con una firmeza que no le había visto hasta ahora—. Ir a la universidad es un buen plan. Probablemente me gustaría. Pero… —Apartó la vista, como si buscara las palabras—. No todo el mundo puede permitirse tener ese sueño. Ni lo necesitan. ¿Sabes todas las cosas que perdería? No puedo dejar todo eso. Mi familia me necesita. En tu caso es diferente.

Tenía ganas de zarandearlo. Estaba muy equivocado.

—No estás de acuerdo —afirmó—. Está bien, lo sé. Crees que estoy apuntando bajo, o algo así. Tal vez piensas que mi familia es un ancla, que tira de mí hacia abajo.

—No. Zach, eso no es…

—Pero no creo que sepas lo que significa *necesitar* un ancla. Si no los tuviera… —Dudó un momento—. Si no los tuviera, no querría lo que queda de mí. Ellos me definen. Y eso no es algo malo. Es lo mejor. Es… lo único.

Desde el punto de vista de Zach, éramos fundamentalmente diferentes. Éramos dos personas, caminando juntas, durante un período de tiempo. Pero mientras mi camino tenía un objetivo final, un destino, el de Zach solo era una rueda infinita. Ni siquiera podría dejar de caminar.

Me dejó para ir al trabajo unos minutos después y yo me fui a casa, sin poder quitarme la sensación de que él tenía razón. Éramos dos personas diferentes. La única razón por la que yo volaría en círculo, pensé, sería para tomar impulso, para lanzarme hacia algo mayor. Y eso era Cornell. Cornell no era mi final del juego; era la trayectoria, la rueda. Cuando acabara allí, haría algo importante.

Él volaba en círculo porque estaba atado. Y no por su familia, como creía que *yo* pensaba. Sino por las circunstancias. ¿Qué pasaría con nosotros cuando yo me marchara? ¿Qué sería de él?

Dejé mi Kestrel en el garaje, colgué el casco en el manillar. Antes de entrar en casa, dudé. Algo había cambiado. Algo no iba… bien. Y cuando abrí la puerta, pude escucharlo. El sonido de madre y Aaron discutiendo.

Nunca los había escuchado de discutir. Sus desacuerdos podían usarse en clases de resolución de conflictos. «No tenemos que estar de acuerdo», diría uno de ellos. «Respeto tu punto de vista y eso no hace que te quiera menos», respondería el otro.

Pero ese día no.

Esperé dentro, al pie de las escaleras, escuchando. Siempre me había preocupado que llegara ese día. Y que aquello estuviera pasando solo podía significar una cosa: el hechizo se había roto. Aaron finalmente había encontrado algo que no le gustaba de mi madre; ella había encontrado algún rastro de mi padre en Aaron. El matrimonio tenía fecha de caducidad y, cuando llegara, mi madre volvería a estar sola, herida y en busca de un sitio seguro en el que aterrizar.

Pero ya lo habíamos hecho antes. Si volvía a ocurrir, lo haríamos otra vez.

Cuando llegué al final de las escaleras, parecían mapaches atrapados hurgando en la basura.

—¿Qué está pasando?

Los ojos de mi madre estaban rojos, lo vi en el instante en que miró los míos. Luego apartó la vista.

La cara de Aaron estaba encendida, sudaba. Me miró, y a continuación volvió a concentrar sus ojos en mi madre.

—Elise, tienes que contárselo.

—¿Contarme qué? —pregunté.

—Pregúntale —dijo Aaron con tranquilidad—. Pregúntale lo que ha hecho.

Mi madre me miró, pero noté que hacía un esfuerzo. Su mandíbula se movió, ligeramente.

—¿De qué está hablando? Mamá, ¿qué has hecho?

Sus labios se abrieron, pero tardó en hablar. Cerró los ojos.

—Ya no está —dijo por fin y negó con la cabeza—. Todo se ha ido, Vanessa.

—¿A qué te refieres? —le pregunté.

Mi madre no respondió. Se dio la vuelta, esquivó a Aaron y desapareció rápidamente por el pasillo. Un momento después, escuché que la puerta de su habitación se cerraba.

—¿Qué ha hecho? —Miré a Aaron.

—Lo siento mucho, pequeña —dijo—. No lo sabía.

—¿No sabías *qué*?

—Nuestros ahorros. El dinero para tu… universidad. Ya no está.

Toda la habitación empezó a dar vueltas a mi alrededor. Mi estómago se retorció.

Vi cómo Cornell se escapaba de mi alcance en un momento; aquella noticia me colocaba justo en la dirección opuesta. Se suponía que en unas semanas podría saber si me habían admitido. Años de esperanzas, de planes y en el último minuto… ¿*esto*?

Lentamente y con vacilación, me contó toda la historia. Durante los últimos meses, mi madre había vaciado las dos cuentas bancarias. Cada centavo había ido a Costa Celeste, el complejo que ella y el resto del ayuntamiento intentaban levantar como una cometa.

—Primero fueron nuestros ahorros —explicó—. Cuando eso se acabó, tomó el resto. —Se quedó sin palabras. Si hasta entonces no había estado segura de que Aaron se preocupaba por mí, en ese momento fue totalmente evidente—. Todo lo que era tuyo.

Tuve que sentarme. Aaron acercó una silla, luego se sentó a mi lado.

—No ha sido solo cosa de ella —continuó—. Lo han hecho todos. Todo el ayuntamiento. Los inversores han seguido retirándose y el ayuntamiento decidió, fuera de los registros, auto financiar el proyecto. —Se pasó una mano por el pelo—. Los muy idiotas, pensaron que si conseguían sacar el proyecto adelante, después, de la noche a la mañana, la ciudad se enriquecería de inmediato gracias al turismo. Que lo recuperarían todo y más.

—Para —le dije. Me costaba respirar.

—Imagino que esta noche hay conversaciones como esta en toda la ciudad. Que son muchos los que han vaciado todas esas cuentas de ahorro, rehipotecado sus viviendas. Y todo por ese condenado…

—*Para.*

Fue a la cocina y me sirvió un vaso de agua. Bebí un largo trago, después preguntó:

—¿Mejor?

—No.

—Sabía que había guardado dinero para tu universidad —dijo con un suspiro—. Después del divorcio. Pero pensé que habría creado un fondo seguro para la universidad. Algo protegido. No una simple cuenta de ahorro.

—A su maldito nombre. —Exclamé y lo miré—. ¿Ella… en serio lo ha tomado *todo*?

—Sí. —Sus ojos estaban húmedos. Respiró profundamente y vi que intentaba recomponerse—. Pensaba que estaba haciendo lo correcto. Estoy seguro de que todos lo pensaban. Estoy enfadado y me ha hecho daño, a los dos, pero ella…

—No —interrumpí—. No hagas eso. —Me pitaban los oídos—. Yo *iba a ir* a un sitio. Ahora no podré hacerlo.

—Oye. Hay préstamos universitarios —dijo—. Ayuda financiera. Te prometo que no es el fin, no importa cómo lo veas ahora. Y… —Hizo una pausa y puso una mano en mi hombro—. Sé que no quieres considerarlo, pero hay cientos de universidades que te aceptarían en un parpadeo. *Así.* —Chasqueó los dedos—. Encontraremos una solución. Te lo prometo.

—No quiero que una universidad me *acepte* —respondí mientras resistía las lágrimas—. Quiero ir a la universidad que *adoro.*

—Lo siento, pequeña. —Su boca se abrió, se volvió a cerrar—. No te rindas. No aún.

Apenas podía escucharlo. El pitido en mis oídos se convirtió en un rugido, me fui corriendo a mi habitación, cerré la puerta y me desplomé contra ella. Junto a mi cama había una estantería llena de libros de Carl Sagan; en las paredes, pósteres y recortes de noticias. Resistí el repentino impulso de arrancarlo todo, de arrojar sus libros por la ventana, al jardín.

Cornell había sido un sueño, en aquel momento era un espejismo. Peor, significaba que mi padre tenía razón: mi héroe estaba muerto. Y también mi futuro.

Todo lo que me había importado una hora atrás, ya no existía. Mi solicitud, la inminente decisión…

Qué ingenua e inocente había sido.

TERCERA PARTE
Febrero 2013

27
Zach

—Cuatro vasos de agua —anuncié al poner el pedido sobre la mesa. Cuando me di la vuelta, vi que Jill, la encargada de la mañana, me estaba haciendo señas.

—Sí, señora.

—Tal vez te han ascendido —dijo—, pero ¿no te contraté como ayudante de camarero?

—Sí, señora.

—Y aun así te veo sirviendo.

—Sí, señora. Yo solo, el cliente me pidió, y…

—Llevas el delantal de ayudante, ¿no es así?

—Sí, señora. —*Suspiré.* Ella se cubrió los ojos, miró en ambas direcciones.

—¿Ves que alguno de los camareros lleve ese delantal?

—No, señora.

—Así que conoces la diferencia.

—La conozco, señora.

Jill señaló una mesa en la esquina, en la que cuatro personas estaban poniéndose sus abrigos. No se habían acabado las tortitas ni los huevos, que parecían una masa de Play-Doh.

—Entonces haz tu trabajo, por favor.

—Sí, señora.

Maddie, por supuesto, había reducido mis horas después de Navidad. Trabajaba los martes y los viernes cuando salía del instituto, en turnos de cuatro horas. Había despedido a los otros dos reponedores y a Pat, el cajero. Al parecer, Pat había empezado a trabajar en sus horas libres como asistente de cocinero en el restaurante Dot's. Él me había ayudado a conseguir aquel nuevo trabajo. A Jill le encantaba rellenar los huecos de mi planificación semanal. Cuando no estaba en la tienda de Maddie, estaba allí. Cuando no estaba allí, estaba en el instituto, o desplomado en el sofá de casa. Para lo que no me quedaba hueco era para pasar tiempo con Vanessa.

Algo había ido mal. Ya no nos esperaba a las niñas y a mí en la acera. Comenzó a evitarme en la escuela. Se habían acabado los paseos de una clase a la otra, no más ratos libres leyendo en la buhardilla. Me sentaba a comer con Cece y Ada, pero Vanessa no aparecía. En la clase de Salud no me miraba. Si la veía en los pasillos, se desvanecía antes de que pudiera llegar hasta ella.

Cada día esperaba encontrar una nota en las ranuras de mi taquilla: *Durante un tiempo, hemos recorrido la misma órbita. Pero todas las órbitas colapsan. Es hora de que siga mi camino.* Pero esa nota nunca llegó y yo seguí repasando las palabras de la noche de mi cumpleaños: «No lo dejes como si nada. Dime cuando lo arruine. Y yo te lo diré a ti. Pero no nos abandones».

Bien, no lo había hecho. Y aun así, ahí estábamos.

Había imaginado que algo así ocurriría en la graduación. Ella dejaría la ciudad, ascendería como un cohete. Pero ni siquiera habíamos llegado hasta enero. Ella seguía en la ciudad, podía verla, pero en realidad no estaba. Después de unas semanas, ya había aguantado toda la incertidumbre que era capaz de soportar. Esperé en el pasillo, fuera de la clase de Cálculo Avanzado. Me había preparado de memoria todo lo que quería decir. Quería parecer seguro y poderoso, de un modo... ¿romántico? Pero no llegué a decírselo.

—¿Zach?

Cece y Ada aparecieron en el pasillo. Aún no había sonado la campana que indicaba el final de las clases. Yo había conseguido un permiso de mi profesora para salir, pero no tenía ni idea de qué hacían ellas dos allí fuera.

—Hola —dije. Cece me miró, luego miró la puerta de la clase de Vanessa.

—Así que —comentó—, ¿estás... qué? ¿Acosándola ahora?

—No, no estoy haciendo eso. —Me sentía cubierto de sudor.

—Precisamente lo que un acosador diría —afirmó Ada. Sacó un pequeño anotador de su bolsillo y escribió algo—. ¿Qué más diría un acosador?

—No soy un acosador —repetí con la boca seca.

—Ajá. —Ada seguía escribiendo.

—Mira —dijo Cece, tal vez consciente de que me había puesto a la defensiva—. No lo eres, ha sido un chiste malo. Pero probablemente deberías irte antes de... —La campana sonó, se abrieron puertas por todo el pasillo y se llenó de adolescentes. Cece suspiró—. Antes de que pasara esto.

Pude ver a Vanessa en el aula, en el escritorio de la señora Ashworth. Cece la vio también y negó con la cabeza.

—No lo hagas... —agregó. Sonó resignada. Ada tocó su mano.

—Tengo Escritura Creativa. ¿Te veo después? —Acarició el cuello de Cece al alejarse y Cece se giró para verla marcharse.

—¿Sabes qué está pasado? —pregunté—. Ha desaparecido del planeta.

—Es cosa suya —respondió Cece, con demasiada firmeza. Observó hasta que Ada desapareció. Después, con un suspiro, admitió—: Honestamente, apenas habla conmigo. Algo le pasa, pero no sé qué.

Un movimiento llamó mi atención. Vanessa estaba congelada en el marco de la puerta, con los pulgares en las correas de su mochila. Llevaba un par de auriculares gigantes para amortiguar el ruido. Miró a Cece, después a mí.

—Nessa —la llamó Cece y se alejó un paso de mí.

Vanessa me miró durante un segundo más y yo intenté leer su expresión. Pero no lo logré. No dije nada; mi capacidad de hablar se desconectó, como si se me hubiera olvidado. Después ella giró abruptamente y se alejó.

Cece me miró diciendo: *¿lo ves?* La siguió, repitiendo su nombre. Me quedé plantado en el sitio. Los demás chicos pasaban por mi lado, me miraban molestos, pero todo lo que yo podía pensar era: *Esto es una lección. Has aprendido una lección.* La cosa es que yo ya conocía esa lección. No era nueva. *Enciérrate en ti mismo. Nadie te entiende.* En otras palabras, debía guardarlo todo para las personas que merecían mi atención, mi tiempo. Para mi familia.

Había comprendido esa lección tras la muerte de mi padre. Me había ganado la reputación de ser solitario, de ser difícil. Todo el asunto de la «mala suerte» había enfatizado esa historia, y había sido bueno para mí. La vida siempre nos daba lecciones como esa. Era mucho mejor aceptarlas que resistirse a ellas.

Pero Vanessa me había enseñado lo opuesto: que estaba bien ser vulnerable, permitir que me vieran. Hasta aquel momento, nunca me había imaginado que lo mejor sería cerrarme para ella también.

Después de aquello, los días pasaron difusos y los atravesé como si fueran una neblina. Sin Vanessa ocupando mi tiempo, mis pensamientos, dediqué esas horas al restaurante y a Maddie cuando me necesitaba. Regresaba a casa cerca de la medianoche la mayoría de los días. Le entregaba a Derek todo lo que ganaba. A él no le gustaba que trabajara tanto, pero tampoco me sermoneaba al respecto. Él hacía su parte, yo la mía. Si no estaba dormido, estaba en el trabajo o en el instituto. Había hecho mis cálculos; sabía en qué prefería invertir mi tiempo.

Y estaba quedándome sin tiempo para ir al instituto.

28
Vanessa

Espié por la cima de las escaleras y suspiré aliviada al ver que la buhardilla estaba vacía. Zach no estaba. Ni nadie más. Dejé caer mi bolso y me hundí en un puf. Había estado mirando por las estanterías en busca de algo que leer, algo que apartara mi mente de lo amargas que se habían puesto las cosas. Nada acerca del espacio. Nada de Carl Sagan.

Miré la novela que tenía sobre el regazo y mi interior amenazó con revolverse. El libro era popular entre mis compañeros. Un *best seller* del *Times*. Desde la primera oración, el autor corrompía el idioma. Cece se hubiera escandalizado al verme leyéndolo. «Pornografía para narcisistas», lo había llamado en una ocasión.

Era perfecto.

Me quité los auriculares. Abajo me ayudaban a crear mi propia burbuja, que me apartaba del mundo. Pero allí, en la biblioteca, no los necesitaba. La buhardilla era mi burbuja. Por allí nunca iba nadie. Y, de todas formas, me dolían los oídos.

Cuarenta páginas más tarde, escuché pasos en las escaleras. Me hundí más en mi asiento, con deseos de desaparecer. Hasta que Cece se dejó ver.

—Hola —dijo. Me había pillado sin los auriculares; no podía fingir que no la había escuchado. Vio el libro, pero se reservó sus comentarios—. Estás escondiéndote de Zach —continuó—. No creí que quisieras escaparte de mí. Pero tal vez estás escondiéndote de todos nosotros.

No dije nada y ella se sentó de piernas cruzadas a mi lado.

—¿No vas a hablar conmigo? —Analizó mi cara. Vi una oleada de emociones atravesar el suyo. Una de ellas era enfado—. Bien. No hables conmigo. Pero estoy aquí porque me importas. —Abrió su mochila y extrajo una carpeta azul.

»La señora Harriman me ha dado nuestros exámenes —anunció. Levantó unos cuantos folios unidos por una grapa—. Aquí está el mío, ¿lo ves?

Un gran *101, ¡Guau!* en un círculo junto a una carita feliz.

Luego me enseñó otro.

—Y este es el tuyo, me lo entregó porque has faltado a clase por segundo día consecutivo. Es un veintidós, Vanessa. ¿Sabes por qué? —Recorrió los folios—. Porque has escogido la respuesta «A» en todas las preguntas del tipo test y no contestaste las de desarrollo.

No dije nada.

—Ah, me parece genial que esté bien para ti —continuó, con sus ojos duros como diamantes—. Si lo hubieras *intentado* y hubieras fallado, tal vez estaría preocupada. Realmente me preocuparía que algo fuera mal. Pero me gusta saber que solo estás saboteándote a ti misma. ¿Por qué? ¿Todo esto te resulta divertido?

Volví a mi libro.

—Conocí a un chico una vez —comentó—. Le encantaban los juegos de simulación de ciudades. Construía ciudades complejas, muy elaboradas. Instalaba tuberías, redes eléctricas, intrincados sistemas de carreteras. Le llevaba semanas hacerlo todo bien. Pero cuando terminaba no le parecía suficiente, ¿sabes? ¿Y entonces qué hacía? —Hizo una pausa, esperando, pero yo no dije nada—. El juego tenía un botón que le permitía provocar catástrofes. Lanzaba un tornado por la ciudad. O le arrojaba un meteorito. Le pregunté por qué, después de haber trabajado tanto, ¿y sabes lo que me dijo? Me confesó que una vez que logras dominar algo, lo único que queda es destruirlo. —Hizo otra pausa—. Que es justo lo que estás haciendo tú ahora mismo.

—Si quisiera patearte el trasero en ese estúpido asunto del discurso —sentencié—, ya lo habría hecho. Créeme. No eres tan lista.

Me miró, furiosa y algo herida.

—Ni siquiera lo entiendes.

—Ah, no te cortes. Métete conmigo. ¿Soy una chica privilegiada y superficial tipo? ¿Un maldito estereotipo con patas?

—Es mucho peor que eso —dijo y bajó la voz. Se acercó más—. Estás mintiéndote a ti misma. Y lo sabes. Deja de fingir que no lo haces.

Me puse mis auriculares, giré el interruptor y ahogué el sonido de fondo. Fue como si alguien hubiera desconectado el cable del micrófono de Cece. Los músculos de sus mejillas temblaron; sus ojos estaban llenos de lágrimas. Arrojó mi examen, después levantó su bolso y salió corriendo de allí.

Cuando se fue, me sequé los ojos con la manga y lancé la novela al suelo.

Decidí marcharme del instituto. En vez de ir en bicicleta hasta mi casa, seguí andando. Si había algo que tenía que destacar de Orilly eran sus carriles bici. Seguí el camino que había paralelo a la carretera sur. El sol calentaba mi hombro izquierdo; el viento golpeaba mi cara. El camino se hacía más empinado mientras avanzaba; aceleré, el césped amarillo y el asfalto agrietado se me nublaban al pasar.

En diciembre, como esperaba, había recibido un correo electrónico de Cornell: había entrado en la lista de espera. Hasta marzo no sabría si me habrían admitido. Y ya no importaba de todas formas. Ni siquiera quería saber lo que Cornell había decidido. Solo había dos posibilidades.

1. Si Cornell me aceptaba, me dolería incluso más que si me rechazaban.

2. Si me rechazaban, mi sueño se había hecho pedazos de todas formas y todo el disgusto por la traición de mi madre no habría servido para nada.

Todo había salido mal. Mi madre y Cornell estaban fuera de mi alcance. Había echado a perder las cosas con mis mejores amigos. Y estaba dinamitando mi historial académico. Nada me importaba. Todo me hacía daño profundamente, era como si pudiera verme a mí misma desangrándome, y estuviera demasiado adormecida para sentirlo.

«Estás mintiéndote a ti misma», me había dicho Cece. «Deja de fingir que no lo haces». Las palabras me acecharon a lo largo del camino. No terminaba de encontrarles el sentido. ¿De qué estaba hablando? Lo peor de todo era que Cece, como siempre, tenía razón. Pero no sabía cómo había conseguido llegar a esa conclusión. No sabía qué intentaba decirme; solo sabía que *parecía* real.

Lo que me hacía sentir fatal.

Cece no era la única que me había llamado la atención. Aaron lo había hecho también. Con cuidado, a su manera. Ambos tenían razón. No tenía importancia que no me graduara como la mejor de mi clase; mis notas me abrirían cientos de puertas de todas formas. Los ahorros de mi madre y de Aaron ya no estaban; pero su historial para el banco era impecable y sabía que mi madre se sentía tan culpable que accedería a pedir un préstamo si se lo pedía. Había préstamos universitarios, ayuda financiera; yo era joven, fuerte. Un millón de estudiantes se las habían arreglado para poder ir a la universidad antes de mí; no había razón para pensar que yo era mejor que ellos.

Todo aquello era cierto. Todo significaba que de *todas formas* estaba en mejores condiciones que muchas otras personas. Mejor que Zach, que se aferraba al más mínimo hilo de esperanza de algún día poder salir de Orilly. El más mínimo hilo y ahí estaba yo, con la posibilidad de aferrarme a toda una cuerda.

Mis ojos ardían mientras avanzaba en contra del viento. Imaginé que tiraba mi Kestrel fuera del camino, que saltaba, que la veía estrellarse contra las rocas. Quería golpear algo.

Seguía enfadada.

Solo que en ese momento no sabía por qué.

Hacia el final de la tarde, había llegado a Big Sur. Me dolían las piernas, así que bajé hacia la Playa Pfeiffer. Algunas personas caminaban solas por la costa, una de ellas pasaba un detector de metales lentamente por encima de la arena. Los perros ladraban, persiguiendo pájaros. Bajé de mi bicicleta y la dejé contra una roca, luego caminé hacia el agua. Allí, frente a la costa, había una enorme formación rocosa, con un agujero justo en la mitad. El sol se filtraba a la perfección por esa abertura y la playa estaba cubierta de sombras, a excepción de ese puente de luz dorado.

Me crucé con un trío de carteles rayados, sobre postes metálicos en la arena. La usual advertencia sobre nadar y las corrientes, incluso había uno sobre un ataque de tiburones que había ocurrido treinta años atrás. El tercero de ellos advertía sobre las olas imprevistas. Claramente se refería a la tormenta de 2008 y al terrible modo en que había azotado la costa. La luz se filtraba del cielo y hacía que las palabras fueran difíciles de leer.

A mi alrededor, la playa estaba cubierta de escombros y analicé los restos mientras caminaba. Un pequeño barco de pesca sobresalía de la arena, retorcido y azotado por las rocas y el oleaje. La mayor parte había quedado enterrada. Había más señales de la tormenta: trozos de madera que se elevaban hacia el cielo, la pintura blanca desgastada. Reconocí las patas de una torre de guardavidas, partidas por la mitad. No tenía estructura superior, había desaparecido con el paso del tiempo, probablemente a causa de las gigantes olas. Toqué las maderas y, para mi sorpresa, temblaron. El mar había hecho todo aquello. Había destrozado maderas tan gruesas como mi cuerpo. Había podido enterrar aquel pequeño barco de forma tan profunda que era imposible de desenterrar.

Me tumbé mientras el cielo cambiaba de rosa a púrpura, para después pasar a azul oscuro. Me quedé allí hasta que finalmente oscureció. Me rodeé a mí misma con los brazos para protegerme del frío. No podía ver la luna, pero las estrellas aparecieron como actores entrando en escena. Entre ellas detecté el tenue color rosa de Venus; solo me hacía pensar en él. Peor, todo el cielo era un recordatorio permanente de todo lo que mi madre me había arrebatado. Lo que más quería, se había hecho pedazos por culpa de mis padres y su egoísmo.

Usé la luz de mi iPhone para encontrar entre la arena y las rocas el camino de regreso a mi bicicleta, pero la Kestrel no estaba. Aquello era lo último que podía soportar ese día; mi visión se nubló, giré y dejé caer mi teléfono en la oscuridad. Lo escuché resbalar en la arena, la luz apuntó hacia arriba. Me sentí como si hubiera chocado contra un cable de alta tensión; cien mil voltios recorrieron mis venas como insectos enloquecidos.

—Maldición —balbuceé y la palabra actuó como un resorte. Todo salió de mí y avancé con dificultar por la arena, hacia mi solitario teléfono. Lo levanté, lo sacudí, luego busqué entre los contactos hasta llegar a Aaron.

Treinta minutos después, apareció junto al camino y subí al asiento del acompañante, exhausta.

—Tu madre y yo estábamos preocupados —dijo y yo quería responder «Estoy bien», pero en cambio me desplomé sobre su hombro y rompí a llorar.

29
Zach

La gracia de las grandes preguntas sin respuesta está en que puedes vivir con la incertidumbre. ¿Estamos solos en el universo? ¿Cómo sería vivir para siempre? ¿Por qué mi padre tuvo que morir tan joven? En su interior, la gente comprende y acepta que nunca llegará a conocer la verdad. Las preguntas de ese estilo pueden mantenerte con frecuencia despierto toda la noche; pero no te desvían de tu camino.

Son las pequeñas preguntas incómodas, las que tienen respuestas reales que no encuentras, las que pueden llegar a desequilibrarlo todo.

Había decidido dejar el instituto. En el último año, a pocos meses de la graduación. No era la decisión correcta para nadie. Solo para mí.

Pero no podía hacerlo sin saber qué había sucedido con Vanessa y conmigo.

Hacía mucho tiempo que no mandaba una nota en clase. Mi maestro de tercero, el señor Summers, me había pillado pasando dibujos de las Tortugas Ninjas a mis compañeros. Les había puesto pequeñas pegatinas con el precio: cincuenta centavos cada una.

El señor Summers me descubrió cuando mis compañeros de clase empezaron a hacer cola en mi mesa.

Entré a Educación para la Salud justo antes de que sonara el segundo aviso. Al pasar junto a la mesa de Vanessa, dejé caer una nota doblada en su falda y seguí caminando. La había escrito en el pasillo:

¿PODEMOS HABLAR? POR FAVOR.

La señora Harriman andaba de un lado a otro por la clase mientras explicaba el tema del día.

—¿Alguno de vosotros ha tenido un familiar que haya padecido algún tipo de adicción? —comenzó, mirando a ver si alguien levantaba la mano—. ¿Nadie? Eso es bueno. Bien, vamos a hablar de las señales a las que debéis estar atentos.

No sabía si Vanessa había leído mi nota. Lo único que sabía era que se la había guardado en el bolsillo. Pero, mientras la señora Harriman continuaba, Miguel Garza me pasó una nota por encima del hombro. La tomé, y después la escondí debajo de mi libro. Cuando la profesora se dio la vuelta, la saqué.

Biblioteca

En la pizarra, la señora Harriman nos detallaba con tiza de color rosa, las etapas de la drogadicción: *Primera etapa, experimentación; segunda etapa, uso regular; tercera etapa…*

Después de la clase, mantuve la distancia y seguí a Vanessa a la biblioteca. En ningún momento miró hacia atrás ni redujo la velocidad. Era raro seguirla. No pude evitar sentirme como un cachorro demasiado apegado.

En la biblioteca, subió a la buhardilla. Cuando llegué arriba, estaba allí, esperando, con un libro aferrado en su pecho, los auriculares alrededor de su cuello. Sentí que mi corazón se comprimía en mi pecho, como si me hubieran quitado todo el aire.

—¿Y bien? —Estaba impaciente, su tono era duro. Me confundió.

—Hola —dije—. Estoy bien. ¿Y tú?

—Zach, ¿qué quieres?

Totalmente indiferente. No: intentaba parecer indiferente. Pero la conocía lo suficiente como para no saber leer las señales; sus ojos bajaban ligeramente y miraban a la izquierda, trasladando el peso de su cuerpo de un pie al otro. Como si estuviera concentrada en mantener la compostura.

—¿Y bien? —repitió.

—Me encontré a Cece y a Ada. En el restaurante. Tomaron batidos. —No respondió, solo se quedó allí—. Me resultó algo anticuado. La verdad es que Cece parece muy feliz. Ada también, de hecho.

—Zach. Tengo que irme.

Di un paso atrás para abrirle el camino a las escaleras.

Ella no se movió.

—Mira —continué—. Sé que te pasa algo.

Miró para otro lado.

—No sé qué es. No tienes que contármelo. Solo quiero que sepas que… Estoy *aquí,* ¿sabes? No he ido…

—Zach —interrumpió ella. Su mandíbula se tensó; no sabía si estaba enfadada o a punto de llorar—. A veces ocurren cosas malas. ¿De acuerdo? Estoy intentando asimilarlo.

—¿Estás bien?

—Estoy bien. —Se apartó de mí—. No es culpa tuya. —Se quedó en silencio, luego agregó—: Ni tu problema, ¿de acuerdo?

—No te estoy pidiendo que me lo cuentes —repetí. Ella suspiró y después sus hombros cayeron.

—No puedo ir a Cornell —dijo con suavidad.

Maldita sea. Sabía lo que significaba para ella. Quería ir hasta donde se encontraba, pero me quedé donde estaba.

—¿No puedes? —pregunté.

—No voy a ir.

—¿Qué ha…?

—*No quiero hablar de eso.*

—Oye —dije rápido—. Está bien. No tenemos que hacerlo. ¿Estás bien?

—Estoy bien. —Sus palabras se entrecortaron—. Ya te lo he contado.

Dudé. No pude contenerme, nada de eso tenía sentido.

—No puede ser por tus notas…

—*Zach.*

—Solo intento entender —insistí. Pero no había sido sincero cuando le había dicho que no hacía falta que me lo contara. No hacía falta, claro que no, pero yo era tan idiota que acabaría forzando el tema—. La Vanessa que conozco no renunciaría a esto. Así que… tiene que ser algo importante.

—Para.

—¿Es tu familia? ¿Ha pasado algo? —Me acerqué, puse mi mano sobre su hombro.

—No soy de tu propiedad —sentenció y se apartó.

Desde abajo escuché que alguien protestaba.

Pero su arrebato había provocado algo en mí. No pude mantener la boca cerrada.

—¿Qué ha pasado? —repetí—. Hace unos días estabas besándome y luego simplemente *desapareces*. ¿Dónde te has ido? —No respondió y yo estaba repentinamente enfadado—. Todo este tiempo, has intentado hacerme pensar en mi futuro. Y ahora, ¿qué? ¿Todo eso no es aplicable a ti? —Me acerqué un paso más—. ¿Me equivoco? Dime que me equivoco.

—Te he pedido que pararas. —Dio un paso atrás y negó con la cabeza.

—*Quieres* ir a Cornell. Es tu *sueño*.

Escuché vagamente el sonido de la campana que anunciaba el comienzo de la siguiente clase.

—Solo… *para*. —Vanessa estaba tan herida que sus dientes prácticamente castañeaban—. Por favor. Termina de una vez con todo esto.

Pero no podía. Hasta ese momento no me había permitido sentir el dolor porque me apartara. Ella había hecho exactamente lo que me había pedido que no hiciera. No había visto que ella era la clase de persona que podía hacerle eso a otra. A mí.

—No tienes ni idea —dije—. No tienes ni idea de lo que alguien como yo haría al menos por una *pizca* de las posibilidades que tienes tú. —Me balanceé sobre mis talones, la adrenalina corría por mis venas—. Debe ser bonito, Vanessa. Debe ser *muy* bonito. Simplemente abandonar. Abandonar un sueño como si no significara nada. Abandonar sin más a las *personas*.

Sus ojos centellearon, como si hubiera encendido algo en ella también.

—No me eches a mí la culpa —siseó—. Tú *tienes* posibilidades, tú… tú, eres un idiota. ¡Simplemente no te permites aceptarlas! ¿La vida es tan difícil para ti? *Trabaja duro, Zach.* ¿Nadie te da nada? Tómalo. —Apoyó un dedo en mi pecho y presionó con fuerza—. Pero *no*. Lo disfrutas. El sufrimiento. ¿No es así? No digas que no. Lo haces tuyo, finges ser tan *noble*, pero estás haciendo exactamente lo mismo, Zach. Lo abandonas todo, todas las posibilidades, ¿y por qué? ¿Eh? Por tu f…

Se ahogó con la palabra y dejó la frase a medias al darse cuenta de lo que había estado a punto de decir. Pero yo lo había escuchado. Lo había escuchado a pesar de que no lo había dicho.

Abandonarlo todo.

Por tu familia.

Mis dientes eran como navajas en mi boca. No me detuve a pensar cómo habíamos llegado a eso, cómo habíamos pasado de una nota en clases a atacarnos mutuamente en la biblioteca. Solo contraataqué.

—Lo daría *todo*, haría *lo que fuera*, por *cualquiera* de ellos. A diferencia de ti.

Alguien volvió a protestar, con más fuerza, desde abajo. Se oyeron pasos en las escaleras. Después una voz:

—Disculpad.

—No quería decir eso. —Vanessa se cubrió el rostro con las manos y se lamentó—. Zach, no. No pretendía decir eso.

—Mi padre me dijo una vez que cuando alguien te demuestra quién es realmente, debes creerle. —Ella dio un paso hacia mí, con los brazos abiertos. Retrocedí y la miré de arriba abajo—. Me alegra haber visto cómo eres en realidad.

—*Zach.*

—Disculpad —repitió la voz. La bibliotecaria, la señora Barrett, apareció en las escaleras, con la respiración agitada—. Estáis haciendo mucho ruido. Y la campana ya ha sonado. Os sugiero que os dirijáis a vuestras clases.

—Ya me voy —respondí.

—Zach, espera —rogó Vanessa—. Zach, no es por mí. Ha sido por mi madre, ella... yo no... ella...

—Señorita Drake —interrumpió la señora Barrett—. La campana ha sonado. Vamos a terminar con esto. Ahora, por favor.

—No lo entiendes —dije—. Tienes *demasiado*. No me importa lo que haya pasado. ¿Es difícil? No hay problema. Simplemente te rindes. ¿Haz el trabajo? Es *todo* lo que hago. Pero tú no. ¿Verdad? ¿Alguna vez has...?

—*Señor Mays* —sentenció la señora Barrett, enfadada—. Termine con esto *ahora* o tendré que pediros que me acompañéis a la oficina del director.

—No —respondí mientras caminaba hacia las escaleras—. Está bien. Me rindo.

—*Zach…* —Los ojos de Vanessa se ampliaron.

Giré y al llegar a las escaleras bajé los escalones de dos en dos, sin mirar atrás. La señora Barrett repitió el nombre de Vanessa dos veces, yo atravesé la puerta de la biblioteca hacia el edificio. Al final del pasillo, pasé junto a la administración y salí hacia el sol de la tarde. Nadie me detuvo. Nadie me siguió.

Necesitaba más tiempo.

Ya tenía todo el tiempo del mundo.

30
Vanessa

Febrero se convirtió en marzo.

    Seguía enfadada con mi madre.

    Cece no hablaba conmigo.

    Zach me *odiaba*.

    Lo extrañaba.

    Las cosas no podían ir peor.

Cuando recibí la noticia me resultó muy difícil celebrarlo:

La Voyager ha dejado el hogar, amigos
por *Twilight Guy* | marzo 4 | 04:11 p. m.

In-cre-íble. ¡Increíble! Amigos, es un hecho, ha sucedido: la Voyager 1 ha salido oficialmente del sistema solar. De acuerdo con los grandes científicos, la vieja Voyager atravesó la heliósfera en algún momento del pasado año, durante el mes de agosto. Nuestra pequeña amiguita ha eclipsado nuestros mayores sueños; es el objeto creado por el hombre que más lejos se encuentra de nuestro pequeño planeta azul…

Era una gran noticia, sin duda, pero odiaba que me hiciera pensar en mi padre. ¿La habría visto? Había pensado en él muchas veces en los últimos años. No solo preguntándome por qué nos había dejado, sino qué habría sido de él. No había vuelto a tener contacto con él. En una ocasión le había dicho a mi madre que no me importaba lo que hubiera hecho de su vida, pero ella había sugerido que me equivocaba.

«Cuando seas mayor, quizás sientas curiosidad». Me había dicho. «Puede que incluso quieras buscarlo». En cuanto a mis protestas, había continuado, con delicadeza: «Y cuando encuentres esas respuestas, yo estaré aquí».

Ese día aún no había llegado. Me conformaba con inventar historias sobre él, con la idea de que tenía una nueva familia. Una nueva hija, tal vez, una que no conocía sus secretos. Para mi padre, el conocimiento y el poder estaban indisolublemente relacionados con una falsa idea del amor. Cuando él ya no tenía ventaja, entonces retiraba su afecto, su amabilidad.

A pesar de que no era real, esa hija nueva me rompía el corazón. *Un día*, me hubiera gustado decirle, *sabrás todo lo que él sabe. Y descubrirás lo que ocurre cuando él ya no tiene nada que enseñarte.*

La Voyager se había ido y se llevaba con ella un registro de todo lo que éramos: nuestras voces, nuestros sentimientos, el pulso de nuestras ondas cerebrales, el sonido de nuestros corazones, latiendo en la oscuridad. ¿Cuánto de mí se había llevado mi padre con él? ¿Cuánto de mi madre? Poco más que recuerdos, suponía. Fáciles de olvidar.

La Voyager se había ido y ya no había forma de traerla de vuelta. Tampoco a él.

Seguí mi olfato hasta la cocina. Era tarde; me había quedado dormida sin querer. Aaron estaba inclinado sobre la encimera, picando cebolletas; detrás burbujeaba una gran olla con avena. Había separado los demás ingredientes: dos huevos rojos, una porción de queso gruyer, un bote de salsa picante. Supe antes de llegar a la puerta que era él y no mi madre quien estaba allí. Desde su... *traición*, la vida en nuestra casa había cambiado. No nos sentábamos juntos a cenar. Aaron pasaba más horas en la oficina y mi madre se mantenía casi todo el tiempo fuera de nuestra vista. Estaba demasiado avergonzada para enfrentarse a lo que había hecho. O al menos eso esperaba.

Mi estómago rugió, tan fuerte como para delatarme. Aaron levantó la vista y sonrió.

—Creí que ya estabas dormida.

Me encogí de hombros y señalé la comida.

—¿Puedo probar eso?

Miró por encima de mí, inseguro, y yo me giré, seguí su mirada hasta encontrar a mi madre, sentada a oscuras en la mesa.

—Ah —dije.

—Hay suficiente para los tres —aclaró Aaron—. Voy a hacer otro huevo.

Giré para marcharme, pero mi madre me retuvo con una palabra.

—Vanessa. —Me detuve en la puerta, de espaldas a ella—. Cenaré en otra habitación —ofreció con tranquilidad—. No tenemos que hablar.

Dudé, luego con frialdad e indiferencia dije:

—Sí, ¿podrías?

Sin decir nada, se levantó. Yo me giré cuando pasó junto a mí.

—Te llevaré la cena —dijo Aaron. En el pasillo, la puerta de su habitación se cerró suavemente. Él suspiró, después se dirigió a mí.

—¿Esta es la parte en que la defiendes? —le pregunté de brazos cruzados.

—No —respondió. Se inclinó dentro de la nevera para buscar otro huevo. Cuando resurgió, admitió—: Mierda, estamos intentando volver a la normalidad. Pero, ya sabes, Vanessa, lo entenderás mejor cuando crezcas...

—Aquí vamos. —Puse los ojos en blanco.

—... pero las personas comenten errores. —*Discurso trillado, Aaron.*

—Esa es una palabra demasiado suave.

—Lo es —coincidió—. Pero de todas formas es la palabra correcta.

—Los errores no se calculan. Lo que ella hizo...

—No *confundas* error con *accidente* —dijo.

—Semántica. Abogado.

—Marido.

—Pero no padre —dije. Por dentro me sobresalté. No podía creer que hubiera dicho eso; pero no me retracté. Aaron giró y rompió el huevo en una sartén. Sin tomar en cuenta mis palabras, empujó una porción de queso hacia mí.

—Ralla, por favor.

Mientras rallaba el queso en un cuenco, ojeaba el periódico. Él había dejado *Crónica* sobre la encimera. Según aquel periódico, el mundo era un verdadero caos. El presidente de Venezuela tenía cáncer. Las Naciones Unidas estaban duplicando las sanciones a Corea del Norte. Un mapa ilustraba la actividad sísmica en el mar de Japón.

—¿Algo interesante? —preguntó. Mezcló las cebolletas con la avena, luego sirvió tres cuencos. Le acerqué el queso y seguí leyendo.

—Siete terremotos en Japón en los últimos siete días —resumí—. Dicen que ninguno es significativo si se los considera por separado, pero juntos «los científicos creen que podrían indicar un evento de mayor magnitud, de forma inminente».

—Ah, espero que eso no sea verdad —comentó Aaron—. Ya han sufrido demasiado. ¿Alguna vez te he contado la historia que escuché después del gran terremoto de 2011? La cosa más triste que he escuchado en mucho tiempo.

Sabía que el hecho de que Aaron mostrara sus sentimientos abiertamente era una de las razones por las que mi madre se había enamorado de él. Me apoyé contra la encimera mientras él servía salsa picante en los diferentes cuencos.

—¿De qué se trata?

—Es la historia de un anciano que vivía en un pequeño pueblo —comenzó—. Otsuchi, creo que así se llamaba. Un hombre callado. No solía demostrar emociones. Pero había perdido a su primo en el tsunami. —Me entregó un cuenco de avena y una cuchara—. ¿Se lo llevas a tu madre?

Lo miré.

—Tenía que intentarlo —dijo—. Quédate con eso. Ahora vengo. —Con otro cuenco en la mano, desapareció por el pasillo. Mientras esperaba que regresara, pinche mi huevo y lo mezclé con la avena—. ¿Por dónde iba? —preguntó al regresar.

—Anciano gruñón —respondí con la boca llena.

—Correcto. Nadie lo había visto reír o llorar nunca. Bien, después del tsunami, fue a su jardín, o a lo que quedaba de él, y justo allí en medio, construyó una cabina telefónica. —Sopló en una cucharada de avena. Después de probarla, continuó—. Colocó un teléfono en el interior, pero no lo conectó a nada. Solo un teléfono.

—¿Por qué?

—Cuando estaba triste por la familia que había perdido, se metía en la cabina y tomaba el teléfono.

—No lo entiendo. —Arrugué mi nariz.

—Pasaba algo cuando lo hacía. Hablaba con su primo.

—*Dios*. Es tan trágico.

—Todas las cosas que nunca había podido decir en voz alta, se las decía por teléfono. —Siguió comiendo—. Era catártico, imagino. Bueno, el rumor se esparció. Las personas contaban historias sobre el anciano con el teléfono que podía hablar con los muertos. Lo llamaban «el teléfono del viento».

»Un día, después de un tiempo, el anciano miró hacia afuera y había un extraño en su jardín. Otro anciano que miraba la cabina telefónica. Estuvo allí durante un tiempo muy largo, de pie. Finalmente entró y tomó el teléfono; y empezó a sollozar. En poco tiempo comenzaron a llegar extraños de todo el país a la cabina telefónica.

Aaron sirvió un vaso de agua para cada uno y comimos en silencio durante algunos minutos.

—¿Cómo se vivió aquí? —le pregunté—. En 2011.

—Todo el mundo estaba muy asustado. Se suponía que el tsunami nos iba a golpear con fuerza. Y todos recordábamos lo grave que había sido aquella tormenta, apenas unos años antes. Las noticias decían que debíamos buscar terrenos altos, así que lo hicimos. Luego… no pasó nada.

Pensé en los escombros que había visto en la playa de Big Sur. El oleaje de una tormenta como aquella, tan pequeña en comparación a un tsunami, había sido inmensamente poderoso.

—Imagina. —Aaron sopló otra cucharada de avena—. Encontrar petróleo en un sitio como este. El mar está justo ahí, acechando, esperando para darnos una lección.

—Sí. Pero nosotros estamos en lo alto. —Pensé en Zach y en su familia, presas fáciles en primera fila, al nivel del mar—. Tenemos… suerte.

Aaron negó con la cabeza tristemente.

—En Japón lo perdieron todo. ¿Te lo imaginas? ¿Estar tan a la deriva, tan desesperado por las personas que has perdido, que le confiesas tus pecados a un teléfono desconectado en el jardín de un anciano? Te hace pensar, ¿sabes?

Mis mejillas se acaloraron y aparté la vista.

—Buenas noches, pequeña. —Besó mi frente con cuidado.

Lo curioso sobre la Voyager es que en algún momento se quedará sin energía. Dejará de transmitir y navegará en la oscuridad, será solo un artefacto solitario navegando solo por el espacio. No podremos alcanzarlo, la brecha que lo separará de nosotros será tan amplia como la muerte. Ninguno de los que vivimos ahora, y probablemente ninguna de las generaciones venideras, sabremos si la Voyager llegará a encontrar vida en la inmensidad del espacio. Nunca volveremos a saber nada de ella.

Con un suspiro, miré por el visor de OSPERT. El cielo estaba nublado, pero no buscaba cuerpos celestes. Buscaba vida. Solo una.

Apunté hacia las luces de las plataformas petrolíferas. En la oscuridad eran justo como Zach las había dibujado: desagradables, como insectos. Monstruosidades de acero que devoraban el planeta. Nuestra ciudad dependía de ellas; pero eso no las convertía en algo bueno.

Alguien paseaba un perro en la playa con una linterna oscilante. Repasé la ciudad hasta encontrar la tienda. Las luces estaban apagadas, el aparcamiento vacío. Seguí hasta el depósito policial de vehículos, pero no vi a Zach. Si estaba en el barco, no podía saberlo. Las mantas que colgaban en las ventanas de la cabina lo ocultarían.

Con un suspiro, dejé de buscarlo y maté el tiempo observando las actividades nocturnas de la pequeña ciudad. Alguien echaba gasolina bajo las luces del cartel de Chevron, alguien fregaba los suelos del McDonald's veinticuatro horas. El restaurante estaba abierto, se detenían camioneros y jubilados por la noche. Un momento. ¿Ese era...? Ajusté el foco de OSPERT. En la acera, afuera de Dot's, Zach estaba quitándose un delantal a lunares. Lo dobló, lo sostuvo entre sus rodillas, levantó su capucha. ¿Estaba trabajando en Dot's?

No lo había visto desde que había salido de la biblioteca. En Educación para la Salud, esperaba cada día con la esperanza de que todo hubiera sido un arrebato, de que él entraría por la puerta y ocuparía su sitio al fondo de la clase.

Pero realmente se había rendido.

Abrió un sobre blanco y sacó un papel. ¿Su sueldo? Una gran sonrisa iluminó su cara, luego dobló el papel y lo guardó en su bolsillo. Me dolió el corazón al verlo caminar con satisfacción a través del aparcamiento.

«No puedes salvarlo», me había dicho Cece.

Ella tenía razón, lo sabía. Cece siempre tenía razón.

Pero eso no hacía que doliera menos.

Al final del aparcamiento, se detuvo. No había luces donde él estaba y, en la oscuridad, levantó la cabeza. Curiosa, me moví en la ventana y levanté la vista. Las nubes se habían abierto sobre Orilly, ligeramente, y una luna acuosa brilló entre ellas durante un breve instante. En ese momento, me sentí... en paz. No estábamos hablando y nuestros caminos se habían dividido de pronto, pero el mismo cielo nos conectaba.

Cuando volví a observar por el telescopio, Zach había desaparecido de mi vista. Resistí el impulso de mover a OSPERT para seguirlo hasta su casa. En cambio, cerré las cortinas y me tumbé en la cama. ¿Realmente se habían dividido nuestros caminos? En diez años, en veinte años, ¿Zach seguiría trabajando en alguna tienda o algún restaurante de la ciudad? ¿Yo sería diferente? La Voyager, ese pequeño montículo de chatarra, había conquistado la gravedad del sol, había dejado nuestro sistema solar atrás.

Seguramente yo podía hacer lo mismo con Orilly.

¿O no?

31
Zach

—Llegas tarde —me dijo Derek en cuanto crucé la puerta.

Estaba sentado en la mesa de la cocina, de espaldas a la puerta. Dejé mi mochila y el delantal en el sofá, después me reuní con él. Me observó a través de su vaso de leche.

—Casi todas las noches llegas tarde.

—Sí.

—Como puedes ver, me he dado cuenta. —Se limpió la leche del bigote que le había crecido prácticamente de la noche a la mañana—. Estás cansado también. Más de lo normal. También me he dado cuenta de eso.

—Igual que tú —dije.

—También me he dado cuenta de que Leah viene más, y se queda más tiempo. Está aquí cuando tú no estás. Ella también está cansada, ¿sabes?

Era verdad. A veces prácticamente dormía sentada en la habitación de mi madre, en la silla que había junto a la ventana. Me sentía mal por eso, pero ¿qué podía hacer?

Saqué el cheque de mi bolsillo y se lo ofrecí a través de la mesa.

—¿Qué es eso?

—Dinero. Lo mismo de siempre.

—¿No te molesta, Z.? —Tomó el sobre, pero no lo abrió—. ¿Darme todo el dinero que ganas?

—¿Qué podría hacer con él? —Mientras abría el sobre, llevé los platos al fregadero y comencé a lavar.

—Z., ¿qué es esto? —dijo detrás de mí.

—¿Qué es qué? —Miré su reflejo en la ventana.

—¿Te han dado un aumento?

Mi espalda se quedó rígida.

—No —agregó al ver mi nómina. El papel que había olvidado sacar—. No, estas horas. No es que te estén pagando más, Z., estás *trabajando* más. —Comenzó a atar cabos en voz alta—. Trabajas más. Vuelves tarde. Estás cansado todo el maldito tiempo, provocando que todos los demás estén cansados. —La silla rayó el suelo cuando se levantó en un arrebato—. Z., no me *digas* que has dejado el instituto. Por tu bien espero que no lo hayas hecho.

—De acuerdo —dije. Intenté débilmente mejorar el momento—. Es mejor que no lo sepas.

Si no hubiera sido tan tarde, si mi madre y las niñas no hubieran estado dormidas, creo que me hubiera arrojado algo. En cambio, aferró el respaldo de la silla con tanta fuerza que vi el plástico doblarse. Luego, con un soplido de frustración, giró y salió por la puerta. La mosquitera se cerró de un golpe. Podía escucharlo fuera, caminando sobre la gravilla.

En silencio, terminé con los platos, después me senté a la mesa. La casa llenaba el silencio: aire de las tuberías, el ligero crujido de los cimientos asentándose. Mi hermano permaneció fuera durante unos cuantos minutos y, cuando regresó, no se sentó. Se quedó de pie en la otra punta de la cocina, con la puerta abierta a su espalda. Podía escuchar la marea a lo lejos, como señales de radio.

—Maldita sea —exclamó. Se pasó las manos por el pelo y entonces sí se desplomó en la silla de nuevo—. *Maldita sea*, Zach.

Derek parecía exhausto, pero era más que eso. Su expresión era de derrota. La había visto en las caras de mis padres. En nuestra casa, el cansancio y la derrota solían ir de la mano.

—Es mejor así —arriesgué—. Sabes que lo es.

Había enterrado el rostro en sus manos, con los codos anchos sobre la mesa. Escuché que decía algo, pero no llegué a entenderlo.

—No sé qué has dicho.

—He dicho que no pienso dejarte. —Sus manos se separaron y me miró con los ojos rojos y húmedos.

—Ya está hecho, D., ya…

—No puedo creer que tú… —Negó con la cabeza. Dejó de hablar y lo volvió a intentar—. Después de lo que me ocurrió a mí.

—¿De qué estás hablando?

—*De esto*, Z. —Abrió sus brazos para señalar nuestra casa, lo que había en ella—. Esto.

Mi padre había dejado los estudios en décimo. Había conseguido un trabajo y había comenzado a ayudar a la familia. Cuando murió, Derek dejó la universidad y regresó a casa. No se quejó, no protestó; nadie le pidió que tomara la decisión correcta. Le había costado cosas. Le había costado la vida.

—Tú eres su héroe —dije y señalé la habitación de las niñas con la cabeza—. Nuestra madre es mi heroína.

Pero no era la frase correcta.

—No hay nada heroico en esto. —Su cara se encendió de rabia y algo más, que no había visto nunca antes—. Absolutamente *nada*. ¿Crees que hay algún día en el que me levante y no os odie? ¿A todos vosotros? ¿Cada día, solo un poco? ¿Y que no me odie a mí mismo por sentirme así?

Vergüenza.

Mi hermano *era* mi héroe. ¿Creía que yo nunca sentía culpa? Él había salido. Lo había *logrado*. Habíamos sido nosotros los que lo habíamos arrastrado de nuevo aquí. Todos nosotros. Al morir nuestro padre, todos habíamos perdido algo. Y luego le habíamos quitado algo más a Derek.

—D., eres humano, eso es todo. Eres...

—Como si pudiera cambiar algo —siguió, como si yo no hubiera dicho nada—. Pongo comida en la mesa. Me esfuerzo para que podáis estudiar. —Quería protestar por eso, porque me metiera en el mismo saco que a las gemelas. Pero él continuó—. No puedo arreglar nada. No puedo evitar que nada de... *esto*... te suceda a ti también. ¿Heroico? Al diablo, Z., apenas consigo seguir *adelante*.

Abrí la boca, pero él no había terminado.

—¿Y qué has hecho? —preguntó arrastrando las manos por su cara. Estaba a punto de echarse a llorar—. ¿Qué has hecho, Z.?

—Todo irá bien. Estoy trabajando a jornada completa, podremos ahorrar dinero. Salir a flote.

—A pesar de todo lo que hago y tú te empeñas en seguir el mismo camino —gimió. Se apartó de mí—. No lo entiendes.

Entonces lo vi. No entendía cómo no lo había visto; Derek era como nuestro padre y yo había estado ciego. Para Derek no se trataba de que yo ayudara a llevar aquella carga. A él no le importaba llevarla; ya había aceptado que era su deber cargar con ella.

Que yo dejara el instituto significaba que lo estaba haciendo en vano.

Se sentía un fracaso.

—Derek —dije, pero toda su postura cambió, como si hubiera tenido una epifanía. Se alejó, sin hablar, y desapareció en su habitación al final del pasillo. Cuando regresó, traía una carta en las manos. Triunfal, la dejó caer sobre la mesa delante de mí.

—Al menos sé que he hecho una cosa bien, Z. La he hecho tan bien como puede hacerla un hombre.

El sobre estaba bocabajo. Ya lo habían abierto.

—¿Qué es esto? —pregunté con la voz inexpresiva.

—Ábrelo.

El papel era bueno, no como el que se usaba para las facturas. Tenía textura visible y en la solapa abierta había un sello con una letra *F*. Levanté la vista. Ya sabía lo que era.

—¿Qué has hecho?

—He hecho lo correcto —respondió—. Pero ya es demasiado tarde, por lo que veo.

Giré el sobre. INSTITUTO FLECK DE ARTE Y DISEÑO, decía la dirección del remitente. SAN DIEGO, CA. Impreso en el centro se encontraba mi nombre y nuestra dirección.

—D. —dije débilmente.

Había una sola hoja de papel en el interior. Sabía sin leerla lo que diría.

—Te han aceptado —anunció Derek, con tranquilidad—. Han aceptado tu maldito trasero.

—¿Cómo? —Mi visión se nubló y me sequé los ojos.

Él me recordó la mañana en que ambos nos habíamos levantado temprano. Las pesadillas. La servilleta que había arrojado a la basura. Entonces recordé que no había logrado encestarla. Yo me había vuelto a quedar dormido y él había tirado la servilleta en la basura. Y había encontrado la solicitud.

—Esa chica tan dulce la trajo para ti. No entiendo cómo funciona tu mente, Z. La completaste, y después simplemente la descartaste. Pero ya habías hecho la parte más difícil. Así que yo me encargué del resto.

—No podemos permitirnos algo así —protesté.

—Ayuda financiera —respondió—. ¿Qué más excusas tienes? ¿Eh? A ver, dime. ¿Vanessa? Tú le gustas. La llamas, ella sube a un autobús para venir a visitarte. Hecho. ¿Qué más?

No me hagas ir, pensé. *Deja que me quede. Aquí es donde quiero estar. Cuidaré de todos.*

Pero él esperaba una respuesta, así que le dije la verdad.

—Nuestra madre. Las niñas. *Tú.*

—No —negó, inmóvil—. No somos lo que te ata aquí. No las culpes por eso. No me culpes a mí.

—Yo solo… *no puedo* —sollocé—. No cuando vosotros me necesitáis.

No cuando yo os necesito.

Derek vino hacia mí.

—Crees que tienes que quedarte. Lo sé. Crees que tienes que ser un héroe. Pero *no* es así, Z., así que esto es lo que vamos a hacer, escúchame. ¿Quieres cuidar de nosotros? ¿Hacer lo correcto por las niñas? *Ve.* Enséñales cómo. ¿Quieres hacer lo correcto por nuestra madre? Haz que se *sienta* orgullosa de ti. Dale una razón para que vuelva con nosotros.

Enterré mi cara en su hombro y lloré.

—¿Quieres hacer lo correcto por mí? —preguntó, con la voz afectada—. *Dame* esto. Demuéstrame que no regresé a casa por nada. —Me envolvió con sus brazos. Pude sentir el sudor de su día, esa fuerte combinación de grasa y sal—. ¿Lo entiendes, Z.? Dame eso.

El hombre que me abrió la puerta en casa de Vanessa tenía un rostro amable. Las ondas de su pelo castaño se habían vuelto grises por los lados. Sus mejillas eran rosadas, tenía los ojos cálidos debajo de una maraña de cejas ligeramente desordenadas. Llevaba puesta una camisa con el cuello abierto, que revelaba que aún conservaba un poco el bronceado. Pantalones vaqueros y calcetines en los pies.

—¿Puedo ayudarte? —preguntó.

Vanessa era la única persona con la que necesitaba hablar. Sobre lo que Derek había hecho, a dónde iría. No la había visto desde nuestro último encuentro en la biblioteca. ¿Estaría enfadada conmigo? Tal vez. ¿Se había dado por vencida conmigo? Yo, en su lugar, lo hubiera hecho. Pero tenía mucho que decir, si me dejaba.

—Yo, eh… —Había esperado que fuera Vanessa. El hombre juntó las manos, apuntando hacia mí.

—Oye, eres el chico del partido de fútbol —afirmó. Luego rio—. Lo siento. Tienes un nombre, por supuesto.

—Soy, emm… Soy Zachary —respondí.

—Un placer, Zachary. —Giró y llamó a Vanessa que debía de estar en algún sitio de la casa. A través de la puerta abierta pude ver que tenían muebles caros, un enorme televisor de pantalla plana sobre una pared, un hogar—. Estoy encantado de conocerte al fin —agregó y me ofreció su mano. Mientras la estrechaba, continuó—: Soy el padrastro de Nessa. Aaron. Aaron Bartlett.

El mundo se hizo pedazos. Me liberé de su mano y retrocedí torpemente por los escalones. Mi mente dio vueltas. *Aaron Bartlett.* Conocía ese nombre. Lo conocía demasiado bien.

—Oye —dijo el señor Bartlett, su voz teñida de preocupación—. ¿Estás… Zachary, hijo, estás bien?

Desde algún sitio de la casa, escuché a Vanessa responder y preguntar quién era. El sonido de su voz, la disonancia del momento, hizo que mis rodillas se volvieran agua. Mi corazón era como un pistón en mi pecho.

Todas esas cartas con el emblema de Bernaco Oil. Todos los documentos legales, los archivos y declaraciones, todos los rechazos y negaciones, habían llegado firmadas por un solo nombre.

AARON BARTLETT
Abogado
Bernaco Oil

Atentamente, Aaron Bartlett. Cordialmente, Aaron Bartlett. Y más adelante, mientras nuestros abogados presionaban, las cartas habían ido perdiendo su tendencia a la amabilidad. *Saludos, Aaron Bartlett. A espera de su respuesta, Aaron Bartlett.* Y, últimamente, solo *Aaron Bartlett.*

La carta más reciente se reprodujo en mi mente, texto y subtexto fusionados en un discurso de odio a gritos.

Bernaco ha ofrecido...

Su padre solo es una estadística...

Una broma...

No nos molesten con esto...

Tome, unos cuantos dólares por su dolor...

Madre mía. Éramos como los Montesco y los Capuleto. Dos familias en guerra, un maldito cliché literario. Nunca habíamos sido solo Zach y Vanessa. Éramos Romeo y Julieta.

Caminé dando tumbos por la entrada, alejándome del padrastro de Vanessa, de su máscara de preocupación. Mis puños se apretaban y se relajaban tan fuerte que mis nudillos palpitaban.

¿Qué vas a hacer, Zach?

¿Qué quieres hacer, pegarme?

Adelante. pégame. HAZLO.

Aquí estoy...

Has estado esperando esto...

Lanza tu puño contra mis dientes...

Hazlo por tu familia…

—Zachary —repitió el señor Bartlett y el mundo regresó. Tropecé y me caí en el último escalón, me golpeé con fuerza contra el camino de piedras. Me había cortado la mano, vi la sangre, pero el dolor no había llegado aún.

—Zachary, hijo, ¿estás bien?

—¿Zach? Zach. —La voz de Vanessa atravesó la estancia, repetía mi nombre, pero no podía verla. Era como si una tormenta rugiera detrás de mis ojos, cubriendo cualquier otra visión. Las cosas cobraron *sentido* entonces y nada tuvo sentido en absoluto.

Todo daba vueltas. Me levanté. Solo quería correr.

32
Vanessa

Zach iba por el camino de entrada dando grandes pasos, parecía perturbado.

Comprendí de inmediato lo que acababa de pasar. No podía dejarlo ir. Podía arreglarlo. Pero Aaron me bloqueó la salida cuando llegué a la puerta.

—¿Vanessa, que está pasando…?

—Él es Zach *Mays*, Aaron; su apellido es *Mays*. —El rostro de Aaron palideció y se hizo a un lado. Bajé los escalones de la entrada de dos en dos, persiguiendo a Zach—. ¡Zach!

Se tambaleaba como si lo hubiera alcanzado un rayo. Grité su nombre dos veces más, pero no estaba segura de que realmente me escuchara. Lo alcancé con facilidad, cuatro casas más adelante, y tomé su mano. Su palma estaba cubierta de sangre.

—Zach —supliqué—. Zach, *para*. Estás sangrando. Para, por favor.

Lo hizo y se quedó de pie, inestable. Me pregunté si estaba en *shock*; quizás lo estuviera. Sus ojos estaban desenfocados, bañados en lágrimas. Coloqué mis manos en su cara y dirigí su mirada hacia mí.

—Zach —insistí—. Mírame. Vamos.

Después de un momento, su mirada se agudizó. Me miró a los ojos y todo lo que vi fue dolor. Volví a decir su nombre y él rio. *Rio* y fue una risa amarga, rota y terrible.

—¿Lo ves? —preguntó—. Lo ves, lo sabía. La gente tenía razón. Estoy maldito.

—Zach…

—Toda esa porquería de la suerte —continuó—. Les permitía decirlo. No era real. Solo se trataba de una broma. ¿Qué importancia podía tener? —Parpadeó y las lágrimas cayeron—. Pero es *verdad*, Vanessa. Todo este tiempo ha sido *verdad*.

—Zach, él solo trabaja allí. No toma decisiones, hace lo que le piden. Aaron no tiene nada que ver con… nada es…

—Eras la única amiga que tenía —dijo y su rostro se derrumbó en mis manos. Antes de que pudiera decirle que se equivocaba, que él era importante, que lo quería, él se liberó de mí. Retrocedió, sin mirarme y, en ese momento, todos sus miedos se confirmaron.

Comenzó a llover.

Levantó la vista al cielo. La lluvia mojó su pelo, que cayó en mechones sobre su cara. Cuando me miró, sus ojos mostraban una triste satisfacción.

—¿Lo ves?

Yo también estaba allí, apenas a unos pasos de distancia, pero la lluvia no me mojó, la repentina tormenta era una barrera entre nosotros. Tenía razón. Había sido una maldición. Él se encontraba en el centro mientras yo permanecía fuera.

—Me alegra que no sepas cómo es esto. —Volvió a reír, de un modo que ni siquiera sonaba como una risa. Fue un sonido gutural, de aceptación. Era exactamente lo que temía: él era el blanco de una especie de broma cósmica. Una broma en la que todos los demás participaban, incluso yo.

—Zach —repetí y avancé hacia él.

—No —dijo y retrocedió más—. No quiero que te mojes.

Me dejó allí de pie, en la acera, seca como un hueso.

La tormenta se desató, la lluvia envolvió completamente la casa. Demasiado exhausta para llorar, me tumbé en la cama y me dediqué a escucharla. El sonido me indujo al sueño y, cuando abrí los ojos, la lluvia había cesado y las paredes tenían un color anaranjado. El sol estaba saliendo. Había dormido doce horas.

Mi teléfono vibró. Un mensaje de voz de Aaron. Quería hablar, cuando yo estuviera lista. Estaba confundido, preocupado. Me quería. Mi madre me quería. Esperaba que no estuviera enfadada. Lo comprendería si lo estaba. Dejé el teléfono y volvió a vibrar.

—Maldición, Aaron —balbuceé.

Pero no era mi padrastro. Era una notificación de Facebook. Una solicitud de amistad. Toqué el círculo rojo… y dejé caer mi teléfono.

Era de Jonathan Drake.

Mi padre.

De forma irracional, me preocupó que mi madre pudiera entrar en la habitación, como si de algún modo pudiera tener una alerta física de la presencia de mi padre. Sus peores miedos, confirmados: yo comunicándome en secreto con él; que todo este tiempo yo hubiese preferido estar con él, y no con ella.

Pero la puerta de mi habitación permaneció cerrada.

Levanté mi teléfono, con cuidado, como si estuviera hirviendo.

La fotografía de perfil de mi padre no era de su cara, sino de un emblema de Volkswagen. La imagen que podía verse detrás mostraba un primer plano de unos pies descalzos, enmarcados en una espesa llanura. Eso era todo lo que podía ver. Un mensaje en la página decía: *Acepta la solicitud de amistad de Jonathan para ver lo que comparte con otras personas en Facebook.*

Un perfil privado.

No saber lo que había detrás de esa barrera era una agonía. ¿Qué lo había hecho aparecer de la nada? ¿Por qué justo en ese momento? No quería ser su *amiga.* Sentí que mi corazón se desprendía y caía en mis entrañas, que galopaba y gritaba en un mar de náuseas. *¿Qué quería?*

Solo tenía un modo de descubrirlo.

Me mordí la lengua y acepté su solicitud.

La página se recargó.

Por Dios. Hay tanto aquí.

Mi padre era bloguero. Muchas de sus publicaciones en Facebook eran enlaces a los numerosos artículos que había publicado en un sitio al que había llamado *Adiós, Andrómeda.* El más reciente se titulaba «Las estrellas se ven tan distintas hoy».

Ah, hermano.

El nombre de cada entrada, incluso el nombre del blog, eran tributos a viejas canciones y álbumes que le encantaban. Rastros del que había sido cuando yo lo conocía. Si en todo ese tiempo no había cambiado, ¿eso era bueno? ¿O era peor?

Busqué algo más revelador que su blog. Me rehusé a leer los artículos. No quería sus palabras dentro de mi cabeza. En la pestaña de «Información», todo estaba en blanco. Fecha de nacimiento. Familia. Situación sentimental. Todo en blanco.

Dudosa, hice clic en «Fotografías». Lo que apareció delante de mí era una colección digna de competir con la Biblioteca del Congreso. Docenas de álbumes, detalladamente fechados y nombrados, con cientos de fotografías cada uno. *Yukon, octubre 4-17, 2012. Big Sky, Montana, febrero 11-21, 2011.*

DIY Autobús Espacial.

Seleccioné ese.

La primera fotografía era de un viejo autobús Volkswagen aparcado en una entrada de gravilla, frente a una pequeña cabaña. El coche era una chatarra: todo el lateral estaba abierto y abollado, las ventanas ennegrecidas, rotas o ausentes. Estaba agujereado y roto.

El pie decía:

Trescientos dólares en la subasta y he tenido que remolcarla hasta casa. Aún no lo sabe, pero será mi *Niña*, mi *Pinta* y mi *Santa María*. Navegaremos juntos por el océano estrellado.

Náuseas.

Miré la cabaña que había justo detrás del autobús. Así que allí era donde vivía mi padre. Ventanas rojas, una puerta roja, refugiado debajo de un enorme pino. ¿Dónde estaría aquello?

La fotografía tenía más de *cien* comentarios, entre ellos uno de alguien que se llamaba Georgina Paraholt, que decía: «Has adoptado a muchos desahuciados a lo largo de los años, Jonny, pero este es una verdadera maravilla».

¿Jonny? ¿Desahuciados?

Las fotografías siguientes eran primeros planos del autobús destrozado. Luces rotas, tubo de escape oxidado, alfombras podridas. Pero me crucé con una que me dejó perpleja: un selfie que se había hecho en un día soleado. En la fotografía, mi padre reía, con un taladro en su mano libre. Detrás, el autobús descansaba sobre algunos ladrillos como un paciente que espera su operación. Pero no podía apartar la vista de mi padre. El hombre que yo había conocido valoraba el orden y eso se reflejaba en su expresión impenetrable, en la sobriedad de su armario. *Aquel* hombre, sin embargo...

Su pelo era más largo de lo que recordaba y estaba aclarado por el sol. Apenas había envejecido. Tenía una espesa barba y un fuerte bronceado. Las arrugas en sus ojos se habían profundizado, pero la combinación de todas esas cosas lo hacían tener un aspecto más juvenil. Un hombre libre de ataduras.

¿Ese era mi padre? ¿Viviendo en aquella alegre cabaña con collares de cáñamo y cuentas? ¿Que escribía cartas de amor al universo en una página web y que restauraba autobuses destrozados?

Debajo de la fotografía:

¡Día uno de la Operación Stargazer! Mucho trabajo por delante para este hermoso bebé.

El primer comentario era otra vez de Georgina: «¡Mi sexy cabra de montaña!».

Diu.

A lo largo de siete fotografías el Volkswagen se iba transformando. Aparecieron neumáticos de banda blanca. Le habían vaciado el interior y lo habían lavado a máquina. Habían sustituido la vieja transmisión por una nueva. Nunca había reconocido a mi padre por ser habilidoso, pero había documentado un proyecto de construcción en las entrañas de aquel autobús: había diseñado el esqueleto de un espacio para vivir, con una cama, alacenas, compartimientos, una estantería, un fregadero. Había reemplazado las ventanas, lijado y pintado la estructura. Había colgado cortinas y llenado las alacenas. La gran hazaña había sido el tragaluz que había instalado en el techo, coronado por un panel deslizable.

La fotografía final: el Volkswagen terminado, aparcado en una planicie rocosa. Una hilera sombreada de montañas recorría el horizonte, púrpuras en la luz tenue del atardecer. Una hoguera, una columna de humo arremolinándose hacia el cielo. Y allí, asomando por el tragaluz, el cuerpo de un gran telescopio, apuntado al cielo.

Estaba equivocado. Ella no es mi Santa María. Es mi Autobús estelar andante, mi mágico Hubble sobre ruedas.

«Mantendré la cabaña caliente y a la espera», había escrito Georgina, «mientras tu dama y tú recorréis la tierra».

Ah, cuánto la odiaba. Seleccioné su nombre y en su fotografía de perfil vi a una mujer riendo, con los ojos ligeramente cerrados, tenía el pelo rubio lacio, atado con una cuerda. Era bonita y probablemente fuera una década mayor que mi madre. Tampoco estaba sola: parte del rostro con barba de mi padre, con los dientes a la vista por su risa silenciosa, estaba presionado contra su mejilla. La siguiente fotografía era perturbadoramente íntima, se había hecho desde el interior de una carpa. La entrada estaba abierta y se extendían pinos en la distancia. En primer plano se veían dos pares de piernas desnudas, enlazadas. Cuentas alrededor de los tobillos de ella, tatuajes del sol y de la luna en cada empeine. Las otras piernas, estaba segura, pertenecían a mi padre.

Fue suficiente.

No quería formar parte de ese mundo. Por primera vez me sentí agradecida de que mi carrera en la astronomía no fuera a despegar. Mi padre claramente aún veía las estrellas. No quería formar parte de un mundo en el que tuviera que compartir los cielos con él.

Regresé a su perfil, decidida a cortar con esa nueva «amistad». La página se recargó lentamente y, cuando terminó, vi un círculo rojo en el icono de «Mensajes».

Maldición.

33
Zach

Había tenido que volver al instituto.

Derek había hecho su magia. Todo el personal de la administración lo adoraba. El instituto había sido más difícil para él que para los otros chicos, así que él solo había trabajado más duro y se había ganado a una gran cantidad de profesores en el camino. Hacían lo que podían para ayudarlo y, por extensión, a mí también. La señora Grace lo arregló todo para que pudiera recuperar el crédito que me faltaba después de clase, por insistencia de Derek, dejé mis dos trabajos y pasé cada hora libre estudiando, intentando recuperar el tiempo que había perdido. Para finales de abril ya me había puesto al día y mejorado mis notas. No era nada especial, pero al menos todo no había acabado por ser una cadena de desastres.

Me había vuelto muy hábil en el arte de evadir a Vanessa. A ella no le gustaba, lo sabía; buscaba mi mirada con frecuencia, y en una ocasión había recibido una nota durante nuestra clase de Educación para la Salud. Dejé la nota sobre mi mesa al acabar la clase, sin abrirla. ¿Estaba enfadado con ella? No lo sabía. Lo que sí sabía era que no podía encontrar un modo de dejar a un lado todo lo que había hecho. Siempre había sabido lo de su padrastro. Sabía lo que él y la empresa para la que trabajaba significaban para mi familia. Y me lo había ocultado. ¿Qué pensaba que pasaría?

Cuando se lo dije a Derek, él reaccionó de forma sorprendentemente tranquila. De hecho, se puso del lado de Vanessa.

—La chica te quería, Z. Y, vamos, los dos sois todavía unos críos. Aún no tienen ni idea de cómo desenvolverse cuando las cosas se complican. —Yo protesté, pero él me calló—. Espera unos años. Ya entenderás lo que quiero decir.

—La hija de mi enemigo es mi enemiga —afirmé. Después, frustrado por la confusión en su cara, me exilié en el baño, ya que no tenía la puerta de una habitación que poder golpear. Abrí el agua del lavabo intentando ahogar la risa de mi hermano, solo un momento. El agua costaba dinero.

Me miré en el espejo e intenté recordar la última vez que había estado tan enfadado. «Solo hace lo que le piden», había dicho Vanessa, pero eso no cambiaba nada. Podría haber dicho que no era personal. Pero ¿cómo podía *no* serlo? Nuestro padre ya no estaba.

La primavera que había seguido a la muerte de mi padre. Mi primera semana de vuelta en la escuela.

Esa había sido la última que había estado tan enfadado.

Mis compañeros habían mantenido la distancia, como si la tragedia fuera contagiosa. Durante los exámenes, había visto a mis profesores estudiándome atentamente. «¿Estás bien?», preguntaban con los ojos. Después de clase me llevaban a un lado: «¿Estás bien?».

Bobby Longdale había sido testigo de uno de esos intercambios con un profesor, y había escrito un cartel que había levantado en clase para que todos vieran:

¿EL PEQUEÑO ZACHARY ESTÁ BIEN?
¿EL PEQUEÑO ZACHARY NECESITA HABLAR?

Se oyeron las risas nerviosas y las carcajadas ahogadas de mis demás compañeros. Animado, escribió otro y también lo sostuvo en alto.

¿EL PEQUEÑO ZACHARY EXTRAÑA A SU PAPI?

Hasta ese día, no había sabido realmente lo que significaba ver en rojo. Si hubiera logrado atravesar la habitación antes de que el señor Ballard me rodeara con sus brazos, creo que le habría roto la mandíbula a Bobby. Pero a Bobby lo mandaron a la oficina del director y yo pasé el resto del día en la enfermería, tumbado en silencio sobre una camilla en la oscuridad. Sentí que había vuelto a ser un niño y reviví los recuerdos del día en que Bobby había derramado leche sobre mi trabajo de arte y yo lo había cubierto con lasaña. Al recordar eso también volvió a mi memoria el gentil discurso de mi padre acerca del amor y el enfado.

A veces pensaba que ese enfado nunca se había ido. Que siempre estaba ahí, acumulándose bajo una gruesa capa de arrepentimiento. Pensaba que si tan solo me hubiera permitido *sentirlo*, tal vez las cosas no habrían sido tan difíciles. Tal vez solo necesitaba dejarlo salir. ¿Pero contra quién? ¿Contra los nombres que firmaban todos aquellos documentos legales? ¿Contra el padrastro de Vanessa? ¿Contra Derek, por no ser mi padre?

¿Contra mi padre, por no estar?

De pronto, me sentí cansado. Cansado de estar enfadado, de ser una víctima. De mantener encendida dentro de mí una llama que solo me quemaba a *mí*. Durante un momento, vi lo que Derek había querido decir. El accidente no había sido culpa de Aaron Bartlett. Si él no hubiera escrito esas cartas, lo habría hecho cualquier otra persona. Vanessa ni siquiera tenía un papel en toda aquella historia. ¿Qué se *suponía* que debía decirme? ¿Y cuándo? ¿La noche que fuimos al barco, cuando estábamos tan cerca? ¿Cuando le hablé de mi padre?

Es muy triste, podría haber dicho. *Emm... por cierto, vivo con el hombre que está intentando que enterréis el hacha de guerra. ¡Ups! ¡Lo siento!*

Derek tenía razón. Ella no tenía la culpa.

Pero aún me dolía mirarla.

Así que en el instituto me mordía la lengua. Cuando recordaba la intimidad que había existido entre los dos, apartaba la idea de mi mente. Me había grabado una frase como un mantra: *Se acabó. Eso es todo.* Yo había terminado con ella y ella conmigo. No había más. Tenía otras cosas en las que centrarme. Como la universidad, donde quizás todo fuera diferente. Donde tal vez *yo* pudiera ser diferente.

Así que me concentré en graduarme. No importaba cuánto dinero creyera Derek que podía ahorrar, sería insignificante para la matrícula de la universidad. Por lo que cada noche, después de hacer los deberes, él y yo nos dedicábamos a rellenar solicitudes de préstamos y ayuda financiera. Abril se convirtió en mayo; llegó el baile, pero no asistí. Hacia el final del año, ya no estaba enfadado con Vanessa. No hubo más notas; ya no buscaba mi mirada en el pasillo. Lo había aceptado también. Y yo dejé de pensar en ella.

Pero eso cambió el día que vi una fotografía de su madre junto con otros miembros del ayuntamiento. El titular que había sobre su cara decía:

CONTROVERSIA EN EL AYUNTAMIENTO
La apuesta de los miembros del ayuntamiento
en el complejo turístico, fracasa.

Así que a eso se refería Vanessa. No era culpa mía. El escritor del artículo lo describía como «un disparate de enormes proporciones» y citaba a la esposa anónima de otro miembro del ayuntamiento, que decía: «Quiero matarlo, después quiero divorciarme y luego quiero matarlo otra vez».

Incluso, pese a cómo habían resultado las cosas entre nosotros, me sentí muy mal por nuestra discusión, por no haber estado allí para ella. Pero volví a mi mantra. Habíamos terminado; su felicidad nunca había sido mi responsabilidad y estar allí para ella... bueno, eso tampoco era cosa mía. Ya no. *Recuerda lo que ocurre cuando dejas entrar a alguien*, me dije. Hacía que te sintieras bien durante algún tiempo. Dolía mucho más luego.

Ya había tenido suficiente sufrimiento. Así que la dejé en paz.

Y como si nada, terminó mi último año. Ya no habría más deberes, se acababan las clases. Unos meses antes de marcharme consideré regresar a Dot's. Podía volver a pedir trabajo. Podía trabajar todo lo que pudiera antes de irme, guardar todo lo que pudiera en la cuenta familiar.

Es decir, esa era una opción.

Había otra a la que seguía dándole vueltas, escondida en un rincón de mi mente.

Cuando las niñas se fueron a dormir, Derek y yo lo celebramos en silencio. Él abrió una botella de cerveza y me ofreció otra.

—Por hacer las cosas bien —dijo y levantó la botella.

—Por hacerlo bien —coincidí.

Nos sentamos en unas viejas sillas sobre el césped que funcionaba también como patio trasero. La ventana de la habitación de mi madre estaba abierta, el ruido del ventilador se escuchaba a través de la brisa. Un barco de pesca se escuchó en algún sitio de la costa.

Mientras Derek se acomodaba en su silla y soltaba un suspiro de alivio, yo apoyé mi cuaderno en una rodilla y dibujé ociosamente bajo la luz de la cocina. Podía escucharlo tragar y chasquear ligeramente los labios.

—He estado pensando —comencé a decir, lentamente.

—Oh, oh.

—He estado pensando que debería irme… antes.

Derek giró su cabeza y analizó mi mirada. Después tamborileó con los dedos sobre la botella.

—¿Como cuánto antes?

—Pensaba que, tal vez, como… mañana.

—¿Por qué tan pronto? —preguntó con el ceño fruncido.

—Es una buena idea —respondí, me senté derecho y dejé el cuaderno a un lado—, me voy mañana, llego allí con, ¿qué? ¿Unos cuantos meses antes de que comience el semestre? Me daría tiempo para conocer la ciudad. Para acostumbrarme a su ritmo.

—Disponerte a hacerla tuya —reflexionó Derek. No estaba en desacuerdo; me daba la sensación de que solo estaba ordenando sus pensamientos, reacomodándolos para poder hacerse a la idea—. Ir un paso por delante de los demás estudiantes.

—Conocer el sitio desde el primer día —señalé—. No perderme por los pasillos. Nada de eso.

—¿Los dormitorios están disponibles tan pronto? —Me miró de lado, luego apuntó su botella hacia afuera—. No sé por qué lo pregunto. No habrías planeado todo esto en secreto sin haberlo investigado todo antes.

—Se llama trabajo presemestral —expliqué—. Te dan trabajo en el campus, en mantenimiento o en la cafetería, o lo que sea, y a cambio puedes escoger tu dormitorio y vivir allí sin ningún costo hasta que comiencen las clases.

—¿Pero te pagarán o solo te dan alojamiento?

—Pagan, un poco.

Suspiró, resignado.

—Si te marchas mañana, no te veré graduarte.

—Esa es la cosa. Y me siento mal por eso. Siento que deberías verme hacerlo. Tú también te lo has ganado.

—Z., vamos. —Pero lo pensó y después dijo—: Estás listo para comenzar, ¿no es así?

—Creo que lo estoy —asentí.

—Bien, supongo que podrán enviar tu diploma por correo electrónico —dijo finalmente—. Me gusta la idea —continuó—. Todos esos chicos en el escenario, brincando y posando con sus togas y, mientras tanto, tú irás por delante de todos ellos.

—No es una competición.

—Sí, sí. Lo sé, lo sé. —Apuntó su botella hacia mí—. Aun así. —Terminó su cerveza, luego entró a buscar otra—. ¿Has arreglado las cosas con la chica? ¿Con Vanessa?

Miré mis pies, lo que pareció respuesta suficiente.

—¿Es parte de la razón por la que quieres irte antes?

Me encogí de hombros.

—Sabes —continuó Derek y volvió a hundirse en su silla—, Leah y yo intentamos seguir juntos cuando me fui a la universidad. No funcionó. Lanzas a un chico joven a una universidad donde conoce a muchas otras chicas que parecen interesantes, las cosas pasan. Ves tu hogar demasiado lejos.

—No es eso —dije, y no lo era. No me gustaba la idea de cruzarme con ella en la graduación, o en la ciudad a lo largo del verano. Lo que fuera que hubiera habido entre nosotros, simplemente ya no estaba. Ni mejor ni peor que cualquier otra aventura típica de instituto. No éramos especiales.

—¿Hay algo más, entonces? —preguntó Derek. Me analizó, y después suspiró—. Siempre se te ha dado bien echarte toda la carga, Z., aunque nadie lo haga, tú lo haces por tu cuenta.

—Estoy muy emocionado. No lo estaba, pero ahora lo estoy. Solo… —dudé—. Solo que no sé si puedo…

—No —me interrumpió. Luego me entregó su cerveza—. Toma esto. Espera. —Una vez más, desapareció dentro de casa. Cuando regresó un momento después, traía un sobre.

—¿Qué? ¿Quieres que pague las facturas antes de irme? ¿Un último trabajo?

Eso lo hizo reír. Su voz se había vuelto grave y baja últimamente, y me pregunté si las inmersiones profundas, de algún modo, tendrían algo que ver. Tal vez la presión, la mezcla de gases que respiraba afectaba a sus cuerdas vocales. Intenté recordar si la voz de mi padre había sufrido ese cambio, pero la suya siempre había sido fuerte, sonora y profunda.

—Esto te tranquilizará un poco —afirmó y me entregó el sobre.

Tenía el logo de la empresa para la que trabajaba. Lo miré, después abrí el sobre y encontré un cheque. No era nada nuevo; nos habíamos sentado a la mesa juntos muchas noches, para contar lo que ganábamos cada semana. Como compañeros de naufragio, cada uno sacaba el agua del barco para mantener a flote a la familia.

—Continúa.

Saqué el cheque y casi me ahogo al ver la cifra que contenía.

—Tu *cara*, Z. Dios, tu *cara* —chilló. Tosí y golpeé mi pecho con un puño. Mis ojos se llenaron de lágrimas.

—¿Esto es real?

Sacó su credencial de buzo de su chaqueta y me la entregó. Estaba nueva y reluciente, impresa en letras rígidas y brillantes. Vi la nueva certificación de inmediato.

—Has ascendido —dije, perplejo.

—Nivel Dos.

—No me lo habías dicho.

—No quería arruinarlo. Ahora ya lo sabes.

Giré la credencial en mis manos. Como buzo, había estado a dieciocho metros de profundidad durante todo el último año. Había comenzado a sumergirse hasta tal punto que necesitaba una mezcla de gases en su tanque. Pero el Nivel Dos, aquello implicaba bajar a una profundidad bastante grande. Si Derek seguía ascendiendo, acabaría trabajando bajo el agua durante semanas, viviendo en un pequeño habitáculo metálico.

—¿A qué profundidad te permiten llegar ahora? —pregunté—. ¿Treinta metros?

Negó con la cabeza.

—¿Cuarenta? —esperé, pero él solo me miró, altivo—. ¿*Cuarenta y cinco*?

—Cincuenta y cinco —anunció—. Y, hermano, ahí es donde empiezas a ver a todos aquellos monstruos marinos de los que nos hablaba nuestro padre. —Recuperó su credencial y continuó—. Mi consejo, Z.: aclara tu condenada mente. Con lo que ganaré ahora, tal vez pueda contratar a alguien que ayude con nuestra madre y las niñas. E incluso enviarte algo alguna vez.

Nos bebimos nuestras cervezas. La luna flotaba sobre nosotros como si estuviera atada a nuestras sillas.

—Estaría orgulloso, ¿sabes? —dije después de un tiempo—. Te hubiera hecho una fiesta.

—No hubiera sido una *buena* fiesta —comentó Derek y chocó su botella con la mía.

Reí al recordar lo malo que era mi padre para organizar cosas.

—¿Te acuerdas cuando fuimos a la playa y tuvimos que nadar en ropa interior porque había olvidado llevar algo que se pareciera a unos bañadores? —dije.

—Estaría orgulloso de ti también —afirmó—. El primer universitario de la familia. Bueno —se corrigió al reconsiderarlo—, el primero en graduarse al menos.

—Una pretenciosa universidad de *arte* —comenté.

—Universidad de todas formas.

—Universidad de todas formas —coincidí.

Por la mañana, Derek me explicó que ya le habían asignado sus turnos. Tendría que pasar seis días en la plataforma. No me gustaba la idea de dejar la casa mientras él no estaba, pero Leah me aseguró que se quedaría en casa con mi madre y con las niñas.

Mi madre.

No le dije que me iba. Me senté junto a ella, con la esperanza de que pudiera atravesar la niebla para verme. Pero se quedó allí tumbada e inmóvil, con los ojos ligeramente abiertos. No emitió ningún sonido cuando apoyé mi mano en su mejilla. Le dije que la quería, después la besé como siempre.

En la entrada, Derek rodeó a Leah con sus brazos.

—¿Estás segura de que estarás bien? —le preguntó—. Traeré a las niñas de vuelta a casa en unas horas, pero luego me tendré que ir a la plataforma y…

—Estaremos bien —respondió Leah—. Siempre lo estamos. —Después se dirigió a mí—. Z., sé bueno con las chicas que conozcas. Y trata de no ruborizarte. Tu cabeza parece completamente roja.

Mientras Derek seguía el curso de la autopista, me giré en mi asiento. Orilly se desvanecía detrás de nosotros. Pude ver el vecindario sobre la colina, en el que vivía Vanessa, y me pregunté si estaría mirándonos a través de su telescopio. Saludé por si acaso.

Tendría bastante tiempo en el viaje en autobús que me llevaría hasta el sur. Tal vez escribiera una carta. Tal vez no.

La estación de autobuses Greyhound era la más económica y estaba en San Luis Obispo. Durante el camino, les enseñé el juego de ¡Escarabajo! a Rachel y a Robin. Cuando ya estábamos a unos tres kilómetros fuera de Orilly, Robin vio un Volkswagen naranja y golpeó a Rachel tan fuerte que la hizo llorar. Les expliqué que debían ser amables la una con la otra, pero Rachel esperó ansiosa a ver el siguiente escarabajo para devolver el golpe.

Pronto se hizo evidente que no había suficientes escarabajos como para jugar, así que acordamos añadir más vehículos al juego. Para entonces, ya nos encontrábamos a unos cincuenta kilómetros de Orilly.

—El PT Cruiser —sugirió Derek—. Esos cacharros se ven tan ridículos como los escarabajos.

—Los escarabajos son geniales —protestó Rachel.

—Hummers —propuso Robin—. Son algo raras, pero no tanto.

—Oye, ¿cuentan las camper Volkswagen? —preguntó Derek. Señaló al otro lado de la autovía, donde un autobús de color azul se dirigía hacia el norte, hacia Orilly.

—Seguro —respondí—. ¿Por qué no?

—Entonces, ¡Escarabajo! —dijo y me dio un golpe en el hombro.

Teníamos que esperar una hora en San Luis, así que Derek nos invitó a comer burritos en Chili Peppers. Después paseamos por el Parque Meadow y vimos un partido de vóleibol en los cajones de arena. Cuando llegó la hora, envolví a las niñas en un abrazo compartido, besé sus mejillas, les di un consejo. Derek me abrazó con fuerza a continuación y palmeó mi espalda con su mano.

—Haz que esté orgulloso —dijo.

Quería decir algo reconfortante o significativo, pero no confiaba en mi voz, así que solo me despedí con la mano mientras el autobús se alejaba. Me arrodillé en el asiento y los observé hasta que se desdibujaron sus siluetas sobre la estación de Greyhound, agradecido de que no pudieran ver mis ojos.

34
Vanessa

Nunca había conocido a los padres de mi padre y él nunca había hablado de ellos. Mi madre solo me había dicho, vagamente, que no tenían una buena relación. Después de que mi padre se fuera, cuando mi madre estuvo segura de que no regresaría, guardamos todas sus cosas en cajas y las dejamos en el garaje. Con qué fin, no lo sabía; él nunca regresó a por ellas. Mientras trabajábamos, me encontré con una llave desconocida y se la enseñé.

—Por Dios —dijo y me guio al armario que había debajo de nuestra escalera. De un pequeño espacio que yo no sabía que existía, sacó una caja fuerte ignífuga.

Dentro de la caja había cosas que parecían sacadas de otra vida, de otro tiempo: un encendedor Zippo rayado; una placa de policía golpeada; una tarjeta de la Asociación de Árbitros de Fútbol, desgastada por el tiempo. El nombre impreso en la tarjeta era PHILIP EMERSON DRAKE.

—Tu abuelo —me explicó mi madre.

En una carpeta llena de documentos amarrillos, encontramos un certificado de matrimonio con los nombres de Philip E. Drake y Haley Rose Sanders y otro de divorcio con fecha de veintiún años después, sellado por el Juzgado de California.

—A tu padre no le gustaba hablar de ello —continuó mi madre, pero me explicó la historia que él le había contado, de mala gana, sobre unas vacaciones familiares. Un viaje por el Medio Oeste. Mi abuelo había abandonado a su familia en una parada de aquella carretera—. Nadie se dio cuenta de que se había marchado hasta que, tras pasada media hora, no regresó del baño —me explicó mi madre—. Tu padre tenía diez años. Nunca volvió a ver a tu abuelo.

Ese día comprendí que lo que mi padre nos había hecho era, tal vez, inevitable. Que quizás yo no volvería a verlo a él. ¿Era culpa suya tener la sangre de un cobarde, ser demasiado débil como para superar sus predisposiciones genéticas? Me prometí a mí misma que nunca le haría a nadie lo que él había hecho.

Eso había sido antes de alejar a Cece. Antes de mentirle a Zach sobre quién era.

Así que.

No respondí a su mensaje de Facebook. No se lo conté a mi madre, ni a Aaron. Pensaba que si lo ignoraba, mi padre desaparecería. Había demostrado que era muy capaz de hacer justo eso.

«Sé que probablemente estés enfadada», había escrito. «Confundida incluso. Hay algunas cosas que me gustaría decirte, pero no así». Había más palabras, pero todas se fusionaban unas con otras. No quería leerlas.

Él sabría, por supuesto, que había leído el mensaje. Facebook se lo diría. Pero no respondería. No le daría esa satisfacción. En cambio, tenía la esperanza de que mirara la pantalla durante horas, esperando mi respuesta. Durante semanas. Para siempre. Merecía exactamente eso.

Así que no respondí. Lo eliminé como amigo.

Al menos Facebook era imparcial. Hacía que fuera fácil fingir que nada había pasado. Presionando el botón, mi padre desaparecía de nuevo. Prefería que continuara fuera de mi vida y se desvaneciera en su cabaña en el bosque, a la que pertenecía.

Hasta el día en que llegué a casa y encontré un autobús Volkswagen aparcado en nuestra entrada y a mi padre apoyado en él.

Dot's estaba casi vacío, para mi disgusto. Esperaba que estuviera lleno de gente y de distracciones. Tener público, en caso de que necesitara hacer una escena. Pero solo había dos clientes en una de las esquinas, en un reservado. Había un camarero apoyado en un mostrador, masticando goma de mascar, mirando la pantalla de su teléfono, aletargado. De la cocina, llegaban risas.

Había escogido Dot's para asegurarme una multitud, sí, pero pensando también que Zach pudiera estar allí. Si las cosas iban mal con mi padre, Zach intervendría. Era esperar demasiado, pero me aferraba a cualquier idea que pudiera salvarme de aquella situación.

Mi padre se había sentado al otro lado de la mesa. Esperaba pacientemente, supuse, que yo hablara primero. Intenté hacerme a la idea mientras trataba de acallar la tormenta que rugía en mi interior. Cuando finalmente abrió su boca, solté:

—Tengo que ir al baño. —Y me alejé. Me escondí el mayor tiempo posible. Me lavé la cara. Cuando volví a salir, casi tropiezo con uno de los asistentes y su bandeja llena de platos. El joven me esquivó con una disculpa y comenzó a limpiar una de las mesas que había quedado libre.

—Disculpa —le dije—. ¿Zach, emm, trabaja hoy?

—¿Quieres su trabajo? —preguntó con el ceño fruncido.

—¿Si quiero su trabajo?

—Sí, chica. Hace ya un tiempo que lo dejó. He escuchado que se ha mudado.

—¿Se ha *mudado*? —Parpadeé. No, eso no era posible. Zach estaba enfadado conmigo, pero no iba a dejar la ciudad sin despedirse. ¿O sí?

Lo traicionaste, Vanessa. Así que, sí, tal vez lo ha hecho.

Regresé confundida a la mesa con mi padre. Me senté, él intentó tomar mi mano.

—Cass, cariño, ¿estás bien?

Cass. Cariño.

Esas palabras. No lo había escuchado decirlas (no lo había escuchado decir *nada*) en mucho tiempo. Y resucitaron recuerdos que había archivado. La forma casual en la que había echado a perder todo lo que yo quería. Las largas noches que pasaba lejos de casa sin ninguna excusa, la forma en la que discutía con mi madre y trataba de hacerla parecer una loca, cuando simplemente le preguntaba dónde había estado.

Aparté mi brazo, repentinamente enfadada. Él seguía sentado allí, llamándome como a una mascota. Como si nada hubiera cambiado. Como si él todavía pudiera formar parte de mi vida.

—Bueno, tranquila. —Levantó las palmas de sus manos.

—No soy tu maldito caballo —sentencié. Él suspiró, como si no le sorprendiera mi actitud, como si un poco de arrogancia por mi parte fuera el precio a pagar por verme; y eso me cabreó aún más—. Ah, *discúlpame* —agregué—. ¿Ya es suficiente? Puedes irte cuando quieras.

—Estoy bien —respondió y se acomodó en su sitio—. ¿Y tú?

—¿Mi madre sabe que estás aquí? —pregunté—. Porque no *debería* y tú no deberías decíselo. Por fin es *feliz*, ¿sabes? —La palabra casi se me atragantó en la garganta. Era verdad, a grandes rasgos, que mi madre era feliz. Pero los últimos meses no habían sido precisamente una fiesta.

—No. No, ella no lo sabe. He venido por ti. Solo para verte.

—Así que al menos te importa una de nosotras. —Me crucé de brazos—. Eso es bueno. Si no querías que ella se diera cuenta, ¿por qué has aparcado en la entrada? Capitán Obvio. Ahora que lo pienso, ¿cómo has sabido dónde encontrarnos? ¿Has estado espiándonos?

—Sabía que estarías enfadada —dijo. Miró para otro lado, entornó los ojos hacia el sol de la tarde—. Tienes derecho a estarlo.

—*Gracias.*

—No esperaba que aceptaras el asunto ese de Facebook.

Asunto. Como si no fuera un experto en redes sociales, con sus álbumes fotográficos, sus blogs y su novia hippie. Allí sentado con su apariencia campechana, con su collar de cuentas y su camisa de lino y sus gafas de carey.

—Fallo mío —dije.

—Estás… —Se quedó en silencio y me pregunté qué era lo que quería decir. *¿Hostil? ¿Agresiva? ¿Más malvada de lo que recordaba?*—. ¿Podemos solo… hablar, tal vez?

—Habla, si quieres —concedí, con los brazos abiertos—. Estás aquí por alguna razón, supongo. ¿Qué quieres?

Con un rayo de esperanza en sus ojos, se inclinó hacia adelante.

—Nunca he dejado de pensar en ti —comenzó. Debió ver los puñales en mis ojos, porque levantó sus palmas una vez más, como si se protegiera de un ataque—. Sé que debes pensar que soy un padre horrible, Cass. Quería contarte algunas cosas. No hace falta que respondas. Espero que me escuches.

—No me llames así.

—Sé que estás a punto de graduarte —continuó y miró sus manos—. Tengo un regalo para ti.

—No lo quiero.

—Oye, escúchame. ¿Puedes al menos hacer eso?

Le enseñé mi expresión más desafiante. Sabía que estaba siendo insolente, pero era la ocasión perfecta para dejar salir mis instintos más básicos. Estaba *enfadada*. No me había dado cuenta de lo enfadada que había estado, ni por cuánto tiempo. Con él. Con mi madre. Con el mundo. Y ahora llegaba él, engañándose a sí mismo al pensar que tenía una oportunidad para arreglar las cosas. Como si no hubiera aniquilado esa oportunidad años atrás.

En ese momento no era más que un blanco perfecto.

—Da igual, *Jonathan*.

—Yo… —se estremeció—. Quiero que te quedes con Andrómeda.

—¿Tú… *blog*? —Lo miré.

Eso lo hizo reír. Pero no había sitio para la ligereza o el humor. No en ese momento, ni nunca.

—No, Cass… Lo siento, *Vanessa*. No es el blog, aunque si lo quieres también puede ser tuyo, si tú…

—Al diablo con tu blog.

Volvió a suspirar, después señaló hacia al aparcamiento con su cabeza.

—El autobús. A eso me refería.

—No hablas en serio.

—Hablo muy en serio.

—No quiero tu maldita y vieja camioneta.

—Autobús —me corrigió—. Y… Está bien, de acuerdo. Es tu decisión, por supuesto. Pero es tuya. Siempre lo ha sido, lo supe desde el momento en que la vi.

Patrañas. Había leído lo que había escrito. Su *Niña*, su *Pinta* y su *Santa María*, su Hubble sobre ruedas, su autobús espacial. No, me estaba mintiendo. Algo quería.

—Es toda tuya —insistió—. Arecibo sobre ruedas. Una instalación de observación estelar móvil.

—Arecibo es un *radiotelescopio.*

—Palomar, entonces. Griffith. Lo que quieras —señaló—. ¿Ves ese tragaluz? El telescopio sale justo por ahí. La conduces hacia una pradera, o a un cañón. Sin ningún tipo de contaminación lumínica. Puedes ver cosas *increíbles.*

Eso sí que lo recordaba de él. La forma en que idealizaba el cielo. La mujer con la que ahora compartía su vida había bromeado al respecto. Me pregunté si habría tenido sexo con ella en la parte trasera del autobús que ahora decía, había comprado pensando en mí. Estaba segura de que lo había hecho.

—No puedes comprar mi perdón —afirmé.

—No esperaría que mi perdón fuera tan económico.

—No puedes pagarlo —balbuceé—. Créeme.

Dejó pasar eso. Se mantuvo en silencio mientras el camarero se acercaba a rellenar su vaso de agua. Cuando se fue, dijo:

—Aún quieres ir a Cornell, ¿eh? Sigues siendo una acólita de Sagan.

—¿Y qué? —Eso me tomó desprevenida.

—No vayas.

—¿Perdón? —Fruncí el ceño.

—No vayas —repitió. Siempre había odiado la idea. Pero nunca me había dicho que no fuera, incluso cuando se burlaba de mí—. Al menos... no todavía.

No vayas. No le dije que tenía un correo en mi bandeja de entrada aún sin abrir de la institución que él aborrecía. Asunto: *Decisión sobre lista de espera.* No le dije que estaba allí desde marzo, que no había tenido valor de abrirlo. Que había decidido que tal vez lo mejor fuera no saber nada; no aún, quizás nunca. *No vayas,* en efecto. No, no, esa decisión ya la había tomado yo sola—. ¿Tienes una idea mejor? —pregunté.

—La tengo. —Abrió las manos, como un productor de Hollywood que imagina el nombre de una nueva estrella—. Tómate un año libre. Ve el mundo. Para endeudarte para ir a la universidad siempre vas a estar a tiempo.

—Los años libres no suelen ser una buena idea. Todo el mundo lo dice. —Eso no era necesariamente cierto, pero quería llevarle la contraria. No me importaba que tratara de convencerme con sus indiscutibles argumentos, no tenía intención alguna de darle la razón. Si hubiera señalado hacia el sol y hubiera dicho que era una estrella, le hubiera dicho que el sol, de hecho, era un trasero.

—Confía en mí, Ca… Vanessa.

—Confiar en ti.

Él asintió.

—Confiar —repetí—. En *ti*. Lo dices en serio.

—Cuando tengas mi edad, te darás cuenta de dos cosas —continuó—. Primero: siempre puedes regresar a la universidad. Cornell va a seguir en el mismo sitio. Les gusta el dinero. Te aceptarán cuando seas mayor también, te lo prometo. Y segundo: *desearás* haber desperdiciado un *mínimo* de trescientos sesenta y cinco días de tu juventud.

—¿Por eso te fuiste? —le pregunté—. ¿Porque echamos a perder tu diversión?

—No lo he dicho en ese sentido. —Su expresión se oscureció.

—Ser adulto te resultó difícil. Querías volver a ser joven. ¿Es eso? —No podía dejar de atacarlo. Me *gustaba* lo que me hacía sentir—. Así que simplemente te deshiciste de nosotras, ¿no? Un peso extra que no necesitabas. Un lastre. Lanza a tu mujer y a tu hija por la borda, solo son un estorbo en…

—No lo he dicho en ese sentido —repitió.

—¿Y en qué sentido lo querías decir?

—Lo he dicho con buena intención. —Sabía que solo había conseguido acorralarse a sí mismo.

—Cierto. Siempre has tenido buenas intenciones. ¿Verdad? —Lo miré durante un momento, hasta que apartó la vista—. ¿Realmente has venido hasta aquí solo para endosarme tu horrible camioneta y decidir mi futuro?

—Solo quería ayudar —afirmó. Después agregó débilmente—. *Soy* tu pa...

Ahí estaba. No lo dejaría decir la palabra.

—No —lo interrumpí—. No lo eres. Nunca lo has sido. —Me incliné hacia adelante y deseé tener garras—. Un padre que quisiera tener una remota posibilidad de que lo perdonaran habría comenzado con una disculpa. No con un soborno. Has dicho que tenías cosas que decir. ¿Bien? ¿Cuáles eran? Aún no he escuchado nada.

—Solo ponte al volante —ofreció. Aún intentaba comprarme—. Conduce hacia las Rocallosas. Por la Autopista Alaska. Aparca en algún sitio bajo las estrellas. Duerme bajo la Vía Láctea. Observa la aurora borea...

—*Dios.* Tienes intención de seguir por ahí.

Estaba alterado.

—Crees que la universidad tiene cosas que enseñarte que la vida no te enseñará —dijo—. Te prometo que te equivocas.

—Ah, no sé —repliqué—. Quizás me enseñe a no cometer los mismos errores que cometen los padres. —Su rostro palideció y yo apunté hacia él—. ¿Eso es lo que soy? ¿Alguna clase de «agente encubierto»? ¿Me casaré, formaré una familia y después ¡pum! algo en mí se despertará y simplemente los abandonaré en el camino porque nunca he podido nadar con tortugas marinas en la maldita Costa Rica?

Respiraba con dificultad cuando terminé. La camarera nos observaba desde el mostrador; detrás de ella, algunos rostros se asomaban por la ventana de la cocina. Él permaneció en silencio durante un rato.

—Así que no quieres el autobús.

—No si tú vienes con él.

—Eso depende de ti. —Dijo y negó con la cabeza.

—No voy a llevarte de vuelta a tu mugrienta comunidad.

—Puedo volver en un Greyhound o algo de eso. —Parecía tener esperanzas entonces—. ¿Eso significa que aceptas *Andrómeda*?

—Llaves. —Extendí mi mano.

Su expresión se encendió. Parecía un hombre que había obtenido lo que había ido a buscar y me di cuenta de que el autobús no era lo que yo había asumido que era. No era un soborno; era una ofrenda. Su fianza, su absolución. Entregarme el autobús lo liberaba de la horca. De todo. Buscó en su bolsillo un manojo de llaves y me entregó la del Volkswagen. Sonrió al dejarla en mi mano.

—Quédate aquí —le indiqué. Me acerqué al mostrador y le pedí un papel y un bolígrafo a la camarera. Sacó un menú para niños de una carpeta y dejó un rotulador Sharpie grueso en mi mano. Podía sentir a mi padre observándome mientras escribía, de espaldas a él. Cuando terminé, sin decirle una palabra, atravesé las puertas y salí a la calle.

En el aparcamiento, abrí el autobús y subí. Olía ligeramente a hierba y a humanidad. El autobús no era para mí. Nunca lo había sido.

En ese momento entendí lo que Cece había querido decir. «Estás mintiéndote a ti misma», había dicho.

Cornell nunca se había tratado de Carl Sagan. Eso era lo que me había dicho a mí misma y había resultado ser una mentirosa bastante convincente. No, Cornell se trataba de una cosa, solo de una cosa: el mayor *púdrete* que podía llegar a decirle a mi padre. Todos esos recuerdos en tono sepia que se habían acumulado en la superficie, las estrellas; se habían extendido sobre las cosas que había olvidado. Las cosas horribles que él había dicho. El modo en que me había disparado, como si lo hubiera decepcionado por no tener los mismos ideales románticos que él. No quería una hija. Quería a alguien que lo mirara con adoración.

Un clon. Pensé en la mujer de su página de Facebook. No. Él siempre había querido a una *groupie*.

¿Alguna vez había querido a mi madre? ¿A mí? ¿Cómo podía alguien abandonar a su familia?

Mi padre me observaba desde la ventana, con los ojos cubiertos por el sol; parecía perplejo, como si hubiera hecho un guion de ese intercambio con antelación, solo para que yo le prendiera fuego. Encendí el motor y lo saludé alegremente. Confundido, respondió, con su mano en el aire.

Mientras me observaba, me estiré y coloqué el menú infantil en el parabrisas, con lo que había escrito hacia fuera, para que pudiera leerlo.

SE VENDE
PRECIO BAJO

Su expresión se entristeció y se desplomó en el reservado, sin ánimo. Sentí una ligera sensación de victoria, pero después se puso de pie y esa emoción se agrió con adrenalina.

Necesitaba salir de allí. La transmisión emitió un desagradable sonido cuando lo puse en punto muerto. No sabía si mi padre era un inepto como mecánico o si yo era un desastre al volante. Salí del aparcamiento (gracias a Dios estaba vacío), después cambié a primera, conduje el autobús como una vieja experta, al menos hasta que choqué contra el borde de la acera a la salida. En algún sitio detrás de mí, al otro lado de una cortina de terciopelo (Dios, *terciopelo*), varios objetos retumbaron en el suelo. Si conservaba el Volkswagen, esa cortina sería historia. Y el autobús con total certeza tendría un nuevo nombre.

Andrómeda.

Mi padre se quedó de pie en la acera mientras yo conducía su autobús lejos de allí.

Dios, qué cretino.

35
Zach

El autobús a San Diego estaba medio lleno. A mi alrededor, las personas dormían, o veían películas en pequeños dispositivos, o movían sus cabezas al ritmo de la música. Durante un rato me dediqué a observar el paisaje que se desfiguraba delante de mí, luego abrí mi mochila, en busca de mi cuaderno. Justo encima, había dos sobres amarillos. Yo no los había puesto allí.

Abrí el primero y encontré un fajo de billetes de cien dólares. La piel se me erizó y miré a mi alrededor para asegurarme de que nadie hubiera visto lo que contenía. Nadie lo había hecho. Con cuidado, conté el dinero. Quince billetes. Nunca había visto tantos juntos. Y había una nota:

No te lo gastes todo en lápices, Z.

El segundo sobre era abultado y estaba cerrado por una banda elástica. Le di la vuelta y dejé caer el contenido. La brújula de mi padre se deslizó en la palma de mi mano.

Siempre había adorado aquella brújula y le había rogado a Derek que me dejara tocarla. La giré en mis manos, recorrí el nombre de mi padre y la fecha de su primera inmersión, talladas al dorso. Tenía las marcas de ese día: la tapa estaba abollada, quemada en algunas partes. Pequeños cortes en la superficie revelaban el metal brillante de debajo. La cubierta de cristal estaba rota y empañada, pero aún funcionaba. La aguja se movía lentamente para señalar al norte, hacia Orilly. La S indicaba la autovía que se extendía ante mí. San Diego. El futuro. *Mi futuro.*

Pensaba que la brújula se había perdido en el accidente. Pero Derek la había conservado durante todo aquel tiempo. Cuando volví a guardarla en el sobre, encontré otra nota:

Para que siempre puedas encontrar el camino de regreso a casa. Te queremos.

Estaba firmada por todos ellos: Derek, las niñas, Leah. Debajo de su firma, en letras pequeñas, Robin había agregado *y nuestra madre también.*

Me sequé los ojos y guardé el sobre, después me apoyé contra la ventana y comencé a dibujar. Retraté a Derek de perfil, en las sombras; dibujé a las niñas atacando un burrito, con brillo en los ojos. En Santa María, dibujé una camioneta atravesando campos de fresas, levantando nubes de polvo; en Santa Bárbara, la misión, dura contra el cielo de verano. Dibujé el océano, tranquilo, salvo por la líneas de espuma blanca que se desdibujaban en la costa.

Dibujé a Vanessa como la recordaba, sentada en uno de los laterales del barco de mi padre, con las piernas colgando, los hombros levantados. Trabajé en su sonrisa durante varios kilómetros, intentando capturar el modo en que reflejaba las cosas que ella y nadie más sabía, secretos que nunca le había contado a nadie. Supe que había sido un error marcharme sin verla una última vez. Dejar las cosas como estaban. Y me resultaba muy raro que fuera yo quien estuviera marchándome de Orilly, y ella no.

—Chico, ¿has recibido esto?

Levanté la vista y encontré a un hombre inclinado sobre mi asiento, con su teléfono en la mano. Había un pequeño mensaje en la pantalla, sobre el juego al que estaba jugando.

Alerta de emergencia.

Alerta de tsunami en el área. Evitad la costa. Dirigíos a terrenos altos lo antes posible. Seguid las noticas locales. SMN.

—No tengo teléfono —respondí—. ¿SMN?

—Tampoco sé a qué se refiere —admitió el hombre. Se levantó, con su teléfono en alto—. Oíd, ¿alguien más ha recibido esto?

—Servicio Meteorológico Nacional —respondió una mujer—. ¿Alguien se lo ha dicho al conductor?

Alguien lo había hecho. El conductor se salió de la autovía y entró en una gasolinera.

—Tenéis diez minutos —anunció a través del altavoz. La puerta se abrió y las personas desembarcaron rápidamente, hacia la tienda.

Yo guardé mi cuaderno en la mochila y me la colgué del hombro. El conductor estaba girando el autobús, en dirección a los surtidores, cuando me acerqué a hablarle.

—¿Regresará? —le pregunté.

—Tengo que avisar —respondió—. Os informaré cuando todo el mundo haya regresado.

En la tienda, los pasajeros se habían reunido alrededor del mostrador. Detrás de la caja había un televisor, en el que una mujer con expresión sombría informaba que se había producido un terremoto en el Mar de Okhotsk.

—Ha tenido lugar a unos ciento cincuenta kilómetros de la costa de Hokkaido —dijo—. El Servicio Geológico de los Estados Unidos ha anunciado que su magnitud fue de nueve punto dos. El terremoto de Tohoku, que se produjo hace unos años, fue de nueve puntos. —Hizo una pausa para escuchar una voz en su oído, después continuó—. Esperamos confirmación. El sismo ha ocurrido hace unos cuarenta minutos. Lo que implica que la isla espera grandes olas o un tsunami en este momento.

En los quince minutos siguientes, un experto del Servicio Geológico lo confirmó todo. *Tsunami.* La reportera y el experto recordaron el último terremoto que había ocurrido en Japón y las consecuentes olas y daños que había causado.

—En aquel terremoto, se declararon alertas y advertencias para toda la costa oeste de los Estados Unidos. ¿Los residentes deberían esperar lo mismo en esta ocasión?

La multitud de viajantes se inclinó atenta hacia adelante, para escuchar la respuesta.

—Absolutamente —respondió el experto y varias personas exhalaron con nerviosismo—. Los Estados costeros ya han sido alertados. Las olas que se producirán a causa de este movimiento sísmico se esperan en cuestión de horas.

La reportera se enfrentó a la cámara y anunció:

—El Servicio Geológico de los Estados Unidos ha declarado alerta de tsunami, la situación ha quedado por ahora confirmada, para los residentes de Alaska, Washington, Oregón, California y Hawái. Los habitantes de estas ciudades deben buscar refugio de inmediato en el interior y lo más alto posible sobre el nivel del mar. Voy a repetir esto…

Entonces la CNN dejó de retransmitir y en su sitio apareció la aterradora imagen de la carta de ajustes con sus coloridas líneas verticales, acompañada por un sonido agudo. El sonido se repetía de forma constante, y una voz tranquila pero firme declaró:

—Esto no es un simulacro. Atención. Atención. Os habla el Sistema de Alerta de Emergencia. Repetimos: Esto no es un simulacro…

—Oh, Dios —exclamó el hombre que me había enseñado su teléfono. Estaba paralizado por una noticia que estaba leyendo en la pantalla de su móvil—. Dicen que nueve punto dos es dos veces más que el último gran terremoto. Dicen que podría ocurrir en menos de una hora.

Nadie le estaba prestando atención. La gente buscaba y leía en sus propios teléfonos; algunos incluso habían echado a correr hacia el viejo teléfono público que se encontraba fuera. Me pregunté si seguiría funcionando. Dos veces más fuerte que el último terremoto, había dicho el hombre. La última vez que había visto un anuncio del Sistema de Alerta de Emergencia había sido en 2011, cuando el terremoto de Tohoku y el tsunami que ocasionó también provocaron alertas. Orilly había resultado intacta en aquella ocasión.

Pero yo no podía dejar de pensar en la maldita tormenta que nos había sorprendido en 2008. Aquella tormenta había sido como una advertencia para mi madre y para mí, pero mi padre no se la había tomado en serio, mierda, la tormenta le había hecho un regalo, básicamente: un barco que había podido pagar.

Así había sido entonces. Y en el presente sería mucho peor. Mucho peor.

No debería haberme ido.

Por encima del incesante sonido de la alerta que sonaba en la televisión, escuché al cajero gritar por teléfono:

—Mi hermana se ha quedado atrapada en el acuario. Tengo que recogerla —dijo—. Tengo que cerrar. Habrá que cerrar los surtidores también. —Supuse que estaba hablando con su jefe. Escuchó un momento, después continuó—. Gracias. —Y colgó.

—¿El acuario de Monterrey? —le pregunté. Él me ignoró.

—Amigos, tengo que cerrar. Haced sus últimas compras y buscad un sitio seguro en el que refugiaros lo más alto posible —anunció a los clientes que quedaban en la tienda.

—Si va camino a Monterrey, cubriré sus gastos de gasolina si me lleva una parte del camino —insistí.

—¿Dónde? —El cajero finalmente me miró.

—Orilly.

—¿Dónde? —Parpadeó.

—Orilla del Cielo —clarifiqué—. El pequeño pueblo petrolero que hay al norte de Big Sur, de camino a Monterrey.

Esperé afuera mientras terminaba de cerrar la tienda. Todos los demás subieron al autobús. El conductor me vio y se acercó para preguntarme si iba a subir o no.

—He conseguido que me lleven de vuelta a casa —respondí y señalé al cajero—. Mi familia está allí.

—¿Estás seguro, niño? —preguntó—. Me desviaré tierra adentro, hacia Bakersfield. Llegaremos allí mucho antes de que se produzca cualquier cambio climático.

No señalé que un tsunami era muchísimo más preocupante que un simple cambio climático.

—No puedo.

—Está bien, de acuerdo. —Asintió—. Mantente a salvo. —Luego regresó corriendo al autobús y cerró las puertas. Observé cómo se alejaba de los surtidores de gasolina hacia la autovía. Vi cómo el sol descendía con destellos dorados.

Mientras esperaba, saqué la brújula de mi padre. La *S* aún apuntaba a San Diego, pero yo solo podía pensar en regresar a Orilly. Me di cuenta de que había salido hacía solo unas horas y aquella condenada ciudad ya me estaba arrastrando de vuelta. Lo mismo que había hecho con Derek.

El cajero terminó de cerrar, después me llamó desde un viejo Honda Civic. Miré un momento el coche que me haría regresar en el tiempo, deshacer esas aquellas preciadas horas que me habían llevado hacia mi futuro.

—Soy Edgar. —Se presentó cuando entré en el coche y me ofreció una mano.

—Zach.

—No hace falta que me pagues la gasolina —dijo mientras yo me abrochaba el cinturón de seguridad—. Es un detalle por tu parte, pero voy hacia allí de todas formas. —Su teléfono sonó antes de que pudiera protestar y él contestó—. ¿Sí? Sí. No. Sí, no. Lo estoy. —Escuchó un momento—. No, no deberías hacer eso. —Otra pausa—. Correcto. No, no había pensado en eso. Lo más rápido que puedo.

Cerró su teléfono (uno de esos viejos modelos con tapa), después me lo ofreció:

—¿Quieres llamar a alguien?

Leah respondió sin aliento, al cuarto tono.

—¿Lo has escuchado, Z.? Escucha —dijo. No pude oír nada, luego regresó—. He levantado el teléfono para que pudieras escucharlo, pero acaban de apagarse.

—¿Escuchar qué?

—Las sirenas de emergencia. Han empezado a sonar desde hace cinco minutos, pero ahora no se oyen. —Entonces escuché un pitido bajo, que se agudizó—. Vuelven a sonar—. Antes de que pudiera decir algo, ella continuó—. No te preocupes por nosotros. Tengo a las niñas y tu madre está aquí también. Mi hermano y su familia están haciendo las maletas ahora mismo en su casa. Han decidido irse con mi padre, a Paso. Estarán aquí en cualquier momento para recogernos. Tienen sitio en el coche. — Bajó la voz, seguramente para que las niñas no pudieran escucharla—. ¿Estás bien? ¿Estás en algún sitio seguro?

—¿Están asustadas? —pregunté. Leah soltó un suspiro tembloroso.

—Han visto las noticias —confesó—. Zach, están diciendo que es mucho peor que la última vez. Mucho más.

—Distráelas. Durante el camino, podéis jugar a ¡Escarabajo!; ya saben cómo se juega. Y diles que busquen un Civic negro, las saludaré.

—¿Z., un Civic? Tú no... —Se detuvo—. Marcus ya está aquí. Tenemos que irnos.

—Dales un beso de mi parte —le pedí, esforzándome por mantener la voz firme—. A mi madre también.

—Z. —dijo. No tenía que decir nada más.

—Lo sé. —Cerré el teléfono y me senté en silencio. Derek seguramente había regresado de San Luis Obispo y dejado a las niñas con Leah para irse directo a las plataformas. Tenía que trabajar esa noche. Miré por la ventana de Edgar, al horizonte, pero por supuesto que no podía ver la plataforma en la que se encontraba Derek desde tan al sur.

—Es peligrosa —comentó Edgar—. El agua.

El viaje hacia el norte parecía elástico; era como si el tiempo se extendiera, abriéndose por la mitad. La autovía comenzó a llenarse de vehículos, de conductores que se alejaban de la costa. Sabía que en alguna parte entre todos ellos se encontraba la camioneta de Leah, con las personas que más quería en su interior. Mi corazón ya había dejado mi cuerpo, volaba por el camino en su busca. Esperaba que llegaran a salvo. Sabía que Leah haría todo lo que pudiera.

Mientras tanto, tenía que centrarme.

Tenía que encontrar a Derek.

Y a Vanessa.

—Edgar. ¿Puedo usar tu teléfono otra vez?

Llamé al 112, pedí algunos números y los escribí en mi cuaderno. Llamé a DepthKor primero, escuché las instrucciones automáticas, presioné los números y finalmente pude contactar con la plataforma a la que Derek había sido asignado.

Pero nadie contestó.

Finalicé la llamada, respiré hondo y marqué el segundo número. Sonó cuatro veces, después un contestador dijo:

—Te has comunicado con Aaron, Elise y Vanessa. Por favor deja un mensaje y...

Colgué. Apreté los dientes y volví a marcar el número de la familia Bartlett. No quería que nadie respondiera; no tener respuesta significaba que tal vez ya estaban seguros fuera de la ciudad, o al menos de camino. Pero necesitaba que Vanessa supiera que no me había marchado. Que estaba allí. Para ella. Y para mi familia.

La línea sonó dos veces, después quedó interrumpida por un tono agudo. Una grabación anunció, «Disculpe. Todas las líneas están ocupadas. Por favor, finalice la llamada y vuelva a intentarlo más tarde».

Mierda.

En cuanto llegamos a Orilly, la carretera se llenó de coches. Giraban en la intersección y tuvimos que reducir la velocidad. La Autovía 1 era como una de esas grandes, atestadas y ruidosas calles que hay en Nueva York y yo solo había visto en las películas. Edgar se desvió del camino en la primera salida. Miré por la ventana mientras pasábamos junto a una cooperativa de créditos. Su cártel luminoso decía FELICIDADES CLASE 2013 y eso me impactó: era el día de la graduación.

—Cambio de planes —anuncié y señalé— Mejor, déjame allí.

Unos cuantos giros más tarde, Edgar se detuvo en la base de la colina. A través de su parabrisas salpicado por la lluvia, pude ver que aquel camino también estaba atestado. Sabía que todos los que no dejaran la ciudad se dirigirían allí: Costa Celeste, el complejo a medio terminar, sobre la colina más alta de la ciudad. Y, convenientemente, el sitio de la ceremonia de graduación de Palmer Rankin.

—Así que, eh —dijo Edgar—. No creo que pueda llegar hasta allí. —Miró ansioso su reloj—. La verdad es que debería seguir mi camino, ¿sabes?

—Te puedo pagar la gasolina. —Volví a ofrecer, pero él me dijo que no.

—Espera. Dame tu cuaderno. —Escribió un número de teléfono—. No te conozco y, quién sabe, tal vez seas un ser humano horrible, pero de todas formas, ¿sabes? Solo llámame cuando todo esto acabe para saber si estás bien.

—Lo haré —dije. Después comencé a subir la colina hacia el complejo.

Esperaba que Vanessa estuviera allí.

Y esperaba, desesperadamente, que no estuviera.

36

Vanessa

Tras salir del restaurante, me dirigí directamente hacia el depósito policial de vehículos en la estúpida camioneta-autobús de mi padre. Que me arrestaran por conducir sin licencia podría echar a perder el impacto de mi dramática salida. Había avanzado poco más de tres calles cuando me di cuenta de que otro conductor se giraba para echar un vistazo. Llamaba demasiado la atención conduciendo por la ciudad con aquella monstruosidad azul.

Entrar en el depósito a la luz del día no era tan peligroso ni tan aventurero como había imaginado. Pensaba que sería emocionante, pero el sitio estaba abandonado. Podía entrar con la camioneta sin que nadie se diera cuenta.

Atravesé todo el depósito hasta que llegué al barco del padre de Zach. No había sido un buen año para mí. Me había enfrentado a mi madre. Había traicionado a Zach, apartado a Cece de mi vida. Cornell se había echado a perder y nada de aquello por lo que había trabajado tenía importancia. Aquella noche era la graduación. Cece daría el discurso, uno mejor del que yo jamás habría dado. Yo no estaría allí para verlo, pero ella no me necesitaba. No me quería. Ya tenía a Ada.

Un mal año. Un mal día. No sabía cómo le iba a contar a mi madre la repentina aparición de mi padre, o del maldito telescopio sobre ruedas. Ya puestos, tampoco le había dicho que no pensaba ir a la graduación. El evento no tenía sentido, tal y como estaban las cosas. Y descubrir que Cornell era más que un velo de cómo me sentía realmente respecto a mi padre…

Subí al barco y me metí en la cabina. Era raro estar allí sin Zach. Y él se había marchado. «Se ha mudado», había dicho el ayudante del restaurante. Pero ¿cuándo? ¿Dónde? No se había llevado sus dibujos. Todos seguían allí, colgados en las paredes, como los restos de una operación fallida, como si Zach hubiera intentado resucitar a su padre y solo hubiera logrado conjurar aquellos fantasmas de papel. No habría dejado eso atrás.

Entonces supe dónde había ido. Lo habían admitido en la escuela de arte. Se había ido a San Diego. Había escapado. Zach había *ganado*.

Miré por la puerta abierta de la cabina hacia el Volkswagen azul. Había perdido a mis amigos, había abierto una brecha entre mi madre y yo, ¿para qué? Creía que lo había hecho por Cornell. Por un sueño.

Pero no. Lo había hecho todo por un maldito autobús.

Me sentí vacía. Abatida.

Le escribí un mensaje a Cece.

Sabía que no me respondería, pero le escribí de todas formas.

Hola. Soy la peor de las amigas. ¿Estás ahí?

Esperé, pero los tres puntos suspensivos no aparecieron. Pasó un minuto, luego dos. La pantalla de mi teléfono se oscureció en mi mano, suspiré y lo guardé en mi bolsillo. Me apoyé en el marco de la puerta y miré el cielo. Pensé, al ver las nubes grises que avanzaban hacia Orilly, que no era un día adecuado para una graduación.

Entonces mi teléfono vibró ligeramente en mi bolsillo. Presioné un botón y se encendió, y allí estaba, había vuelto a mi vida.

He borrado tu número.

Comencé a escribir, pero me arrepentí al instante. Busqué entre mis contactos, marqué su número y agonicé con cada tono del teléfono. La línea hizo un ligero *clic* y el tono se detuvo.

—¿Hola? —pregunté. Pasó un momento en el que escuché el rastro de un suspiro—. ¿Cece?

Silencio. Pero la línea se había conectado. Ella estaba ahí. Escuchando.

—Tenías razón —afirmé. No respondió a eso tampoco, así que continué—. Siempre has tenido razón, en todo. Tenías razón sobre lo que le hice a Zach. Tenías razón sobre la estúpida universidad. Soy una idiota… —Casi digo sin ti, pero sabía que eso solo la alteraría. *No soy tu maldita seguidora*, me habría gritado. *No soy la Robin de tu Batman.* Hice una pausa, pensé bien lo que quería decirle—. Lo siento, Cece. Eso es todo. Solo… lo siento.

Más silencio.

—Acabo de ver a mi padre —confesé en voz baja—. Ahora comprendo por qué soy semejante desastre.

El silencio se extendió, pero después mi teléfono vibró. Ella me había enviado un mensaje. Lo abrí y apareció una fotografía. Un selfie: sus ojos verdes, brillantes debajo de su birrete. Una borla trenzada, desenfocada contra su piel.

—¿Lo has recibido? —dijo su voz, débil en mi mano.

—¿Cece? —Volví a ponerme el teléfono en mi oído—. Sí, lo he recibido.

—Parezco tonta.

Habíamos vuelto.

—Estás muy guapa. Y pareces muy lista.

—Acabo de vomitar. Dos veces.

—Lo dirás todo bien.

—No sé —confesó—. Ada me ha convencido para mandar un mensaje entre líneas en mi discurso. Para que sea más fácil para mi familia después, si alguna vez yo… ya sabes.

—Confía en mí, cuando vean a Ada, lo van a entender todo *de inmediato*. —No sabía cómo decir lo que faltaba, así que solo lo dejé salir—. No voy a ir. A la graduación.

Las cosas habían cambiado entre las dos. No eran irreparables (estábamos hablando otra vez, al menos), pero eran diferentes. Unos meses atrás, ella hubiera discutido conmigo por no asistir a la graduación. Pero en ese momento no reaccionó en absoluto.

—Guardaré tu diploma por ti. Si quieres.

—¿No estás enfadada? —Me desplomé en la silla del capitán y envolví mis hombros con una de las mantas de Zach.

—No estoy enfadada.

—Cece.

—Lo sé.

—Soy una mala amiga.

—Lo sé.

Eso me hizo reír.

—Bueno, mientras que las dos lo sepamos, está bien, supongo.

—Es decir, las dos lo sabemos *ahora* —dijo—. Una de nosotras ya lo sabía.

—Por esa razón tú vas a dar el discurso.

—Tú has abandonado la competición.

—¿En serio no estás enfadada? —insistí.

—Vi las noticias. Sobre lo de tu madre. Todas ellas.

—Me dijiste que se me pegaría su mala suerte.

—No fue él.

—Cece.

—*No* fue él. —Bajó la voz—. Fue muy cruel decir aquello. No fue acertado y estuvo mal. Da igual. Lo peor ha pasado. ¿Verdad?

Volví a pensar en el correo de Cornell que esperaba en mi bandeja de entrada. No estaba segura de que Cece tuviera razón sobre eso.

—No —respondí. Todas las cosas que habían salido mal recientemente, solo estaban empeorando. Cada cosa era peor que la anterior—. No. No lo creo. No quiero ni saber lo que aún está por suceder.

Lo que sucedió a continuación fue:

Me quedé dormida en la silla del capitán, envuelta en la manta de Zach. Me despertó el sonido agudo de las sirenas. Conocía esas sirenas. Un sábado de cada mes, se probaban durante cinco minutos y me despertaban demasiado temprano. Pero ese día no era sábado. Era viernes.

Oh, Dios.

Salí a la cubierta, aún envuelta en la manta. Mientras dormía, había comenzado a llover. Vi las luces de las plataformas petrolíferas en la distancia, pero donde el horizonte normalmente se definía, en aquel momento se veía difuso y borroso.

Mi teléfono vibró y al verlo encontré una notificación que no había visto nunca antes. El Servicio Meteorológico Nacional. «Dirigíos a terrenos altos».

Sobre la notificación, mi teléfono decía la fecha y la hora.

Faltaba menos de una hora para la graduación. Mi madre y Aaron probablemente ya estarían allí. Debían estar preocupados, buscándome entre mis compañeros, vestidos todos iguales. La ceremonia (irónicamente, tal vez), era en el complejo en el que mi madre se había gastado todo el dinero de la universidad. Y el complejo se encontraba en terreno alto.

Curioso. Unas pocas horas atrás, había planeado no ir a la graduación. Y entonces, de pronto, esa decisión tenía consecuencias de vida o muerte. Dejé la manta y corrí hacia la valla. Al otro lado, encendí el Volkswagen. El barco de Zach se desvaneció en mi espejo retrovisor mientras me dirigía a Costa Celeste y, por primera vez, me alegré de que él se hubiera marchado.

37
Zach

Que las autoridades decidieran celebrar una graduación en un sitio en obras solo podía suceder en Orilly. Costa Celeste estaba compuesta por tierra, más que nada, convertida en un barrizal por la lluvia. Había excavadoras y camiones de basura esparcidos por toda la zona. Parecía que llevaban allí bastante tiempo. El hotel en sí mismo era poco más que una estructura: diez plantas de acero y hormigón, sin acabar, cubiertas por capas de plástico que se volaban con el viento.

En contraste, el salón de eventos brillaba con calidez bajo el cielo nocturno. Recordé la historia que había leído en el periódico sobre la madre de Vanessa: el ayuntamiento había planeado poner el salón en funcionamiento lo más rápido posible. Bodas, exposiciones de mascotas, de comercio. Más dinero con el que seguir financiando el eterno proyecto del hotel.

La escena que me encontré al llegar a la cima de la colina era caótica. El terreno estaba lleno de coches aparcados y las personas corrían de un lado a otro confundidas, mientras las sirenas seguían sonando. Vi una figura moverse en la planta alta del hotel, luego a varias más. La gente había comenzado a ascender, buscando seguridad en las alturas.

Era muy probable que Vanessa ya estuviera allí, pero no podía arriesgarme. Una vez que alcanzara la cima de la estructura, no podría volver a bajar. Las escaleras estaban atestadas de gente; la única forma de bajar sería saltando de forma desafortunada. En el salón de eventos, habían arreglado la estancia principal para la ceremonia: un escenario, hileras tras hileras de sillas, listones y banderines por todas partes. Había togas y birretes abandonados. Bolsos y chaquetas. Un carrito vacío, un oso de peluche abandonado. Todos se habían marchado ya.

Salí. Primero iba a recorrer el aparcamiento, después la buscaría en el hotel. Seguramente estuviera allí. Si no, estaría atrapado; pero también estaría a salvo.

Salté de la acera al aparcamiento todo cubierto de lodo y pisé muy mal. Mis pies resbalaron sobre el lodo en dirección opuesta y, antes de que pudiera entender lo que había pasado, me había dado de bruces contra el suelo. Me golpeé con fuerza contra algo (resultó ser una placa rota de hormigón), pero cuando intenté levantarme, me di cuenta de que me había roto algo. Cuando tenía nueve años, casi había perdido la vida en un partido de béisbol de la Liga Infantil. Estábamos jugando de noche, me había echado a correr tras una bola alta, la había perdido de vista y había corregido el curso cuando había vuelto a verla.

«Fue como si te hubieras tropezado con una cuerda invisible», me había contado mi padre. Caí con fuerza sobre mi hombro y sobre mi propio rostro. Pasamos aquella noche en el hospital, donde me tuvieron que atender por una fractura de clavícula y dos costillas rotas.

Esta vez me dolía mucho más. Parecía mucho más serio.

Intenté levantarme, pero la sensación de tener todos los huesos rotos me lo impidió. Mi estómago se revolvió. Tenía ganas de vomitar y, un momento después, de rodillas sobre el lodo, lo hice. Tenía frío y me hormigueaba toda la parte derecha del cuerpo, luego se adormeció. No lograba entender qué me había pasado, en mi cabeza todo era confuso. Pensé, vagamente, que podía estar en *shock*.

Aún tenía que encontrar a Vanessa. Miré hacia el aparcamiento, intenté levantarme de nuevo. Me tambaleé y me sujeté a una farola. Veía a la gente correr por el aparcamiento dejando tras de sí su rastro en el aire. *Sí. Estás en shock.* Mis rodillas se volvieron de gelatina y caí al suelo. El tiempo se detuvo mientras yo seguía allí sentado, con la cabeza dándome vueltas. Alguien pasó corriendo a mi lado y me salpicó lodo y gravilla; alguien cerca de mí dijo, en tono bajo y frío:

—Santo Dios, puedo verlo. PUEDO VERLO.

Ah, cierto. El tsunami.

Las personas corrían. Gritaban. Veía pasar diferentes rostros, difusos y extraños. No reconocí ninguno. Desde luego, ninguno era el de Vanessa. Respiré profundamente y logré ponerme de pie, con la farola como apoyo. Parpadeé y froté mis ojos hasta que mi visión se aclaró un poco. Abajo se encontraba Orilly. Parecía mucho más extensa en aquel momento y me di cuenta de que la marea había retrocedido y había expuesto más costa de la que había visto jamás. En la distancia, sobre el horizonte, vi las luces de la plataforma petrolífera y después se apagaron, como si las borraran. Un momento después, desaparecieron las demás.

Por favor, pensé. *Por favor, que Derek no esté allí.*

Los coches giraban en el aparcamiento provocando atascos; los conductores no dejaban de tocar sus cláxones. Levanté la vista hacia el hotel y vi cómo la multitud se agrupaba en cada planta, observando el océano. Todo quedó en silencio, o al menos eso me pareció, hasta que alguien gritó cerca, aunque no pude distinguir las palabras. Mi estómago volvió a agitarse y una vez más me puse de rodillas. Un rugido blanco llenó mis oídos, tranquilo e inofensivo, casi placentero. Pensé en Vanessa y en Derek. En Leah, en mi madre y en las niñas. En Edgar, el cajero. Me pregunté si habría llegado al acuario a tiempo.

Cerré los ojos.

La ola había llegado a Orilly.

38
Vanessa

Esperamos durante toda la noche.

Por la mañana, mientras salía el sol, los daños eran tales que nos hicieron llorar. Yo estaba en el techo del hotel con mi madre y Aaron. Cece estaba con sus padres y su abuela, sujetaba la mano de Ada. Estábamos mojados. Estábamos congelados. No habíamos dormido. Orilly estaba irreconocible. Palmer Rankin parecía haberse deslizado por la colina, toda la estructura se había derrumbado sobre sí misma; esparcidos por toda la costa, resplandeciendo a la luz del sol como pequeños fragmentos brillantes, se encontraban los restos que quedaban de tiendas y hogares. Y coches. Había coches por todas partes, en lugares que no deberían estar: alrededor de los árboles medio desenterrados, incrustados en la tierra, de cabeza en el interior de los edificios que habían quedado destrozados. Y agua. Tanta, tanta agua.

Un equipo de hombres y mujeres, con trajes de color amarillo, nos ayudó a descender del tejado. La gente se subía encima de los autobuses y los camiones. Aaron nos organizó para formar una cola. Avanzamos con otros *supervivientes*, porque esa era la palabra, y me hacía sentir mal. Avanzamos con otras personas y recordé la historia que me había contado Aaron sobre la cabina de teléfono. «Espero que eso no vuelva a ocurrir», había dicho. Pensé en la mala suerte de Zach, en cómo parecía haberse instalado en mí. Pensé en lo último que le había dicho a Cece por teléfono.

Dejé de avanzar y miré hacia atrás para ver el desastre.

Es culpa mía, pensé. Sabía que no era cierto, pero de alguna manera, cósmicamente, me sentía responsable.

—¿Vanessa? —dijo Aaron.

—Quiero ayudar —respondí. Miré a la mujer con traje amarillo que tenía más cerca, llevaba una radio en la mano. Señaló la puerta del autobús, para instarme a avanzar. Pero me dirigí a mi madre—. Tengo que ayudar.

Mi madre estudió mi rostro y me pregunté qué habría visto. ¿Culpa? ¿Resolución? Viera lo que viera, no dudó.

—Ayudaremos —le dijo a la mujer.

Más tarde, tras ser trasladados en una camioneta llena de gente, nos unimos a un grupo de voluntarios en un centro de operaciones improvisado. Éramos unas cuantas docenas de voluntarios y rápidamente nos dividieron en equipos de ocho.

—San Luis y Monterrey van a enviar ayuda adicional —explicó un hombre con un megáfono—, pero por ahora, somos pocos. Muy pocos. Las primeras horas son críticas. Si veis a un superviviente, gritáis. Es tan fácil como eso.

A mi madre y a mí nos asignaron a un equipo, Aaron estaba en otro diferente. Había visto operaciones de recuperación de catástrofes en televisión. Carpas médicas por todos lados, envíos de suministros coordinados, todo un sistema de apoyo. Los equipos de Orilly echaron por tierra la idea de que aquellas cosas se organizaban bien. Me dirigí a mi madre y le dije:

—Creía que entregaban megáfonos, linternas, botes y ese tipo de cosas.

Antes de que pudiera responder, un chico, algo mayor que yo, intervino.

—Sí, claro.

—La tecnología llega después —agregó la mujer que estaba a su lado, con ojos preocupados y el rostro lleno de arrugas—. Las primeras horas solo se busca entre las rocas, esperando lo mejor.

—Espero que no seas impresionable —comentó el chico. La mujer (¿su madre?) lo golpeó en el hombro.

Nos separamos y comenzamos a abrirnos camino por la ciudad en una pequeña ola fragmentada. Atravesé unos charcos que resultaron ser bastante profundos. Una mujer me advirtió:

—No podemos saber la profundidad que pueden alcanzar. Una vez vi como un coche pasaba por encima de uno en la inundación de Texas. *Plop* —dijo, mientras con su mano representaba una caída libre—. Desapareció de nuestra vista.

—Ha hecho esto antes —afirmó mi madre.

—Ayudamos cuando se necesita ayuda —respondió la mujer. Apartó una lámina de madera mojada con su pie—. La semana pasada estuve en Mariposa. El incendio no cedía. Tuve un presentimiento, cuando vi la noticia del terremoto, de que volveríamos a sufrir una catástrofe provocada por el agua. —Hizo una pausa para analizar los escombros a nuestro alrededor—. Nunca hubiera imaginado esto.

Su nombre era Adele y el hombre era su sobrino, Bo. Él llevaba un largo bastón de madera; creí que lo usaba para caminar, hasta que nos enseñó cómo usarlo para levantar escombros y ver debajo. Después todos nos hicimos con bastones similares.

Desde el extremo norte de nuestro grupo llegó un grito:

—¡Aquí hay alguien!

Corrimos. Allí, tendido boca abajo en un charco estancado de agua negra, había un hombre con una chaqueta con capucha y la pierna doblada en un ángulo imposible.

—Hay que darle la vuelta —indicó Adele. Bo y otro voluntario lo hicieron y, por un terrible momento, creí que era Zach. Giraron al hombre y la mata de color rojo que había creído que era el pelo de Zach, no era pelo en absoluto, sino un trozo de lona roja.

Aquel fue el primer cuerpo sin vida que vi ese día.

Mi madre me vio palidecer y puso una mano en mi hombro.

—¿Estás bien? —Asentí.

—Creí… Creí que tal vez…

—Era tu amigo —concluyó.

—Pero no puede ser él. Él se marchó. Dejó la ciudad.

—Te acostumbrarás —afirmó Bo y clavó una bandera roja en la tierra junto al cuerpo—. Realmente lo harás.

Caminé junto a mi madre en silencio. Navegamos entre ruinas, investigando las estructuras que se habían venido abajo. Ella no parecía tener miedo, se mostraba resuelta; pero había algo más, su expresión escondía algo. Seguimos adelante, escuchando más gritos, ayudando a otros voluntarios a buscar cuando pedían asistencia.

—Ya está bien. ¿De acuerdo? —dijo mi madre entonces.

—¿Qué? —La miré con los ojos entornados.

—Esto es lo que pasa, Vanessa —afirmó en voz baja y señaló toda la destrucción que nos rodeaba—. La vida es así. No puedes explicar estas cosas. Solo aparecen de pronto, sin que lo esperes. —Me miró a los ojos—. *Tienes* que dejar de estar enfadada conmigo.

Miré alrededor. ¿En serio íbamos a tener aquella conversación *allí*? Pero lo entendí de inmediato. Me había negado a hablar con ella durante mucho tiempo, y eso nos había llevado a una situación en la que *solo* un desastre natural podía acercarnos. Todo había ocurrido muy rápido, ni siquiera había podido decirle que ya no estaba enfadada con ella. Que ya había descifrado qué, quién, me había alterado realmente. Había seguido adelante y la había dejado en aquella posición, de inseguridad, durante meses.

—No puedo volver a hacer esto —dijo. No estaba hablando solo del terremoto, o del tsunami, o de la posibilidad de que muriéramos sin arreglar las cosas entre nosotras—. No puedo.

El último año del matrimonio de mis padres había sido exactamente así. Silencios cargados de tensión. Una constante pesadez en nuestra casa. La suciedad de las mentiras de mi padre esparcida por todas partes. Habían dormido en habitaciones separadas sin reconocerlo; él siempre «se quedaba dormido» en el sofá. Ella se quejaba de que él nunca estuviera en casa; pero cuando estaba, no hacían más que pelear o se ignoraban.

Entones, cuando ella me decepcionó, le hice lo mismo. Yo era hija de mi padre. De pies a cabeza.

Antes de que pudiera decir algo, mi madre volvió a hablar:

—He hablado con tu padre.

—¿Hoy? —Parpadeé.

—Hace algún tiempo. —Mordió su labio. Había aprendido ese truco de un curso de cómo hablar en público. «Pienso bien lo que quiero decir antes de hacerlo», me había explicado—. Lo que hice estuvo mal. Para ti. Para todos nosotros. —Sus ojos se abrieron, se centraron en mí—. Lo siento.

—Pensabas que funcionaría —afirmé. Decirlo lo hacía real, pero siempre lo había sido. Mi madre era una mujer de buenas intenciones. Había invertido el dinero pensando que podría recuperarlo. Aaron tenía razón: era hora de quitarle aquel peso—. No sabías que acabaría mal.

—Sabíamos que no era una buena idea. —Inhaló profundo, comenzó a caminar otra vez—. Nos engañamos a nosotros mismos.

—Creía que todo giraba en torno a *mí* —afirmé—. Creía que no querías que tuviera lo que más quería. Creía que querías castigarme por ser como él. —Hice una pausa—. *Odio* ser como él.

—Vanessa —comenzó a decir mi madre.

—No —interrumpí—. Mamá, solo era la universidad. Creí que sabía por qué importaba, pero realmente no lo sabía. Ahora lo sé, y ya no importa. No por esas razones. —Entonces incliné la cabeza hacia ella—. Espera. ¿Por qué lo has llamado?

—Yo... — Le dio una pequeña patada a una roca—. Creía que él podría arreglar lo que yo había echado a perder. Aunque eso significara... —Otra patada—. Aunque eso significara que él tuviera que regresar a tu vida. Eso... parecía un buen castigo. Por el daño que le había causado a tus planes. —Frunció el ceño y me di cuenta de que había más líneas alrededor de sus ojos de las que recordaba. Rio sin emoción—. Creí que quizás te daría algo de dinero. Tal vez ayudara un poco con la matrícula, al menos para que empezaras.

Podía imaginarme cómo habría sido aquella conversación. Las cosas que él le podría haber dicho. «Ah, mira», habría dicho. «Siempre necesitas que alguien vaya a solucionar tus errores. No has cambiado nada. Siempre me buscas para que intervenga y arregle todo lo que estropeas».

Se había sacrificado, había tratado de pedirle ayuda al desastre de mi padre, por *mí*. Si alguna vez había dudado, había sido una idiota. Mi madre me *quería*. Y mi padre... Tal vez nunca lo había hecho.

Así que le conté toda la historia del restaurante y del cartel de SE VENDE que le había colocado al autobús que me había regalado. Ella se llevó una mano a la boca, encantada.

—Lo ha llamado Andrómeda, ¿te lo puedes creer? —concluí.

—Claro que sí —resopló.

Un nuevo grito se elevó, un aviso de otro equipo. A pesar de la distancia, la desesperación era evidente. Mi madre y yo salimos corriendo, seguimos a Adele, a Bo y a los demás, descendiendo por una colina. En la base, Adele levantó un brazo y dijo:

—Guau. —No pude detenerme a tiempo, me resbalé en el lodo y aterricé con fuerza en una porción de agua que no debería haber estado ahí. Era enorme, una laguna justo en la mitad de Orilly.

Adele señaló el rótulo de un establecimiento.

—¿Alguien lo conoce? —Era el cartel de la tienda de Maddie, que seguía en pie; estaba sumergido, así que solo las letras superiores aún se podían ver—. ¿Cuánto puede medir? ¿Tres metros? ¿Cuatro?

—Seis —arriesgué—. Tal vez más.

—Santo Dios —comentó Bo—. De acuerdo, vamos a retroceder.

Mi madre me ayudó a levantarme.

—Amigos, toda el área se ha venido abajo —exclamó Adele—. Esto se ha convertido en un pozo y está a punto de hundirse. Tenemos que volver a terreno seguro.

Al otro lado del cráter, el otro equipo de rescate seguía gritando. Bo se cubrió los ojos mientras analizaba el agua. Después señaló.

—Allí —dijo.

—Ah, Dios —suspiró Adele.

Había islas de ruinas desparramadas justo en el centro de la laguna. Mientras miraba, una de las islas se movió. E incluso a esa distancia, incluso en esas condiciones, reconocí el lenguaje corporal de aquella isla. Algo en el modo en que se movía. *Conocía* a aquella isla.

Oh, no.

Zach.

39
Zach

De lo primero que fui consciente: había estado inconsciente mucho más que unos minutos. Cuando abrí los ojos, estaba saliendo el sol. El agua mojaba mi ropa; todo a mi alrededor estaba borroso. *Los tsunamis no son tan tranquilos*, pensé. Tenía agua en los ojos, en los oídos, en la nariz. La sal, el petróleo y la tierra se extendían sobre mi piel.

La ola había llegado y se había quedado allí. ¿Qué había pasado? Casi no recordaba nada. Oscuridad. Olores que ondeaban a mi alrededor, como si salieran de mi propio cuerpo, como el petróleo iridiscente en el agua. Durante un momento, me pareció escuchar la voz de mi padre.

Y entonces atravesé la superficie y busqué aire antes de hundirme otra vez. Pero no volví a hundirme. Floté en el agua, rodeado de escombros, hasta que encontré algo a lo que sujetarme. No podía nadar. El lado derecho de mi cuerpo estaba entumecido… roto o algo así. Era como si me lo hubieran desconectado. Creí que me había tragado el mar, así que intenté deslizarme en la dirección en la que creía que estaba mi casa.

Pero solo me funcionaba una pierna. La otra me iba a estallar de dolor, como si la hubieran apuñalado con mil agujas. La pierna buena no tardó en fallarme también, y esforzarme solo hacía que el dolor subiera a través de mi columna.

—¿Hola? —grité, pero no tuve respuesta. Reuní fuerzas, elevé la voz—. ¡Ayuda!

Me respondió el sonido del agua que chocaba contra los escombros, contra mí. Me aferré al objeto con el que me mantenía a flote (que parecía ser parte de una sillita infantil, me invadió el pánico al darme cuenta) y entonces di las gracias por estar vivo. Por estar encima del agua, no debajo. Aunque solo fuera un poco.

Aún conservaba mi mochila. No había mucho en ella, ya solo era un lastre. Aferrado al asiento, luché para quitármela, luego abrí el bolsillo. Mi cuaderno seguía adentro, con las páginas convirtiéndose en papilla. El sobre de dinero. Ropa. Revisé el interior y saqué el otro sobre; después solté la mochila. Se hundió y la perdí de vista.

Saqué la brújula de mi padre del segundo sobre. La apoyé en mi brazo y la observé. Había sobrevivido al accidente de mi padre. Tenía esperanzas de que también sobreviviera a aquello, de que sobreviviéramos.

El agua golpeaba mi rostro, me entraba por la boca y me despertó. De inmediato escuché voces. Detrás de mí. ¿Eso era el oeste? ¿El sur? Miré la brújula, pero mi brazo afectado se había sumergido en el agua al perder el conocimiento. La brújula también había desaparecido en el mar.

Pero no había tiempo para lamentar su pérdida. *Voces.*

Intenté girar mi cuerpo hacia el sonido, pero no podía mover la pierna. El más ligero movimiento encendía todos los nervios de mi cuerpo como detonadores y apreté los dientes hasta que sentí el sabor a sangre. Las infecciones me matarían antes de que pudiera ahogarme.

Las voces eran distantes, pero no bajas. Eran personas, hablando alto. ¿En un barco? No escuchaba sonido de remos, de una vela o la vibración de un motor.

Mi garganta ardía. Intenté gritar, pero mi voz fue poco más que un graznido. ¿Durante cuánto tiempo había estado inconsciente? Unos minutos antes parecía poder usar mis pulmones. Mi cuerpo estaba haciéndose pedazos, empezaba a fallarme por todas partes.

Pude distinguir las voces, o fragmentos de ellas. «Ha sido un derrumbe inesperado», dijo una. «Manteneos alejados del agua», otra. Así que estaban en tierra. Lo que significaba que yo no estaba perdido en la mitad del mar. Estaba en Orilly. Tenía que estarlo. Lo que significaba que…

Orilly estaba bajo el agua.

No era capaz de dar un grito lo suficientemente fuerte como para llamar la atención. Pero podía salpicar. Chapoteé con fuerza usando la pierna con la que me había mantenido a flote, luego golpeé desesperadamente el agua con el brazo sano. *Haz todo el ruido que puedas,* pensé. *Haz una escena.*

En otras palabras, tenía que ser exactamente la persona que no era.

Y funcionó.

Se elevó un grito y después más gritos llenaron el aire.

40
Vanessa

El teléfono ni siquiera sonó. En cuanto presioné el botón verde, escuché el desesperanzador triple tono en mi oído. «La llamada no ha podido ser conectada», dijo una voz. Colgué, volví a guardar el móvil en mi bolsillo y miré a mi madre con impotencia.

—No consigo ponerme en contacto con ellos. Su familia tiene que enterarse. Deben de estar como locos por no tener noticias.

—Estoy segura de que lograron ponerse a salvo. —Mi madre me rodeó con sus brazos—. Y tu amigo estará bien.

Detrás de ella, Bo se metió en el agua con cuidado y enterró su largo bastón de madera en el lodo bajo sus pies. Adele estaba a nuestro lado y lo observaba mientras se metía más adentro y luego, abruptamente, desapareció de nuestra vista bajo el agua. Un momento después, reapareció, tosiendo. Se arrastró de vuelta hacia afuera, cubierto por completo de escombros y fango.

Zach también estaba cubierto hasta los ojos por toda aquella porquería.

—¡Aguanta! —le grité. Parecía muy pequeño desde allí—. ¡Ya vamos a por ti!

—No hagas promesas que no puedas cumplir —comentó Bo mientras se deshacía de su chaqueta mojada y Adele volvió a golpearlo.

Durante las siguientes horas, se organizó un plan de rescate. Llegó un pequeño bote de aluminio, arrastrado por una camioneta cuatro por cuatro. Mi madre ayudó a Adele a descargarlo, en un esfuerzo conjunto. Cuando colocaron el bote en el agua, provocó algunas olas altas.

—Cuidado —advirtió Adele—. Cualquier ola podría ahogarlo. Parece que apenas se mantiene a flote.

—Iré yo —les dije—. Menos peso en el bote, menos desplazamiento de agua. Soy la persona más pequeña aquí. —Lo que no era cierto, mi madre era más baja que yo, y sus huesos eran más pequeños, pero yo quería ir.

Sin embargo, fue Adele. Mi madre se quedó a mi lado en la costa y observamos cómo remaba lentamente hacia el centro del hoyo. Se deslizó con cuidado junto a Zach y detuvo el bote. Cuando intentó levantarlo, me tapé la boca con las manos; el sonido que salió de Zach fue áspero y apenas humano. Mis ojos se llenaron de lágrimas.

—Está atrapado —arriesgó Bo.

Cuando Adele regresó, me miró con tristeza.

—Él estará bien —afirmé—. Él *está* bien.

Zach se había quedado atrapado.

—Cree que es un bloque de hormigón —explicó Adele—. Tiene una pierna libre y pude sentir algo metálico en el agua. —Le había dejado a Zach el bastón de Bo, le había enseñado cómo usarlo para empujar los escombros. No era suficiente para liberarlo, pero lo ayudaría a mantenerse en la superficie—. Tal vez así evitaremos el riesgo de ahogarlo la próxima vez.

—Hormigón y metal, eso es parte de una estructura —comentó mi madre—. Puede ser un muro que se haya derrumbado. Un techo.

—Y si ese es el caso —coincidió Adele—, no sacaremos a ese chico de allí hasta que llegue el verdadero equipo de rescate. Si es que ellos pueden hacerlo.

—No hay «si es que» —sentencié—. No lo vamos a dejar ahí. Él es mi… —Estaba casi hiperventilando. Él estaba allí, pequeño y solo—. Él es mi mejor amigo.

—Cariño —dijo Adele. Pero no quería su empatía. Ella no estaba furiosa y odiaba aquella situación. Para ella no era más que otra triste historia de las tantas que había vivido. Un terrible desastre entre miles. Pero para mí no era así.

Me alejé y mi madre y Adele me dejaron. Pero, un momento después, Bo me siguió.

—Ya ha visto esto antes —explicó. No respondí y él se sentó sobre el maletero de un coche destrozado—. La tía Auddie lleva en el Cuerpo de Paz más de treinta años. —Me contó la historia: Colombia. Un volcán. Aludes. Era la primera vez que se enfrentaba a una verdadera catástrofe, la primera vez de muchas que se unió a grupos de rescate—. Hubo una chica. Era joven.

—¿Qué sucedió?

—Su casa se vino abajo —respondió con suavidad—. Sobre ella. La encontraron de rodillas, con el cuello sumergido en agua sucia. Sus ojos estaban casi negros. La única forma de sacarla era amputando sus piernas, pero el impacto la habría matado.

—¿Qué sucedió? —Mi voz sonó vacía en mis oídos al repetir la pregunta.

—Nada agradable —concluyó Adele. Había aparecido detrás de mí. Mi madre estaba con ella. Adele miró seriamente a Bo—. No deberías contarle esta historia.

—Pero ¿se salvó? —Miré a Adele con esperanzas. Ella no respondió. La verdad se podía leer en su cara. Me alejé de los tres. No podía ver a Zach, no desde donde me encontraba.

El viento se había incrementado, el agua volvía a estar turbia y mi mente regresó al viaje en autobús. A la feria universitaria. Todos sus dibujos de ese día se volvieron muy claros para mí en ese mismo momento: el mar, su boca hambrienta, los dientes brillantes; las plataformas petrolíferas succionando la tierra como garrapatas obesas. Allí, en algún sitio, atrapado entre aquellas aguas negras, se encontraba un chico que creía que el mar le había arrebatado una parte de su familia. Un chico que sabía que el mar nunca estaba satisfecho, que tomaba y tomaba, una y otra vez, hasta llevárselo todo.

Y ahora había ido a por él.

Específicamente a por él.

Me froté los ojos con la manga de mi chaqueta, después regresé con los demás.

—Él está *solo*. Él está *solo* allí fuera.

Adele cruzó una mirada con mi madre y ella asintió.

—Sí, de acuerdo —accedió Adele—. Toma el bote.

41
Zach

El sol se desplazó en el cielo y se desvaneció detrás de un cúmulo de nubes. Comenzó a llover otra vez. Yo ya no sentía frío; mi cuerpo temblaba mientras me apoyaba en el bastón de madera que Adele me había traído. No sabía cuánto más podría aguantar. Mi pierna palpitaba dolorosamente. Estaba muy cansado.

Cuando Adele se marchó, las cosas se movilizaron en la orilla. Las voces se volvieron medianamente estables, la gente no paraba de darse indicaciones. Había más de las que había visto aquella mañana.

Había amanecido en el agua, según mis cálculos, llevaba allí cerca de veinticuatro horas. Sería una horrible ciruela pasa para cuando me sacaran. Si lograban sacarme. Siempre me habían considerado el chico desafortunado de la ciudad, pero había algo más. La mala suerte era temporal. Aparecía cuando te confiabas, barajabas las cartas equivocadas en el momento correcto. Lo que me estaba pasando a mí era más peligroso que eso. Se había llevado a mi padre, había ahogado a mi madre en sus recuerdos. No sabía si mi familia estaba a salvo o si seguían vivos.

La mala suerte era como una bola alta cuando corrías en otra dirección. *Aquello*, en cambio, podía matarme allí en el agua, solo, con gente extraña a una determinada distancia de mí. Pensé en las últimas cosas que le había dicho a mi familia. Y en lo último que había hablado con Vanessa; no me había portado bien con ella.

Quizás fuera mala suerte. Quizás fuera una maldición.

Las maldiciones eran vengativas.

Esto lo parecía.

El bote regresó con la oscuridad. Se deslizaba lento por el agua como una embarcación fúnebre vikinga. Me imaginé a mí mismo sobre la cubierta. Imaginé cómo sería ver las flechas encendidas que lanzaran desde la orilla, con aquella perspectiva. Siseando a través del cielo, centelleando y estallando al elevarse y luego descendiendo hacía mí...

Espera.

Había una luz en el bote, que iluminaba ligeramente a la persona que giraba un remo de un lado al otro. A medida que el bote se acercaba, supe que estaba alucinando. Porque se parecía a Vanessa.

—Zach. Vamos, Zach, regresa.

Mis ojos se abrieron y Vanessa estaba justo ahí, inclinada en el extremo del bote, forcejeando con mis brazos. Confundido, bajé la vista y vi algo mágico: un chaleco salvavidas. Ella intentaba encajar mis brazos en él sin dejar de sujetarme. Traté de ayudarla, a pesar de que me temblaba todo el cuerpo, y la diferencia fue inmediata. No me había dado cuenta de lo cansados que estaban mis músculos, hasta que los relajé y me entregué al abrazo del chaleco.

—¿De dónde... has...? —comencé.

—Quédate quieto —interrumpió Vanessa y luego sacó algo del bote: cuatro tablas de madera como un marco de ventana. Unidas a cada tabla había pesadas boyas de color naranja, se parecían a las que había tenido la vieja red de pesca que había en el barco de mi padre. Vanessa atravesó el marco por mi cabeza, como si fuera un collar cuadrado—. Ahora sujétate a esto. ¿Ayuda?

Aquella especie de balsa me elevó unos cuantos centímetros sobre el agua.

—S-sí —tartamudeé.

—Es lo mejor que tenemos por ahora —explicó. Tomó mi mano buena—. Están trabajando en ello. Te llevaremos a casa.

Lo dijo con convicción. Había confianza en su expresión. Pero podía ver el rastro de algo más, algo que intentaba mantener en secreto. Supe lo que era. Yo sentía lo mismo.

Quizás nunca podría regresar a casa.

Volví a dormirme. Cuando me desperté, la cosa había empeorado. Mi rostro estaba caliente, pero mi cuerpo estaba congelado. Mis manos habían comenzado a temblar incontrolablemente.

Vanessa había atado su bote a mi pequeña balsa y estaba allí sentada, observándome.

—Había empezado a alejarme flotando —explicó—. ¿Cómo te encuentras?

—B-bien. —Mi voz sonó como a cristal roto.

—¿Estás seguro?

—Estupendo —dije. Intenté sonreír, pero dolió—. ¿T-tú?

—¿Tienes miedo? —Su mandíbula tembló, pero no lloró.

—S-siento no haberme despedido. —Asentí.

Cada vez hacía más frío. El sol ya había descendido.

—Estarás de nuevo en San Diego antes de que quieras darte cuenta —afirmó.

—N-ni siquiera llegué a la m-mitad del camino.

—Lo harás y el tiempo será increíble. Podrás ir a todas esas clases de poesía con mujeres desnudas.

—Viejos desnudos, m-mejor dicho. —Tragué con fuerza. Mi lengua parecía estar hinchada—. M-me duelen las manos.

Se inclinó tan cerca de mí como pudo y apoyó sus manos en las mías.

—Estás helado.

—S-será difícil. —Mis dientes estaban castañeando—. S-sacarme de aquí. —Ella no me respondió. Me pregunté cómo de mal irían las cosas más allá de mi pequeña laguna—. ¿Q-qué está pasando?

—No quiero contártelo. Ya tienes bastante con lo que lidiar.

—Hay m-muertos, entonces.

Ella asintió. Había luces en la orilla detrás de ella. Su pelo brillaba, pero su rostro estaba envuelto en sombras. Deseaba poder ver su rostro. Deseaba poder dibujarla. Justo en aquel momento.

Faltaban horas para el amanecer. Bien podrían haber sido años.

—V-Vanessa. —Dudé, después lo dije—. Estoy realmente a-asustado.

Ella apretó mi mano. No le dije que eso me dolía. Se inclinó y besó mi frente, luego me miró a los ojos. Pude sentir que me iba de nuevo. El sonido del agua, el viento, las voces; todo se unió en un manto de silencio.

—Todo va a ir bien —dijo suavemente.

Quería creer que así sería.

42

Vanessa

Zach me despertó un poco antes del amanecer. Me había dormido en aquel pequeño bote y al levantarme me llevé una sorpresa. Estaba mirándome, pero no; estaba allí... pero no. Sus ojos se abrían y se cerraban. El tono de sus labios era de un alarmante azul grisáceo. Ya no tiritaba; *temblaba*. Con fuerza. Tanto que su pequeña balsa comenzaba a desarmarse.

—¿T-tú... c-crees en... D-Dios? —preguntó. Eso no era bueno.

—Zach, aguanta —le dije. Me arrodillé en el bote y grité hacia la costa—. ¡Ahora! ¡Tenemos que sacarlo AHORA!

—M-mi m-madre —continuó sin esperar mi respuesta—. E-e-ella c-cree.

—Por supuesto que sí —respondí, pero él no parecía escuchar una palabra de lo que decía. Miró a la derecha, lejos de mí, como si pudiera ver a alguien más allí. Sus ojos estaban desenfocados, sus pupilas líquidas y dilatadas.

—E-ella re-rezará por m-mí. Aunque y-yo no l-lo ha-haga.

—Estarás bien. —La verdad es que no sabía si lo estaría. Llevé mis manos a su cara. Me esforzaba por mantenerme fuerte frente a él, pero estaba perdiéndolo. Estaba cayendo, justo delante de mí—. Estarás *bien*.

—T-tienes que d-decirle —tartamudeó—, qu-que la qu-quiero. D-dile a t-todos. A-a las n-niñas.

—Zach, no.

—V-Vanessa. Voy a m-morir.

Sus palabras eran tan terminales, tan pesadas. Sus labios estaban hinchados. La sangre se había secado en el interior de sus grietas. Su lengua también estaba hinchada, y alteraba su habla cuando se esforzaba por hablar.

—Van a sacarte de aquí —le aseguré—. Tienes que aguantar. Solo tienes que *aguantar…*

Me miró lúcido, con la mirada aguda, y habló claramente:

—Vanessa. Voy a morir.

—*No* —insistí.

El rostro de Zach pareció nublarse otra vez. Su cabeza se tambaleó y cayó sobre la balsa.

—Yo… —comenzó—. Qu-quiero…

—¿Qué, Zach? ¿Qué necesitas?

Siempre lo había visto fuerte. Estoico. Llevando las cargas de todos los demás, sin quejarse. Pero entonces… parecía perdido, como si fuera un niño pequeño. Sus hombros se sacudieron.

—M-madre —dijo—. S-olo quiero… a m-mi madre.

Aparté la vista, para que no me viera llorar.

Entró y salió del estado de consciencia. Cada vez que se despertaba estaba más lejos, menos alerta, más perdido. No estaba segura de que supiera que yo estaba ahí. Me aferré con tanta fuerza a su chaleco que las manos me dolían, por temor de que al temblar se inclinara fuera de la balsa y se ahogara por encima de su chaleco salvavidas. Grité hasta quedarme ronca, pero nadie apareció. No lo comprendían. Nos estábamos quedando sin tiempo.

El sol ya había salido cuando volvió a despertar y, durante un momento, volvió a ser él, y a pesar de todo me sonrió.

—¿Qué, Zach? —le pregunté.

—¿No lo sientes? —dijo. Su voz sonaba fresca y animada—. Algo ha cambiado.

Sus ojos se cerraron, su cuerpo se volvió flácido dentro del agua y yo grité hacia la costa.

Lo que sucedió a continuación fue como un sueño.

A través de la delgada cortina de lluvia, vi una camioneta blanca bajar desenfrenadamente de la colina hacia el puesto de rescate improvisado que mi madre y Adele habían instalado. La puerta se abrió y un hombre salió de prisa, gritando y sacando del coche unas bolsas grandes y abultadas. Reconocí la voz, distante pero poderosa, y la mata de pelo rojo.

Derek avanzó en un pequeño bote a motor. Iba con Adele y Bo. Llevaba su traje de buzo y Adele trabajaba desesperadamente en la proa para sacar todo el equipamiento que había dentro de las bolsas que Derek había traído.

—¡Dos días! —rugió Derek—. ¡Dos *malditos* días!

Rompí en llanto al escuchar su voz.

Él gritaba órdenes.

—Voy a descender —anunció mientras tomaba su tanque de oxígeno—. Vuestro trabajo —siguió diciéndoles a Adele y a Bo—, es sacarlo del agua y meterlo en el bote. Después lo trasladáis a tierra. No hace falta que me esperéis.

Su fachada segura y enfadada se desmoronó cuando le echó un vistazo a Zach. Su boca se abrió y se cerró. Finalmente, dijo:

—Oh, Z. —Luego inhaló profundo—. Te sacaremos de ahí. —Descendió en el agua, después palmeó el lateral de mi bote de remo—. Me alegra que estuvieras aquí con él.

»Estad preparados —le indicó a Adele.

Metió el respirador en su boca y se sumergió bajo la superficie.

Las noticias del rescate no tardaron en extenderse, finalmente. Mientras Derek estaba bajo el agua, se escuchó una sirena y una ambulancia apareció entre los escombros en la orilla. Había dos médicos con una camilla, que esperaron en el límite del agua.

—¿Dónde estábais ayer? —comentó Adele con los brazos en alto.

Pude ver el brillo verde de la linterna de Derek moviéndose bajo la superficie. No estuvo mucho tiempo abajo antes de emerger.

—Tiene la pierna atrapada por un bloque de hormigón —anunció tras escupir su regulador—. Creo que su pierna está... —Me miró—. No es bueno —se corrigió—. Si tuviera algunos buzos más, probablemente podríamos levantarla. Pásame esa palanca.

Bo le pasó el bastón de madera a Derek. Después Derek me dijo:

—Vanessa, tú guarda esto. —Y me entregó algo—. Era de nuestro padre. Zach debe de haberla dejado caer dejado caer.

Limpié la suciedad de la brújula. El agua se había metido por las grietas y corría sobre la aguja, pero aún funcionaba.

—Él estará bien, ¿verdad?

—Tú sigue hablándole —me dijo—. Necesitará distracción.

Derek volvió a sumergirse. Pude ver su sombra, ligera, en el brillo de su linterna. Estuvo allí durante un tiempo. Luego, sucedieron varias cosas a la vez: se oyó un profundo gemido abajo del agua y una tormenta de burbujas emergió a la superficie. Zach saltó fuera del agua como un tapón, luego giró de lado sobre la valsa de madera. Se había mantenido entera, hasta el final.

Bo levantó a Zach desde abajo; Adele lo rodeó con sus manos y tiró. Gemí al ver las heridas de Zach cuando lo sacaron del agua: sus manos y su estómago estaban hinchados, un brazo colgaba inerte a su lado. Su pierna derecha estaba doblada por lugares en los que los huesos no deberían doblarse. Sus pantalones estaban rasgados y dejaban ver la piel morada y desgarrada.

Estaba hablando otra vez, tal vez consciente de que estaba pasando algo. Parecía estar recitando la dirección de su casa, aunque no podía comprenderlo.

Haciendo un último esfuerzo, Bo levantó a Zach y Adele lo subió al bote. Zach soltó un grito primitivo de dolor al caer adentro. Adele tiró de la cuerda del motor y Bo nadó hacia mi bote de remo.

—¡Preparad todo! —gritó Adele hacia la costa—. ¡Vamos en camino!

Giré hacia Derek, pero él no estaba ahí. Su linterna brillaba bajo el agua y una columna de burbujas volvió a emerger hacia la superficie.

Bo sujetó el lateral de mi bote y vio la alarma en mi cara.

—¿Qué?

—Derek está ahí abajo, *sigue ahí abajo...*

CUARTA PARTE
Después

43
Vanessa

Llego al hospital temprano. La puerta de la habitación que ya me resulta tan familiar está cerrada y tiene una cortina sobre la pequeña ventana de cristal. Me dirijo hacia la sala de espera donde hay varias sillas y un televisor. Leah está allí con las niñas. Robin y Rachel corren hacia mí y, mientras me aprietan en dos direcciones diferentes, le sonrío a Leah.

—¿Esperando? —pregunta—. Nosotras hemos salido hace unos minutos. Él está bien. Pero bastante dolorido, más de lo normal.

—Pobre hombre. —Comento, con la nariz arrugada.

Robin le pregunta a Leah si pueden ver la televisión, las dos niñas se sientan y juegan con el mando a distancia hasta que encuentran dibujos animados.

—¿Estás bien? —pregunta Leah.

—Eso creo.

—Esta ciudad. Toma demasiado —afirma.

—Sí —coincido. Por primera vez, realmente lo entiendo.

Cuando vuelvo a su habitación, la puerta está abierta y echo un vistazo dentro. Puedo verlo en la cama del hospital, completamente cubierto por vendas, conectado a conductos transparentes. Está en silencio y me pregunto, no por primera vez, cómo logra mantener la cordura.

—Hola —saludo.

—¿Vanessa? —Derek no puede mover su cabeza.

—¿Quién si no?

—¿No has estado tú hace un momento? —Exhala—. No. Era Leah.

—Y las niñas —agrego—. Están en la sala de espera. No te preocupes. —Atravieso la habitación, me detengo junto a su cama y palmo su mano—. Me han dicho que tienes un mal día.

—Te dicen que no te preocupes, que el dolor se va. —Pone los ojos en blanco—. Lo que no te dicen es que se duplicará o cuadruplicará antes de desaparecer.

—Te he traído algunos libros —le digo, con la bolsa en alto.

—Tal vez pueda leerlos cuando me permitan volver a mover los brazos. —Me ofrece una sonrisa.

—Creí que yo podría leerte un poco. O Leah, tal vez.

—¿Sí? —Lo considera—. Tal vez. Nada gracioso. No puedo reírme.

—¿Has visto las fotografías? —pregunto—. ¿De la ciudad?

—Leah y yo hemos podido ver algo de las noticias —responde—. Me resulta difícil verlo. Sigo repasando los hechos, todo lo que salió mal, cómo se alinearon las cosas para que pudiera encontrar a Zach. —Su voz tiembla—. Tras la ola, todo fue un caos. Nos sacaron en helicóptero de las plataformas. Nos llevaron a Monterrey. ¿Sabes que tardé dos días en regresar a Orilly? La camioneta estaba bien. Y así supe lo que le había pasado a Zach. Lo escuché en la radio de mi camioneta. Una conversación en la que alguien dijo su nombre. Ni siquiera estaba preocupado por él. Por lo que sabía, él ya estaba en la universidad, lo bastante lejos de la costa como para estar a salvo. Pero no. *Debería* haberme preocupado. Debería

302

haberlo llamado cada dos minutos hasta encontrarlo. Y mira lo que ocurrió —concluye. Su cara ha perdido el color—. Mira lo que...

—Oye. Oye, vamos.

Aclara su garganta, después se estremece. Intenta cambiar el tema.

—¿Tú, eh, has escuchado algo más? ¿De lo que sea?

—Dicen que van a rellenar el hoyo. Supongo que no saben si será seguro volver a construir en esa zona. De alguna manera espero que no puedan volver a construir nada allí, ¿sabes? Aunque eso implique que la gente tenga que encontrar un nuevo sitio donde vivir.

—Déjame decirte algo —comenta Derek—. ¿Orilly? Es una ciudad trabajadora. No tiene memoria. En unos años, no sabrás lo que ha ocurrido aquí.

Me quedo un rato sentada con él y hablamos de las niñas, de su madre. Todo va bien y es sencillo, hasta que me doy cuenta de que lo ojos de Derek están húmedos.

—Tampoco te dicen esto —afirma—. Aquí tumbado de espaldas, no puedes ir a ningún sitio, con tanto *tiempo* para pensar. Normalmente nunca tengo tiempo de nada. —Duda un momento—. En todo lo que puedo pensar es en Zach. Cómo estaba. Cómo sonaba. Yo solo... —Sus ojos giran para encontrarse con los míos—. ¿Sabes?

—Lo sé. Yo también —respondo y tomo su mano.

44
Zach

Vanessa termina de leer la noticia en voz alta, luego deja su teléfono a un lado. Se inclina. Lleva el pelo recogido en una cola de caballo, lo que me permite ver los dilatadores de sus orejas. Me gusta así, pero no se lo digo.

—Nada de eso —dice—. ¿En serio? ¿No lo recuerdas?

Niego con la cabeza, después cambio de tema.

—Lo siento. Por marcharme como lo hice. No te dije adiós.

Me dice que ya hemos hablado de todo eso. Pero tampoco tengo ese recuerdo.

—Te fuiste a la universidad y luego volviste. Nunca me has dicho por qué.

—Porque —me encojo de hombros— las personas a las que quiero están aquí.

Ella me besa.

Estoy bien.

Con eso, por supuesto, me refiero a que mi cuerpo se recuperará. «Bien» es subjetivo. Este «bien»: mi pierna derecha tiene ahora una prótesis de acero, que va desde mi tobillo a mi rodilla.

«Puede que actives los detectores de metales en el aeropuerto», me había advertido la fisioterapeuta. No sabe que nunca me he subido en un avión. Y no tengo ninguna intención de comenzar ahora. Los médicos me han instalado una cosa llamada halo, que está compuesto por una serie de anillos metálicos que rodean mi pierna, con rayos que irradian hacia el interior, hasta mi hueso, y lo mantienen todo unido mientras me recupero. Vanessa piensa que parezco un androide. Me alegra haber podido conservar una pierna. Me han dicho que es posible que no funcione tan bien como antes, que podría necesitar ayudarme con una muleta los primeros seis u ocho meses. El precio me parece mínimo, y es un recordatorio apropiado de todo lo que ha ocurrido durante el último año.

Un recordatorio, al menos, de las cosas que realmente puedo recordar.

Recuerdo haber buscado a Vanessa en el complejo. Recuerdo haber tropezado en el aparcamiento. Me han dicho que tengo cuatro costillas fracturadas, un hombro dislocado y un húmero roto; mi pecho y mi brazo están envueltos en una coraza de plástico rígido.

Recuerdo el sonido de la ola que vino hacia nosotros.

Pero eso es todo. Después me desperté en el hospital de San Luis Obispo, el más cercano en el que aún quedaba sitio. Me han dicho muchas veces lo afortunado que soy.

«Unas pocas horas más en el agua y hubiera sufrido hipotermia, posible gangrena», me había dicho el médico. «Probablemente no hubieras sobrevivido».

El mar se había llevado a mi padre. Vino por Derek y por mí, y casi lo consigue. Pero he terminado por entender que somos una familia de buzos. Mi madre se sumergió a sí misma en los recuerdos; sin deseos de vivir en un mundo en el que mi padre no existiera, decidió moverse entre ambos. Y había sucedido lo mismo con Derek, quien, a pesar de todo, no había perdido la vida intentando salvarme. Los dos me han demostrado, sin decir ni una sola palabra, que su amor no tiene miedo, que se enfrentaría a la oscuridad más profunda sin dudar para intentar salvarme.

El barco de mi padre ya no está. Intento imaginarlo en algún sitio del mar, quizás haya podido mantenerse a flote. O tal vez mi padre haya podido reunirse con él. Tal vez avanzan hacia el horizonte, completos, juntos y felices al fin. Es un pensamiento bonito.

Hemos perdido nuestra casa, pero también casi todos los demás en Orilly. DepthKor, la empresa para la que trabaja Derek, ha sido tan generosa como para asignarnos una pequeña vivienda en el distrito petrolero, donde viven los trabajadores durante la temporada. Leah dice que es incluso más bonita que el dúplex por el que mi padre trabajó tan duro, lo que me entristece un poco. Las niñas me visitan y me cuentan lo agradable que es vivir en la nueva casa; Leah está allí con ellas, al menos hasta que Derek pueda volver. Les pregunto si a nuestra madre le gusta, pero no encuentran las palabras para responderme. «Está bien», les digo. Lo sé.

Vanessa viene a diario. Se queja de que los periódicos tergiversan los detalles. Dicen que las agencias federales se han hecho cargo de las tareas de recuperación y reconstrucción. Han drenado el hoyo en el que me quedé atrapado; tenía cerca de quinientos metros de largo en su parte más ancha, y treinta metros de profundidad. Cuando me agota la literatura catastrófica, ella me lee *La diversidad de la ciencia.*

Todos dicen que soy afortunado y ahora a menudo pienso en ello. Mi hermano tuvo que levantar la estructura de hormigón que había sobre mi pierna para poder rescatarme, luego la dejó caer sobre sí mismo y se rompió la espalda; pero está vivo. La oficina de admisión de Fleck me ha escrito para decirme que conservo mi plaza y para desearme una pronta recuperación. Mi familia está sana y a salvo. Cada día, Vanessa aparece en mi puerta.

Afortunado.

Imaginad eso.

45

Vanessa

El grupo de observación espacial se reúne cerca de Annette, a sesenta kilómetros al este de Paso Robles, en una superficie vacía y extensa, entre colinas escarpadas y tierras de cultivo. Hemos cambiado de estación, las laderas son ahora de color naranja y doradas. No es que pueda ver los colores; desde aquí, las luces de la ciudad quedan apagadas por las montañas y el cielo nocturno se puede ver lleno de estrellas gracias a la oscuridad

La reunión es en parte un club de ciencia, en parte una comunidad hippie. Hay quienes solo vienen a observar las estrellas los fines de semana y astrónomos serios en igual medida. Esparcidos por el campo, hay grupos de personas con carpas y telescopios. Algunas beben vino. Alguien toca una guitarra.

La ironía no me pasa inadvertida. «Tómate un año libre», me había dicho mi padre. «Viaja, observa las estrellas». Durante los últimos meses he aprendido que incluso un cretino como mi padre puede tener razón alguna vez.

Mi madre espera mientras aparco el Volkswagen, después se quita el cinturón y se dirige a la parte trasera, bostezando.

—¿Café? —balbucea—. ¿Dónde has puesto el café?

Prepara una taza para cada una en la hornilla portátil, luego se sienta en la puerta abierta del autobús a admirar el paisaje.

—Esto es… divertido —admite de mala gana—. Podría envidiarte. No me malinterpretes. No podré volver a dormir jamás, no hasta que regreses a casa.

La reunión de Annette es como una prueba, algo que mi madre y yo hemos acordado. Ella va a quedarse conmigo esta noche, para quedarse tranquila. Mañana dormiremos hasta tarde y después la dejaré en Orilly antes de volver a marcharme. Conduciré primero al norte, pasaré un mes aproximadamente en el noroeste, luego viajaré al este antes de que llegue la nieve. Aaron y yo analizamos bien el mapa para trazar una ruta que me llevará por la mayor cantidad de sitios oscuros posibles en la escala de Bortle; eso implica pasar la mitad de mi año libre aquí en la zona oeste, adentrándome en las regiones menos pobladas de Nevada y Utah.

—Me encantaría que Cece se hubiera tomado un año libre también —comenta mi madre, no es la primera vez que me lo dice—. Me quedaría más tranquila sabiendo que hay alguien contigo.

—Estaré bien —le aseguro una vez más—. Y la veré cuando vaya a New Haven. Ella ya tiene bastante con sus propios asuntos.

Cece estaba desesperada por coordinar mi visita con la de Ada, para asegurarse de que no yo no coincidiera con ella y echara a perder todos sus planes. Llevaba días escribiéndome:

Tienes que darme fechas, Nessa.
CUÁNDO VAS A VENIR.

A lo que respondí:

Te veré cuando te vea.
NO VOY A IR MÁS DEPRISA DE LO QUE TENGO PREVISTO.

—Lo sé, lo sé. —Con un suspiro, mi madre se hunde en la cama—. Solo lo estaba comentando.

Fuera del autobús, el campo está completamente oscuro. Una sombra se acerca, con una linterna con un foco rojo.

—Me gusta —comenta la recién llegada al observar el autobús—. ¿Lo has *construido* tú? —Es unos años mayor que yo, lleva el pelo recogido en un moño flojo debajo de un pañuelo—. Dime que tiene un nombre.

Mi madre me da un codazo, pero a mí me avergüenza responder. Así que ella le sonríe a la chica y dice:

—Es el autobús de mi hija. Lo ha llamado Árbol Viajero.

—Claro que sí —ríe la chica—. Es perfecto.

Después nos invita a reunirnos con su grupo y lo hacemos durante un rato. Están alrededor de los telescopios y se turnan para observar a través de ellos. Alguien ha traído un increíble Celestron; pero, antes de preguntar siquiera si puedo probarlo, veo el Meade.

—¿Eso es…?

La chica se llama Tallulah, pero la llaman Tally. Me presenta a su amigo Geoffrey, el dueño del Meade.

—No todos los días puedes observar por un telescopio de quince mil dólares —comenta ella—. Él te dejará probar. ¿Verdad, Geoff?

Geoff me permite mirar a través de su Meade. Puedo ver el cielo con mayor intensidad, y al mismo tiempo más grande y más pequeño que nunca. Un suspiro se escapa de mis labios y escucho la risa de Geoffrey.

—Todos hacéis ese sonido al ver a través de esta belleza —afirma—. Debería llamarlo como ese suspiro.

Me río, algo incómoda, pero él continúa.

—Es el sonido que las personas hacen cuando ven las estrellas por lo que realmente son.

—¿Y qué son? —Levanto la vista del Meade.

—Bueno, somos nosotros —afirma Tally.

Animo a mi madre a echar un vistazo.

—Tengo miedo de romperlo —dice ella, pero Geoffrey insiste.

—No, cariño, es más probable que la vista te rompa a *ti*. —Mi madre se inclina sobre el visor, luego se endereza de golpe.

—*Ay por Dios.* —Gira para mirarme, con tono acusador—. Nunca me habías dicho que era *así*.

—Nunca me has preguntado —respondo, pero ella ya está observando de nuevo a través del visor.

Las horas pasan y la noche se vuelve aún más oscura. La reunión durará toda la noche y mi madre se está divirtiendo mucho más, creo, de lo que había imaginado. Tally le ofrece un vaso de vino, después se la lleva para presentarle a más gente. Mientras ella está ocupada, me alejo, de regreso al Volkswagen.

Abro el tragaluz, despliego el trípode de OSPERT. Coloco el ojo en la mirilla de silicona, el cielo me ofrece sus secretos sin ningún esfuerzo. Sobre la oscuridad. Saturno se ve más nítido que antes. Casi puedo delinear la pequeña figura de la sombra de Titán sobre sus anillos. Los cielos, las estrellas, todas esas maravillas: durante mucho tiempo había temido que mi padre las marcara como propias, que yo no tuviera derecho a ellas. Pero no era así. Nunca había sido así.

De pronto, recordé que el correo de Cornell seguía en mi bandeja de entrada, sin abrir: no había pensado en él desde el día de la graduación. ¿Eso significaba que estaba en paz con haber perdido ese sueño? ¿Alguna vez había sido un sueño, realmente? Cornell era, después de todo, solo una universidad. Allí, bajo el inmenso cielo oscuro, era difícil pensar que alguna vez me había conformado con un sueño tan pequeño.

Me pregunto cómo le irá a Zach en San Diego. Estamos en mitad de la noche, pero quizás aún no está dormido. Ahora tiene teléfono y tomo mi iPhone para enviarle un mensaje. Pero entonces, en la oscuridad fuera del autobús un murmullo atraviesa la multitud y no puedo evitar preguntarme qué han visto. Salgo y levanto la cabeza a tiempo para ver la arremolinada veta que deja la Estación Espacial Internacional al pasar suavemente.

Siento el tacto del teléfono suave y frío en mi mano. Sin pensarlo demasiado, me lo guardo en el bolsillo y lo dejo allí. La noche bulle, con vida; la pantalla brillante de mi móvil podría echar todo eso a perder. Me tiendo en el césped, sumergida en la oscuridad, y observo cómo el universo gira sobre mí. Esto es todo lo que siempre he anhelado. Todo lo demás se disipa y comprendo, por primera vez, que los cielos me pertenecen.

Que siempre lo han hecho.

Agradecimientos

Si bien escribir suele ser una tarea solitaria, publicar una novela no lo es. Finalmente, les debo un agradecimiento a muchas personas.

Estoy más que agradecida con Connie Hsu, mi editora en Roaring Book Press, por hacer que saliera de mí un libro que de otro modo nunca hubiera existido, y por guiarlo y darle la forma a la novela que sabía que sería. Y a Seth Fishman, mi agente en la Compañía Gernert, que consiguió alinear todas las piezas para que este libro pudiera existir.

Mi agradecimiento a Jennifer Besser y a todos los que intervinieron en Macmillan y en Roaring Book para hacer de este libro lo que ahora tenéis en vuestras manos. Aimee Fleck, Brian Luster, Tom Nau, Jennifer Sale, Kristin Dulaney, Jill Freshney, Lindsay Wagner y Morgan Rath: gracias por todo lo que habéis aportado en este proyecto. Un especial agradecimiento a Megan Abbate, por su mano firme y su atención.

Catherine Frank editó algunos de los primeros manuscritos de esta novela, lo que aprecio profundamente. Felicia Gurley, Monica Villaseñor y Daniel H. Wilson, todos leyeron páginas y manuscritos iniciales y me alejaron de ciertas muertes en más de una ocasión. Gracias a Sarrah Figueroa y a Philip Elizondo, quienes revisaron mi español inadecuado. Cualquier error que exista en esta novela es enteramente propio.

Escribir una novela situada en la costa de California implicó un viaje diario de regreso a los años que pasé en la Bahía Morro y en San Luis Obispo, pero mi descripción debe abordarse con varias cucharadas de sal, ya que me he tomado algunas libertades. Orilla del Cielo, os sorprenderá saber, no existe. Las catástrofes que azotaron la ciudad, sin embargo, tienen similitudes con algunos eventos reales: el teléfono del viento, por ejemplo, es algo real. Se encuentra en Otsuchi, Japón, y lo visitan personas en duelo desde el terremoto de 2011 y el subsiguiente tsunami en Tohoku. Y, en 1985, la erupción del volcán Nevado de Ruiz en Colombia atrapó a Omayra Sánchez, de trece años, en el agua durante tres días, antes de que sucumbiera por sus heridas.

En cuanto a la devoción que expresa esta novela por las estrellas y la admiración que estas me provocan, debo darle las gracias a Ann Druyan y a su difunto marido, el doctor Carl Sagan, por compartir su propia admiración. Su trabajo en el proyecto Voyager y su Disco de Oro es atemporal. La Voyager 1 llegó al espacio interestelar cerca del 25 de agosto de 2012, treinta años después de su lanzamiento. La sonda continuará su misión hasta el 2025, aproximadamente, cuando por fin se quede sin energía; la sonda en sí misma, sin embargo, seguirá su camino. Probablemente supere la existencia de toda nuestra especie.

Y por último: durante dieciocho meses, esta novela requirió casi toda mi atención, lo que no hubiera sido posible sin el apoyo y el amor de mi familia. Felicia, gracias por sacarme de casa o hacerme ir al cine cuando estoy exhausto, y por recordarme que puedo hacer esto; Akiko, gracias por el pollo casero, por los *dumplings* y por recordarme que trabajo duro; Emma, gracias por las guerras de cosquillas y por las maratones de *Star Trek* abrazados y por las tardes compartiendo chocolate caliente y leyendo juntos. Sin todos vosotros, esta no sería una buena vida.

¿TE GUSTÓ ESTE LIBRO?

Escríbenos a

puck@edicionesurano.com

y cuéntanos tu opinión.

ESPAÑA ⟩ 🅕 /MundoPuck 🅧 /Puck_Ed 📷 /Puck.Ed

LATINOAMÉRICA ⟩ 🅕 🅧 📷 /PuckLatam

▶ /PuckEditorial

¡Gracias por vivir otra
#EXPERIENCIAPUCK!